오, 나의 남자들!

오, 나의 남자들!

이현 장편소설

문학동네

차례

01 전두환

"너희 아빠, 누군가랑 닮은 것 같아.
요 며칠 사이에 텔레비전에서 본 것도 같은데 누구지?"
"그러게. 그러고 보니까 그런 것 같기도 하네."
현지도 고개를 갸웃거리며 나를 바라보았다.
"아, 닮긴 누굴 닮았다고 그래!"
나도 모르게 짜증을 내고 말았다.
그래, 닮았다고. 나도 안다고!
하지만 너희들한테 인정하고 싶지는 않다고!

전두환만 아니었으면.

아빠는 술에 취하면 늘 이렇게 말문을 연다. 이때 말하는 전
두환이란, 그렇다. 바로 대한민국의 제11대와 제12대 대통령.

"나금호. 나금영. 잘 들어 둬라. 전두환만 아니었다면, 너희
할아버지가 그렇게 허망하게 돌아가시지는 않았을 거다."

대개의 경우 이야기는 이렇게 이어진다. 전두환 전 대통령과
우리 집안의 대를 이은 악연에 대한 것으로.

그렇다고 삼각관계나 빚보증처럼 개인적인 원한이 있는 것은
아니다. 굳이 개인적인 관계를 찾아보자면, 전두환 전 대통령과
우리 할아버지는 육군사관학교 선후배 사이다. 나이는 비슷했

지만 계급 차이가 컸다고 하니, 전두환 전 대통령은 우리 할아버지의 이름도, 얼굴도 기억하지 못할 것이다.

아빠는 그 해묵은 원한을 설명하기 위해 먼저 한국 현대사에 대한 취중 강연을 시작한다. 박정희 군사독재, 김재규의 10.26 암살, 12.12 쿠데타, 80년 서울의 봄, 5.18 광주 항쟁. 우리 아빠의 현대사는 국사책에서 간략하게 다루는 그 내용과 견해 차이가 몹시 크지만, 사건이 일어난 순서는 같다.

바로 그 현대사의 와중에 전두환 전 대통령과 우리 집안의 악연이 시작된 것이다. 전두환 전 대통령이 주도한 12.12 쿠데타가 일어났을 당시 우리 할아버지는 육군사관학교를 졸업한 젊은 장교였다. 소장이던 전두환 전 대통령에 비하면 우리 할아버지는 대단찮은 계급이었지만, 신념과 기개만은 대한민국 육군 최강을 자랑했다. 대통령이며 국회의원이며, 다들 총구 앞에 벌벌 기던 때였지만 할아버지는 꼿꼿했다고 한다. 전두환 전 대통령이 이끄는 군대가 청와대와 국회를 접수하던 그 밤에, 할아버지는 그런 일에 협조할 수 없다고 단호하게 고개를 저었다.

결국 할아버지는 '명령 불복종'이라는 빌미로 불명예제대하게 되었다. 그 명령 자체가 옳지 않은 것이었지만, 그때는 옳고 그른 걸 따질 수 있는 시대가 아니었다고 한다.

"상식이 통하는 세상이 아니었다. 박정희 때도 그랬지. 그 이전에도 그랬지만…… 국민들은 위정자들의 명령에 무조건 복종해야 했어. 왜냐고 물을 수도 없었지. 묻는 것 자체가 죄였거든. 쥐도 새도 모르게 끌고 가서 죽이거나 감옥에 처넣었다니까. 안 된다면 안 되는 줄 알아라, 이유는 묻지 말아라, 따지거나 물으면 다친다 이거지. 금영아. 너, 송창식의 〈왜 불러〉 알지?"

아빠가 이렇게 물으면 나는 자신 있게 고개를 끄덕이며 "응. 금영 노래방 942번."이라고 대답하곤 한다. 때로 538번이나 164번이 송창식의 노래 대신 등장하기도 하고. 그런 노래들은 정권의 비위를 거스르는 바람에 금지곡이 되었다고 한다. 대체 뭐가 거슬려서 금지시킨 것인지 나로서는 이해할 수 없는 일이다. 나는 송창식이라는 가수의 얼굴도 모르고, 막상 송창식이 부르는 〈왜 불러〉는 들어 본 적도 없다. 내가 아는 사실은 단한 가지, 락과 트로트가 절묘하게 어우러진 〈왜 불러〉는 악을 쓰듯 불러도 하소연하듯 불러도 입에 착착 달라붙는 노래라는 사실뿐.

할아버지는 그렇게 "왜?"라고 묻지 못하는 현대사의 와중에 "왜 불러!"라고 따지고 들었다가 강제로 군복을 벗게 되었다. 그 뒤 할아버지는 울분을 못 이겨 술로 나날을 보내다가 쉰 살도 되지 않아 알코올성 간경화로 급작스럽게 세상을 떠나고 말았다. 할아버지는 눈을 감기 전에 당시 고등학생이던 아빠의 손을 잡고 이렇게 유언을 남겼다.

"비뚤어진 군인들이 민족과 국가를 수렁으로 밀어 넣고 있다. 이 아비는 우리 민족의 피맺힌 역사를 생각하면 차마 눈을 감을 수가 없구나. 성웅아! 아비는 너를 믿는다. 반드시 대한민국 육군 장군이 되거라. 이 아비의 못다 이룬 꿈을 이루고, 대한민국 장군의 표상이 되어다오. 성웅아……."

아빠는 그 유언을 전할 때마다 눈물을 글썽이곤 한다. 하지만 생전에 우리 할머니는 콧물이 튀도록 코웃음을 치며 이렇게 말씀하셨다고 한다.

문디 똥구녕에서 곰팽이 피는 소리 하고 자빠졌네.

"할머니 캐릭터가 좀 삐딱한 스타일이셨어?"

언젠가 내가 물었을 때, 엄마는 아빠 눈치를 힐끔 살피며 이렇게 말했다.

"할머니는 여자 혼자 몸으로 세탁소를 운영해서 아빠랑 고모들을 키우셨어. 고생이 심하셨던 거지."

앞뒤 없는 엄마 말에 대해 더 캐묻고 싶었지만, 아빠의 눈물젖은 목소리가 내 말을 가로막았다.

"반드시 아버지의 한을 풀어 드리고 싶었다. 육사에 가고 장군이 되고……. 이 나라에서 정치군인들을 쓸어버리고 싶었어."

아빠는 한산섬 달 밝은 밤에 긴 칼 옆에 찬 얼굴로 말했다. 만약 그 바람대로 되었다면 아빠는 이런 호칭을 갖게 되었을 것이다. 나성웅 장군. 이순신 장군의 호에서 딴 그 이름은 장군이라는 직함에 더 이상 잘 어울릴 수 없었을 테고.

그러나 아빠는 육사에 가지 못했다. 긴 칼 옆에 차고 정치군인들을 한산도 앞바다에 수장시킬 만큼 형형한 눈빛이었지만, 시력이 형편없었다. 육사는커녕 군 입대 신체검사에서도 4등급을 받았다.

"우리 아버지는 전두환 때문에 화병으로 돌아가시고, 나는 전두환 때문에 수배에 감옥살이로 청춘을 날렸다. 불구대천의 원수라는 게 이럴 때 쓰는 말이지."

아빠는 육사 대신 법대에 진학했고, 육사에서 정치군인들을 쓸어버리는 대신 거리에서 화염병을 들고 전경과 맞섰다. 극렬한 운동권 학생이 되어 전두환 전 대통령을 반대하는 데모를 하다 감옥에 갇히게 되었다. 그 전과 때문에 결국 군 입대마저 면제되었다.

아빠는 그 모든 사건이 마치 이번 학기 기말고사 성적이나 되는 것처럼 열을 올리곤 한다. 그러나 내게는 까마득한 전설 같다. 초등학교 때 글짓기 대회에서 상을 받았다거나 짝꿍한테 화이트데이 사탕을 받았던 일처럼.

그런데 그 전두환 전 대통령이 살아 숨 쉬는 호모사피엔스의 모습으로 텔레비전에 등장했다. 현대사에 대한 다큐멘터리 예고편이었는데, 그것은 내게 외계인의 침공에 관한 영화만큼이나 비현실적으로 보였다.

"한국전쟁 60주년 기념 MBS 특별기획 다큐멘터리 대, 한,

민, 국. 갈등과 상처로 얼룩진 우리 현대사를 돌이켜 보며 21세기의 새로운 역사를 조망해 보고자 합니다. 그 네 번째 시간, 80년대 초반을 붉게 물들인 광주의 봄은 지금의 우리에게 무엇을 말하고 있는 것일까요? 〈광주의 봄과 제5공화국〉 편이 다음 주 수요일 밤 열한 시에 여러분을 찾아갑니다."

예고편의 자료 화면은 굳게 닫힌 대문을 보여 주었는데 그곳이 전두환 전 대통령이 지금 사는 집인 모양이었다. 이어서 화면은 전두환 전 대통령이 어떤 행사장에서 옆 사람과 이야기하는 모습을 보여 주었다. 그는 수업 시간에 딴짓하는 애들처럼 속닥거리며 웃기까지 했다.

"전두환이 살아 있어?"

내가 묻자 엄마는 어이없다는 표정을 지었다.

"그럼 죽은 줄 알았어?"

사실, 죽었다고도 살았다고도 생각해 본 적이 없다. 아빠에게 듣는 전두환 전 대통령은 전설 속의 악당 같았다. 태어나고 자라고 늙고 죽고, 그런 일을 겪는 진짜 사람이라고 느껴지지 않았다. 이를테면 놀부나 변 사또처럼.

"쳐 죽일 놈."

아빠가 이를 갈았다.

그리고 나는, 전두환 전 대통령이 전설이 아니라 현실의 사람이라는 것과 더불어 또 하나의 사실을 깨닫고 있었다.

"아빠랑 저 사람이랑 좀 닮은 것 같은데."

아직은 전두환 전 대통령에 비하면 아빠의 앞이마는 정글에 가깝지만, 상당히 닮은 구석이 많다. 위로 추켜 올라간 작은 눈에 너부데데한 콧잔등, 심술궂게 아래로 처진 입술. 맹세코 아빠한테 감정이 꼬여 있어서 그렇게 생각하는 게 아니다. 안타깝게도, 객관적으로 닮았다.

그러나 아빠의 의견은 나와 사뭇 다른 듯했다.

"뭐가 어째!"

"나금영, 심하다."

엄마는 짐짓 나를 꾸짖는 듯 말했지만 은밀히 반짝이는 눈빛은 사실 내 의견과 동감이라는 걸 말해 주고 있었다.

"아, 뭐. 그냥 생김새가 좀 비슷하다는 건데. 닮았다고 인간성까지 비슷하다는 건 아니잖아."

"너, 너, 너…… 휴!"

아빠가 분노의 한숨을 터트리며 손으로 앞이마를 거칠게 쓸어 넘겼다. 나날이 드넓어지고 있는 앞이마가 거침없이 드러났다. 아빠는 벌떡 일어나 안방으로 들어가 버렸다.

이 정도면 소박하지만 나의 1승이라고 봐도 좋을 것 같다.

마루와 현지는 우리 아빠를 '세상에 둘도 없이 너그럽고 통큰 아빠'라고 생각한다. 그 애들 입장에서는 그럴 만도 하다.

"그러니까, 네가 진짜 '한마음 노래방' 주인 딸이라 이거지?"

마루는 거의 감격에 겨운 얼굴로 물었다.

"학교 앞 노래방 딸과 친구가 되다니 역시, 나의 선택은 탁월했다. 서경 생과고, 좋았어!"

현지는 스스로의 선택에 대한 자부심으로 우윳빛 두 뺨을 붉게 물들였다.

여기까지는, 대부분의 아이들이 보이는 반응과 크게 다르지 않다. 중학교 때부터 아니 초등학교 때부터 죽 그래 왔다. 그러나 막상 노래방에 같이 가게 되면, 나는 실망스러운 기분을 느끼지 않을 수 없었다. 노래 솜씨를 뽐내거나 최신 댄스를 연습하거나 아이돌 스타에 대한 충성심을 과시하거나. 대부분의 애들은 고작 이런 식이었다.

그러나 현지와 마루는 달랐다. 노래방이 무엇인지 제대로 알았다. 노래방에 대한 우리의 세계관은 완벽하게 일치했으며 더할 수 없이 확고했다.

실력 있는 반주자와 신이 내린 목소리가 어우러진 전문가의 음악이 실용이라면, 노래방의 음악이야말로 예술 그 자체다. 잡음 섞인 반주에 불안한 음정으로 질러 대는 그 노래야말로 100퍼센트 순수한 예술인 것이다. 남에게 들려주기 위한 실용적 음악이 아니라 오직 내 안의 나를 위한 진정한 예술이라고나 할까.

우리는 한국조리실습 시간에 같은 조리대를 쓰면서 가까워지기 시작했고, 노래방에서 예술적 동반자가 되었다. 엄마 아빠는 그런 우리를 위해 두 시간이고, 세 시간이고 시간을 연장해주었다. 그렇게 무한하게 펼쳐진 시간 속에서 현지의 신이 내린 탬버린 연주와 마루의 절묘한 리모컨 작동, 그리고 나의 감각적인 선곡이 어우러졌다. 현지의 파워풀한 랩과 마루의 뻔뻔한 고음 처리 그리고 나의 통찰력 있는 음악 감독이 조화를 이루었다고 해도 좋겠고.

그렇다고 해서 밴드부에 들어가고 싶지는 않았다. 우리가 추구하는 음악은, 전문성 따위는 전혀 없는 그 무엇이어야 마땅했는데 우리 학교 밴드부 '부끄럽지 않아요!'는 제대로였다. '부끄럽지 않아요!' 보컬 출신의 선배 하나는 홍대 앞 인디신에서 제법 이름난 사람이라고 했다. 이해하기에는 너무 어렵고, 이해하지 않고 즐기기에는 껄끄러운 가사라서 대중적인 인기는 없는 모양이지만. 물론 그 선배의 노래는 노래방에 등록되어 있지 않다.

RCY나 걸스카우트는 고등학교에도 그런 게 있다는 사실이 놀랍기만 했고, 댄스부는 몸이 말을 들어주지 않을 게 뻔했다. 전산반은, 그런 동아리에 속해 있는 누군가와 친해 두었다가 때때로 도움을 얻거나 하면 될 일이었다.

남은 것은 떡 동아리 '떡실신'이었다.

하지만 현지는 급식으로 나온 백설기도 내게 미루기 일쑤다. 나는 떡이라면 자다가도 벌떡 일어나긴 하지만, 그건 떡을 먹는 일에 대한 열정일 뿐이다.

그러나 떡에 관해서라면, 마루는 혈통부터 남달랐다.

"우리 외할머니가 궁중 떡 무형문화재잖아. 안강녀 선생님이라고, 못 들어 봤어?"

안강녀 선생님의 할머니는, 조선 왕실 수라간에서 떡을 담당했던 구 상궁 마마님이라고 한다. 특히 흥선대원군이 구 상궁 마마님의 떡을 즐겨 했단다. 오죽하면 실각 후 궁에서 물러나면서도 구 상궁 마마님을 운현궁으로 데려갔다는 것이다. 그런데 명성황후도 구 상궁 마마님의 떡을 좋아하는 바람에 흥선대원군에 대한 악감정이 더 깊어졌다나. 구 상궁 마마님의 떡이 조금만 덜 맛있었다면, 청일전쟁의 양상은 물론 우리나라 근현대사가 크게 달라졌을 거라나 어쨌다나. 아무튼 역사의 그림자를 길게 드리운 것도 모른 채 구 상궁 마마님은 속세로 나왔고, 흥선대원군의 구촌 조카의 사돈의 오촌 당숙의 처남과 결혼하여 외동딸을 낳았다. 그 딸이 바로 안강녀 선생님의 어머니이다. 그렇게 궁중 떡의 비법은 안강녀 선생님에게 이어지다가 그만 마루 엄마에 이르러 전승이 끊기고 말았다.

마루의 부모님이 금지된 사랑을 했기 때문이었다. 세상이 굳이 금지할 만한 사랑은 아니었지만, 안강녀 선생님에게는 있을 수 없는 일이었다. 안강녀 선생님은, 도예가랍시고 긴 머리를 풀어헤치고 다니며 "멀쩡한 허우대로 계집 신세 조지기 딱 좋은 관상을 한 사내놈"을 사위로 인정할 수 없었다. 그래서 떡메를 치듯 단호하고 힘차게 반대했지만, 마루 엄마는 임신을 한 채 집을 나가 버렸다. 그때부터 지금껏, 안강녀 선생님은 딸 부부와 인연을 끊고 산다. 만나지 않는 것은 물론 전화도, 편지도 거부한단다. 그러다 마루가 중학교 일 학년 때 불쑥 외할머니를 찾아갔고, 그때부터 손녀와는 인연을 이어 가고 있는 것이다.

이토록 유구한 전통과 애절한 가족사로 인해, 마루는 외할머니의 대를 이어 궁중 떡 명인이 되겠다는 꿈을 품고 있다. 국제조리과학과를 선택한 것도 그 준비 과정이라고 하고.

현지와 나는 마루의 가족사에 솔깃했지만, 그렇다고 '떡실신'에 덥석 들어갈 정도는 아니었다. 마루는 임자점설기, 국화엽전, 칠색주악, 두텁떡, 점미병 등 듣도 보도 못한 궁중 떡 이름을 줄줄이 읊으며 우리의 미각을 자극하려 했지만, 듣도 보도 못한 음식 이름에 회가 동할 리 없었다. 차라리 찹쌀떡이나 무지개떡이라고 하지.

마침내 마루는, 현지와 나에게 '우리 떡 세계화에 이바지하려는 자세'가 전혀 없다는 사실을 인정하고 말았다. 그렇다고 순순히 손 털고 물러날 리는 없었다.

"아무튼 동아리에 안 들어가기는 좀 아쉽잖아. 일껏 전문계고에 왔는데, 인문계에서는 할 수 없는 뭔가를 해야지, 안 그래?"

마루의 새로운 작전은 한결 마음에 와 닿았다. 현지와 나는 고개를 끄덕였다.

"그리고, 떡이야 뭐 어떻든 우리 셋이 뭔가 신 나는 일을 벌여 보고 싶지 않아?"

이번에는 좀 더 분명한 고갯짓으로 현지와 나의 마음을 전했다. 마루가 은근한 눈길로 우리에게 다가왔다.

"떡 동아리에 들어가면 우리 할머니한테 궁중 떡을 전수받을 수 있도록 일을 좀 꾸며 볼 참이야. 그런데 우리 할머니는 전주에 사시잖아. 건강이 안 좋으시니 서울에 오실 수도 없고, 결국 우리는 궁중 떡을 배운다는 명분으로 전주로 여행을 다닐 수 있다 이거지. 이거야말로 님도 보고 떡도 따는 아니, 먹는 일 아니냐?"

현지와 나는 완전히 솔깃하고 말았다. 마루는 그런 우리를 확실히 꼬드기기 위해서 현란한 손동작을 섞어 가며 열변을 토했다. 안강녀 선생님 댁이 얼마나 멋스러운 기와집인지, 빗줄기가 눈물처럼 흘러내리는 처마 아래에서 먹는 부침개 맛이 얼마나 특별한지, 집 뒤편의 대숲에서 불어오는 바람 소리를 들으며 깨어나는 아침이 얼마나 감동적인지……. 현지와 나에게 그런건 아무래도 좋았다. 기와집이나 대숲의 바람 소리는 물론, 음식 맛에도 크게 신경 쓰지 않았다. 우리가 솔깃한 것은 여행 그 자체였다. 친구들끼리 함께 가는 이박삼일의 여행, 아니 일박이일이라도 좋았다.

"일단 이번 주말에 한번 가 볼래? 궁중 떡에 대해, 그래, 학교 과제라고 하면 되겠다. 우리 할머니를 인터뷰해야 된다든지 뭐 그런."

그날 방과 후, 우리 셋은 '떡실신' 동아리 방으로 갔다. 동아리 방이래 봤자 조리실습실 귀퉁이에 있는 작은 창고에 낡은 책상 두 개를 갖다 놓은 게 전부였다. 구석에는 대용량 식용유 깡통이 쌓여 있었다. 그래도 명색이 동아리 방이었다. 회장인 삼 학년 왕숙 언니는 작은 체구에 어울리지 않게 큰 손으로 우리의 등을 힘차고도 공평하게 두드려 주었다. 우리 학교의 평범한 남자애들과는 확실히 달라 보이는 이 학년 종현 오빠도, 우리의 선택에 확신을 주었다.

집으로 돌아와 출근 준비 중이던 아빠와 식탁 앞에 마주 앉았다. 참으로 서경 생활과학 고등학교 국제조리과학과 학생다운 이야기를 하기 위해서였다. 궁중 떡 무형문화재를 방문하여 그의 삶에 대해 인터뷰하는 숙제를 하게 되었다고, 그래서 마루와 현지와 함께 일박이일로 전주에 있는 마루 외할머니 댁에 다녀오게 되었다고.

"안 돼. 외박은 절대 안 돼."

아빠가 협상 결렬을 선언하며 의자에서 일어났다.

"왜? 왜 안 돼?"

"안 된다면 안 되는 줄 알아."

그건 외박이 아니라고, 교과과정에 더욱 충실하기 위한 노력이자 미래를 위한 투자라고 과대 포장해 보아도, 아빠는 요지부동이었다.

"아빠는 우리 딸 얼굴 못 보면 하루의 피로가 안 풀린다. 밤에 잠도 안 와."

"말도 안 되는 소리 하지 마! 그냥 일박이일일 뿐이잖아."

"안 될 소리. 넌 순진해서 잘 모르는 것 같은데, 세상 놈들이 너의 미모를 보고 얼마나 침을 흘리는지 아니? 한시도 눈을 뗄 수가 없다. 안 돼."

그 말을 믿을 수 있다면 얼마나 좋을까. 그러나 나는 이제 더 이상 여섯 살 난 딸이 아니다. 거울을 보는 내 눈은 냉철하기 그지없고, 만약 정신줄을 놓고 아빠의 거짓말을 믿기라도 했다간 내 친구들에게 우정 어린 따귀라도 맞게 될 것이다.

"제발 그런 소리 좀 그만해. 누가 들을까 무서워. 아빠. 그러지 말고 허락해 줘. 놀러 가는 게 아니잖아. 숙제라니까!"

"그래서, 너희 반 애들 다 가?"

"아니, 그런 건 아니지만……. 아무튼 이건 학교 공부라고. 그런데 왜 안 돼? 다른 애들은 되는데, 왜 난 안 돼? 왜 나만?"

"다른 애들은 내 딸이 아니잖아. 넌 내 딸이고."

따지고 보면 충분히 예상되는 일이었는지도 모르겠다. 내가 어려서부터 외박 금지는 철벽같은 원칙이었다. 파자마 파티니 뭐니 친구 집에서 같이 자는 애들을 얼마나 부러워했던가. 그래도 이건, 다른 경우라고 생각했다. 나도 이제 고등학생이고, 이건 전공 공부와 관련된 것이니까.

금요일 아침 학교에 가기 전에 아빠에게 다시 물었다.

"진짜 안 돼?"

지난밤에도 노래방 문을 닫고 새벽 세 시가 넘어서 들어왔기 때문에, 아빠는 거의 혼수상태였다.

"응? 으……으……으응……."

"응? 된다고? 가라고? 알았어!"

내가 그렇게 말하고 안방 문을 닫으려는데 아빠가 벌떡 일어나 소리쳤다.

"안 된다고 했지!"

나의 처절한 절망에도 불구하고 마루와 현지는 그저 떡고물에만 눈독을 들였다.

"아빠가 널 걱정해서 그러시는 거잖아. 사실 금영이 너, 얼핏 보면 예뻐. 어두운 곳에서는 꽤 예뻐 보일 수도 있어. 걱정하실 만도 해."

마루가 어울리지 않게 나긋나긋한 목소리로 말했다. 현지는 내 팔짱까지 끼면서 노골적으로 본색을 드러냈다.

"가자. 노래라도 부르고 나면 기분이 풀어질 거야. 스트레스, 그거 만병의 근원이다. 피부에도 안 좋고. 안강녀 선생님 댁에 가 봤자 노래방 반주기도 없을 테고."

사실 나도 한순간의 분노로 '한마음 노래방'의 그 무한한 혜택을 마다할 생각은 조금도 없었다.

"난 오늘 금지곡으로 달릴 테니까, 니들은 21세기를 즐겨라."

나는 8번 방에 들어가자마자 리모컨을 집어 들며 말했다. 그러고는 100타를 넘나들 만한 손놀림으로 곡 번호를 눌렀다. 942, 538, 164……. 아무리 금지곡이라고 해 봤자 젊은이들은 콧방귀도 뀌지 않았다지? "왜 불러!"라며 더 목청껏 질러 대고 "그건 너!"라고 소리치며 "태양은 묘지 위에 붉게 타오르"리라고 부릅뜬 눈으로 세상을 노려보았다지? 아빠는 그 시절이 자신의 가장 뜨거운 시절이라고 했겠다?

그렇다면 나도 불러 준다. 왜! 왜! 왜! 왜 안 되는 거냐고. 왜 나는 일박이일의 자유도 누릴 수가 없는 거냐고. 왜 아빠의 딸은 아빠의 법에 무조건 복종해야 하는 거냐고! 금지곡만으로 스무 곡을 눌렀으니 이제 준비는 끝났다.

"봐도 봐도 신기하다. 이 정도면 유튜브에 올려서 전국적인 화젯거리로 만들 수 있겠어. 뭐라고 해야 할까? 노래방녀?"

마루는 새삼스럽게 감탄하며 휴대전화까지 들이댔다.

"그래 봤자 소용없다. 눈으로 직접 보지 않으면 아무도 안 믿을걸? 그 많은 곡 번호를 줄줄 외운다는 걸 동영상으로 어떻게 증명할 거냐고. 아무튼 나금영. 널 노래방 천재로 인정한다."

현지의 말에 마루가 휴대전화를 내려놓고 말했다.

"천재라기보다…… 조기 교육의 효과라고 할 수 있지."

내가 태어날 무렵까지, 아빠는 쉽게 말해 백수에 가까웠다. 사법고시에 연달아 낙방하면서 말하자면, 엄마에게 빌붙어서 살고 있었다. 그러다 길고도 구질구질한 사연을 거쳐서 지금의 노래방을 운영하게 되었다. 그게 오빠가 네 살 때의 일이라고 한다. 오빠와 나는, 노래방 자막으로 한글을 뗐고 곡 번호로 수를 깨우쳤으며 반주기로 절대음감에 가까운 음감을 익혔고 노랫말로 문학적 감수성을 키웠고 탬버린으로 박자의 개념을 배웠다. 그리고 나는 이미 네 살 때부터 곡 번호를 외우는 데 탁월한 재능을 보였다고 한다. 그때부터 오늘까지, 노래방은 언제나 내게 목마른 사슴의 옹달샘이요 고달픈 육신의 찜질방이자 상처받은 가슴의 후시딘이다.

그렇게 목을 축이고 지친 몸을 달래며 가슴에 새살이 돋아나는 것을 느끼고 있을 때, 어느덧 우리 아빠의 법질서에 길들어져 버린 마루가 말했다.

"여덟 시 십 분 전, 가자."

대한민국 정부는 노래방에 대해 '밤 열 시 이후 청소년 출입 금지'라고 선언했지만, 나는 무려 두 시간이나 일찍 쫓겨나야 한다. 외박 금지와 마찬가지로 우리 아빠의 법질서가 내게만 강요하는 원칙이다.

그런데 오늘은 뜻밖의 행운이 기다리고 있었다. 자장면과 서비스 군만두. 엄마가 오늘따라 컨디션이 좋지 않고 입맛도 없는 덕분이었다. 우리는 비좁은 카운터에 끼어 앉아 텔레비전을 보면서 자장면을 먹었다. 아빠의 유일한 오락 프로그램인 뉴스가 한창이었다.

우리 교육의 탈출구를 찾아서 1

요란한 음악과 함께 자막이 사라지고, 서울대학교 정문 앞에 선 기자가 등장했다.

"MBS 특별기획 우리 교육의 탈출구를 찾아서, 그 첫 번째 보도입니다. 우리 사회는 명문대 병에 걸렸다고 해도 좋을 만한 상황인데요, 과연 명문대라는 것이 그 이름에 걸맞은 내실을 가지고 있는지, 그 현장을 살펴볼까 합니다."

"뭐야, 저 자식 한국에 돌아온 거야?"

아빠가 말했다.

"그러게. 동식이네."

엄마도 그 기자를 아는 모양이었다.

"누군데?"

내가 물었다.

"다 먹었으면 얼른 들어가라. 여덟 시 반이다."

아빠가 무뚝뚝하게 말했다.

젓가락을 내려놓자마자 쫓겨나다시피 노래방에서 나왔다. 엄마는 찜질방에서 한숨 자고 오겠다며 오 층으로 올라가고 나는 현지와 마루와 함께 엘리베이터에 탔다. 그런데 엘리베이터 문이 닫히자마자 마루가 이렇게 말하는 것이었다.

"근데, 오늘 보니까 너희 아빠, 누군가랑 닮은 것 같아. 유명한 사람인데…… 연예인은 아니고…… 누구지? 분명히 있는데……. 금영아, 혹시 그런 얘기 못 들어 봤어? 너희 아빠가 유명한 사람 누군가와 닮았다는 말. 요 며칠 사이에 텔레비전에서 본 것도 같은데……. 누구지, 대체?"

띵! 엘리베이터 문이 열렸다.

"그러게. 그러고 보니까 그런 것 같기도 하네."

현지도 고개를 갸웃거리며 나를 바라보았다.

"아, 닮긴 누굴 닮았다고 그래!"

나도 모르게 짜증을 내고 말았다. 그래, 닮았다고, 나도 안다고! 하지만 너희들한테 인정하고 싶지는 않다고!

02 최강태진

"우리 아버지? 163. 우리 형도 163.

그게 우리 집안 유전자가 보여 줄 수 있는 최대치다.

기대해라. 단신인 남자가 대세인 날이 다가오고 있으니."

태진이는 탬버린을 집어 들고 일어나 리듬을 타기 시작했다.

우리의 우정은 분명코, 오래도록 견고할 것이다.

섹시한 여배우의 대명사인 그녀와 푼수 연기의 달인처럼 보이는 그의 열애설이 터졌을 때, 친구들은 내게 이번 기회에 정신 차리는 게 어떠냐고 충고했다. 대한민국이 공인하는 섹시한 여배우도 그러할진대, 하물며 나금영이 외모 지상주의를 당당하게 내세우는 건 참으로 주제넘은 일이 아니냐면서.

물론, 나도 안다. 165센티미터에 55사이즈라는 수치는 꽤 그럴싸하지만, 늘 구부정한 내 자세는 그 수치를 무색케 한다. 뒷목에서부터 허리까지, 완만한 경사로 구부러진 내 옆모습은 영락없이 직립보행으로 도시 구경에 나선 거북이다. 교정 중인 치아 때문에 중학교 때 우리 반 남자애 하나는 나를 '조스' 양이

26

라고 불렀다. 그나마 조스 '양'이라는 게 약간의 위안이었다고
나 할까.

그렇다고 해도 어쩔 수 없는 일이다. 여전히 나의 세상에는
단 두 부류의 남자가 있을 뿐이다. 강동원과 강동원이 아닌 남
자들. 초대형 스크린이 벅찰 만큼 큰 키와 한 여자에게 순정을
바칠 것이 틀림없는 그 눈빛. 그래, 미쳤다는 소리를 들어도 어
쩔 수 없다.

그런 나에게 같은 조리대를 쓰는 최강태진과 오기호는, 그저
강동원이 아닌 뭇 남자들일 따름이다. 마루는 그래도 최강태진
보다는 오기호가 낫지 않냐고 하지만, 내가 보기에는 참으로
무의미한 비교다.

마루는 그렇게 대다수의 지구인에게 애정 어린 시선을 보내
는 애다. 지가 무슨 마더 테레사라고. 그런데도 애들은 마루가
거침없다 못해 공격적인 성격이라고 오해하곤 하는데 그건 마
루의 말투 때문이다. 알고 보면 그저 씩씩한 것인데 한판 붙어
보자고 덤비는 것처럼 들린다. 사실 내가 듣기에도 마루의 말
투는 공격적으로 들린다.

하지만 마루의 말투가 몹시도 애매해지는 순간이 있는데, 그
건 교복 사이즈에 관한 질문을 받았을 때다. 누군가 마루에게
"은마루, 너 103이냐 106이냐?"라고 물으면, 마루는 담백하게
"103."이라고 대답하지 못한다. 일이 초 만에 당황한 얼굴을 숨

기고는 "내가 보기보다 뼈대가 가늘어서 사이즈가 작아. 우리 엄마도 옛날엔 좀 통통했나 봐. 그래서 신혼 첫날밤에 우리 아빠가 엄마를 번쩍 안아 들고는 깜짝 놀랐다는 거야. 왜냐고? 생각보다 가벼워서지. 뼈대가 가늘어서 더 퍼져 보였던 거지. 우리 엄마 보니까 나이 들수록 사이즈가 점점 줄어들더라. 요새는 55 입어. 우리 집안 여자들 내력이래."라고, 아무도 묻지 않은 말을 줄줄이 늘어놓는다.

똑같은 질문을 받고서 "내 교복 사이즈? 몰라, 뭐더라?"라고 무심히 대답할 수 있는 현지와는 입장이 다른 것이다. 현지는 큰 키에 비해 몸집이 너무 야위어서 교복 치마를 줄여 입었다는 오해에 시달린다. 그럴 때 현지는 "치마가 짧은 게 아니라 내 다리가 긴 거라니까요!"라고 목 놓아 항변한다.

그렇다고는 해도 마루가 늘 그런 걸 의식하며 지내는 건 아니다. 급식실에서도 당당하게 "아줌마. 딱 보면 아시겠죠? 전 남자애들만큼 주셔야 해요."라고 소리치고 "남보다 두 배로 먹어도 늘 연료가 바닥날까 조마조마한 신세."라고 떠들어 댄다.

그러던 어느 수학 시간이었다. 권태'옹'이라는 별명을 가진 수학 담당 권태웅 선생은, 날짜와 끝자리 수가 같은 번호를 불러 내 문제를 풀라고 시킨다. 그런데 진짜 문제는, 제대로 된 설명조차 해 주지 않고 우리를 곤경에 몰아넣는다는 점이다. 제대로 된 설명을 해 주었다고 크게 달라질 것 같지는 않지만.

그럼에도 불구하고 화이트보드 앞으로 걸어 나가는 마루의 뒷모습은 위풍당당했다. 하나같이 비쩍 마른 남자애들 셋과 나란히 서 있으니 더 그래 보였다.

그래서 권태웅 선생이 그렇게 지독한 농담을 떠올린 걸까, 그게 아니면 출석부에서 마루의 이름을 보았을 때부터 회심의 미소를 짓고 기회를 기다린 걸까.

모르긴 해도 후자일 가능성이 많다. 권태웅 선생은 초등학생처럼 이름으로 장난치는 걸 고급 유머라고 생각하는 사람이다. 지난번에 나에게도 "금영이라……. 너, 아버지가 노래방 하시냐? 금영 노래방."이라고 해 놓고 혼자 좋아라 웃어 댔으니까. 최강태진에게는 "네가 최소태진이지 어떻게 최강태진이냐?"라고도 했고.

"은마루, 마루, 마루, 마루……."

권태웅 선생이 뒷짐을 지고 통로를 어슬렁거리며 중얼거렸다. 마치 시상을 떠올리고 있는 시인이라도 되는 것처럼. 그러더니 우뚝 멈추어 서고는 뮤즈와 조우한 시인의 표정을 지으며 이렇게 말하는 것이었다.

"그래, 대청마루! 네 등판이 아주 대청마루야. 가만, 혹시 그래서 네 이름이 마루인 거냐? 그럼 태어났을 때부터 대청마루였다는 거네?"

권태웅 선생의 그따위 농담에 우리가 웃어 주는 경우는 거의 없다. 나더러 노래방 사장 딸 운운했을 때도, 모두 시큰둥하게 "네."라고 대꾸했을 뿐이다. 최소태진이라는 저급 유머에도 철저한 침묵으로 응수했다.

그런데 오늘은 좀 달랐다. 대청마루라는 말이 떨어지자 남자애들이 기다렸다는 듯 왁자하게 웃음을 터트렸다.

그때, 마루가 보드 마커를 내려놓고 돌아섰어야 했다. 권태웅 선생을 은근히 흘겨보고서 남자애들을 주먹으로 을러대면서 자리로 돌아왔어야 했다.

그러나 마루는 그 순간을 놓쳐 버렸고, 권태웅 선생은 팬들의 반응에 더욱 고무된 듯했다. 손으로 사각 프레임을 만들어서는 마루의 등판에 갖다 대고 조금씩조금씩 뒤로 물러났다. 그러고는 과장스럽게 교실 뒷벽에 부닥치는 어색한 연기까지 펼쳐 보였다.

"아이쿠야! 가도 가도 다 안 들어오네. 니들 다음 주에 체험 학습이지? 대청마루 너는 단체 사진에서 좀 빠져야겠다. 내가 카메라에 대해서 좀 아는데 말이지, 어지간한 광각렌즈로도 담기 어렵겠어."

"에이, 선생님. 너무하시는 거 아니에요? 혼자만 단체 사진에서 빠지라뇨. 그러지 말고 우리 모두 대청마루에 나란히 앉아서 다정하게 찰칵, 어때요? 우리 반 애들 절반은 앉을 수 있을 것 같은데."

맨 뒷자리에 앉은 오정우가 울림 좋은 목소리로 역겨운 소리를 잘도 해 댔다. 남자애들의 짓궂은 웃음소리가 돌림노래처럼 이어졌다. 권태웅 선생은 짐짓 엄격한 스승이라도 된 양 오정우의 머리를 콕 쥐어박았지만 줄줄 흘러내리는 웃음까지 감추지는 못했다. 초록은 동색이라고, 여자애들은 눈살을 찌푸리며 오정우를 흘겨보았다.

오정우, 녀석은 현지에게 푹 빠져서 난리도 아닌데 저 발언으로 그 사랑은 시작도 해 보기 전에 끝나 버렸다는 걸 알기나 하는 걸까?

오정우의 같잖은 사랑은 그렇게 끝나 버렸지만, 마루의 수난은 계속되고 있었다. 마루는 아직 풀지 못한, 어차피 풀지 못할 문제를 앞에 두고 화이트보드에 이마가 닿을 듯 고개 숙인 채 오도 가도 못했다. 창밖에는 벚꽃 잎이 요염하게 흩날리고 있었고 연둣빛 커튼이 봄바람에 몸을 싣고 우아를 떨며 살랑대고 있었다.

이래서는 안 되었다. 뭔가가 필요했다. 마루가 얼굴을 붉히고 처참하게 돌아서지 않을 기회를 제공해 주는 그 어떤 순간, 마루가 권태웅 선생과 오정우에게 철저히 짓밟힌 가여운 뚱녀로 각인되지 않도록 도와줄 그 어떤 획기적인 사건. 이를테면 서경 생활과학 고등학교 상공에 화성인의 대규모 비행접시 편대가 나타난다거나 교복 자율화와 두발 자유화 및 대입 폐지라는 교과부의 긴급 발표가 있다거나. 하다못해 일 층에 불이라도 난다거나.

그러나 당연히 기적은 일어나지 않았고, 그렇다고 세상의 정의가 모두 죽어 버린 것은 아니었다.

"선생님. 그거, 성희롱 아닌가요?"

참으로 앳된 미성이 천진난만한 말투로 물었다. 교탁 바로 아래 맨 앞자리였다.

"누구야?"

권태웅 선생이 험악하게 소리쳤다.

마루만 빼고, 앞에 서 있던 세 녀석이 고개를 돌려 목소리의 주인공을 바라보았다. 최강태진이었다.

"야, 최소태진."

권태웅 선생이 태진이에게 다가갔다.

"저 최소태진이 아니라 최강태진인데요. 우리 아버지 최동길, 우리 어머니 강미연. 똑같이 유전자를 물려받고 한쪽 성만 따르는 건 불공평하잖아요. 그래서 우리 집은 최, 강 합해서 최강이라 성을 쓴다고요. 그리고 이름은 태진."

"누가 물어봤어? 재미도 없는 걸 뭐 그리 길게 떠들어? 그리고 뭐, 성 뭐?"

권태웅 선생이 주먹으로 태진이의 머리통을 툭 쳤다.

"아얏! 아파요! 그냥 궁금해서 물어본 건데. 성희롱 말이에요. 그렇게 말씀하시면 성희롱 아닌가요? 요새 성희롱은 심각한 범죄라고……."

"이게!"

권태웅 선생이 주먹을 확 치켜들었다. 이마 한가운데를 정통으로 갈기는 권태웅 선생의 주특기가 빛을 발할 시간이었다.

"잠깐만요!"

태진이는 두 팔을 교차해서 제 얼굴을 가리며 애원하듯 소리쳤다. 그러면서도 기어이 할 말은 다 했다.

"그냥 질문한 건데…… 이렇게 화를 내시면 어떡해요. 지난번에 성교육 받았을 때, 신체적인 특징을 가지고 놀리는 건 성희롱이라고……."

"이게 진짜!"

권태웅 선생은 다시 주먹을 들었고, 태진이는 더욱 결사적으로 얼굴을 가리며 당장에라도 죽을 것처럼 호들갑을 떨었다.

"아, 때리지 마요! 때리지 마요! 때리지 마세요!"

그만, 모두 웃지 않을 수 없었다. 어찌 보자면 굴욕적인 상황일 수도 있지만 태진이는 덩달아 좋다고 헤헤거렸다. 권태웅 선생은 전혀 웃고 싶지 않은 얼굴이었지만, 그런 상황에서도 기어이 태진이에게 주먹을 휘두를 수는 없을 터였다. 권태웅 선생은 체면치레를 하겠다는 듯 가볍게 태진이의 머리를 콕 쥐어박고 돌아섰다. 그러고는 화이트보드 앞에 서 있는 애들에게 말했다.

"들어가."

"아, 죽는 줄 알았네!"

태진이가 목을 쭉 빼고 요란하게 엄살을 피웠다. 다시 웃음이 터졌다. 오늘의 화제는 대청마루가 아니라 최강태진의 우스꽝스러운 반란이었다.

수학 시간이 끝나고 현지와 나는 태진이에게 낯간지러운 인사말이라도 건네고 싶었다. 하지만 태진이는 전광석화처럼 급식실로 달려가고 없었다. 짙푸른 교복의 물결 사이로 음식 냄새가 요동치는 급식실에서 태진이를 찾아낼 도리는 없었다. 태진이는, 작아도 너무 작았다.

그런데 점심을 먹고 동아리 방으로 갔을 때, 뜻밖에도 태진이가 그곳에 있었다. 동아리 방 바로 앞에 있는 조리대에 서서 '떡실신' 가입 신청서를 쓰고 있는 것이었다.

"내가 원래 동아리 1지망이 밴드부 '부끄럽지 않아요!', 2지망이 '떡실신'이었다. 그런데……."

"떨어졌어?"

내가 물었다.

오늘이 바로 '부끄럽지 않아요!' 오디션 발표 날이었다. 오정우가 뽑혔다고 하도 떠들어 대는 통에 우리도 이미 알고는 있었다.

태진이는 기다렸다는 듯 울분을 토해 냈다.

"쳇. 내 목소리가 너무 미성이라서 락의 정신과 맞지 않는다나? 입학식 때 봤지? 애국가의 락 버전이라고 악쓰던 거. 악만 쓰면 다 락이냐? 그럼 이승철은 뭐고, 김종서는 뭐냐고. 그 미성 락커들은 어떻게 설명할 거냐고. 내가 보기에 이번 오디션은 외모를 기준으로 뽑은 게 분명해. 흥, 그러고 무슨 음악을 한다고, 더구나 락을 한다고?"

적어도 한 가지는 공감할 수 있었다. 입학식 때의 그 애국가 락 버전은 '악' 버전에 가까웠다.

그러나 외모를 기준으로 선발했다는 점에 대해서는, 솔직히 이해가지 않는 것도 아니다. 음악이 어디 노래 솜씨로만 감동을 주는 것이던가. 태진이의 미성에 대한 '부끄럽지 않아요!'의 견해도 수긍할 만한 구석이 있다. 태진이의 목소리는 사실 지나치게 미성이다. 김종서나 이승철에 견줄 만한 매력이 있거나 아찔할 만큼의 음역을 넘나드는 것도 아니다. 그저 변성기가 오지 않은 남자애의 그것처럼 낭랑하기만 할 뿐.

그러나 그 순간 우리는 미성 락커의 음악성을 외면한 채 오정우의 멀끔한 외모에 눈멀고 만 밴드부 '부끄럽지 않아요!'에 대한 무한한 부끄러움으로 치를 떨었다. 친구의 적은 곧 나의 적이라는 우정의 숭고한 법칙이 작동하기 시작한 것이다.

특히 마루는 태진이의 대변인으로 법적 대응도 불사할 것처럼 흥분했다.

"웃긴다, 진짜! 그깟 밴드부…… 관둬! 네가 아깝다. 최강태진, 너 처음부터 실용음악과 가지 그랬냐? 조리과 오지 말고."

태진이가 어깨를 으쓱했다.

"실용음악과는 별로. 음악이 예술이지, 실용이냐?"

그 한마디로 우리는 태진이를 또 하나의 '우리'로 인정하고
말았다.

대청마루 사건은 '떡실신'에도 고스란히 알려졌다. 남자 선배
들은 첫 대면에서부터 묘한 웃음을 띠고 한마디씩 했다.

"그 유명한 최소태진이 우리 동아리? 이거 앞으로 말조심해
야겠다. 성희롱이라고 망신당하지 않으려면."

"말조심만 해서 되겠냐. 몸조심도 해야지. 야, 너 그렇게 입을
귀에 걸고 현지 쳐다보지 마라. 태진이한테 딱 걸린다."

선배들이 가시 돋친 농담을 던져도 태진이는 싱글싱글 웃으
며 "그럼요, 제대로 까칠한 녀석 하나 들어왔으니 잘 부탁드립
니다."라고 천연덕스럽게 대꾸했다. 다른 남자애들이 선배에게
그따위로 말했다가는 당장 화장실이든 옥상이든 끌려가고 말
았을 테지만, 선배들은 그저 웃고 말았다. 태진이에게는 그런
구석이 있었다. 그리고 '떡실신' 부회장인 종현 오빠가 동아리
에서의 폭력은 절대 용서치 않는다고 단단히 일러 둔 덕분이기
도 했다. 우리 동아리의 남자들은 종현 오빠를 결코 무시하지
못했다. 삼 학년 선배들도 종현 오빠에게 함부로 하지 못했다.

오랜만에 중학교 동창인 지윤이와 연재를 만났을 때, 나는 그런 이야기들을 들려주며 태진이에 대한 칭찬을 늘어놓았다. 남자애에 대해서 좋은 이야기만 하기는 쉽지 않지만, 태진이에 대해서는 달리 까탈을 잡을 게 없었다.

지윤이도 고개를 끄덕거리며 감탄했다.

"애 참 괜찮네. 그러기 쉽지 않은데……. 남자애들은 원래 지들끼리 엄청 싸고돌잖아. 그런데 대놓고 여자애 편을 들다니. 걔 뭐냐, 너희 학교 일짱이냐?"

일짱이 아니라 일 번이다. 나는 속으로 그렇게 생각하며 고개 저었다.

"그럼 뭐야, 교장 손자라도 돼?"

연재가 물었다.

"아니면 일짱 친구?"

"그런 거 아니야. 빽 믿고 설치는 애 아니라니까."

"그렇다면 진짜 대단하네. 걔, 괜찮냐? 수학한테 제대로 찍혔겠다."

연재는 남의 일인데도 끔찍한지 몸서리를 쳤다.

"선생한테 찍히는 게 대수냐? 남자애들 사이에서 찍히면 그게 죽음인 거지. 걔, 여태 안 죽고 잘 살아 있냐?"

지윤이가 물었다. 연재도 공포 영화의 클라이맥스를 앞둔 표정으로 나를 바라보았다.

물론 제대로 찍혔다. 특히 오정우는 태진이를 못 잡아먹어 안달이었다. "성희롱 아닌가요?"라는 태진이의 질문은 오정우를 향한 것이기도 했으니까. 만약 현지가 태진이와 절친한 사이라는 걸 공공연히 드러내지 않았다면, 태진이는 지금쯤 최소한 사망에 버금가는 상태일 것이다.

그렇게 간신히 목숨은 건졌지만, 경제적으로는 사망 선고를 받은 것이나 다름없었다. 태진이는 자칭 '중고 도서 판매업'에 종사하고 있다. 어디서 구하는지는 모르겠지만, 애들이 필요한 교재를 주문하면 이삼 일 안에 깨끗한 중고를 구해 왔다. 애들은 집에서 새 교재 값을 받아 차액을 챙겼고, 태진이는 웃돈을 붙여서 용돈을 조달했다. 오정우는 태진이의 목숨을 살려 놓는 대신 판로를 끊었다. 책 장사를 관두라고 태진이를 협박했고, 우리 반뿐만 아니라 조리과 일 학년 모두에게 태진이 책을 사지 말라고 압력을 행사했다.

그래도 태진이는 큰소리를 떵떵 쳤다.

"괜찮아. 내가 고객층이 꽤 두텁다. 다른 과 애들한테 팔면 돼. 사실 만화과가 짭짤해. 중고 만화 괜찮은 거 건지면, 새것보다 비싸게도 판다. 절판된 게 많거든. 아, 데츠카 오사무의 '아톰' 시리즈 전권을 구비해서 크게 한 방…… 현지야, 그러니까 너, 행여나 나 때문에 오정우랑 말이라도 한마디 더 섞고 그러지 마라."

급식실에서의 일을 염두에 두고 한 소리였다. 오정우가 현지에게 다가와서 친한 척 집적댔고, 현지는 옆자리의 태진이를 힐 긋 보고는 오정우에게 차마 쌀쌀맞게 굴지 못했던 것이다.

"왜, 최강태진 VS 오정우로 한판 붙게?"

마루가 놀리듯 물었다.

"내가 미쳤냐? 오정우랑 싸우게. 죽으려고 작정을 한 것도 아니고. 난 피 보면 가슴부터 벌렁거린단 말이야. 하지만 납작 엎드려 있으면 설마 죽이기야 하겠냐? 그러니까 현지야, 나 때문에 그런 녀석 상대해 주지 마라."

픽도 용감하시다. 우리는 그런 표정을 지었지만 속으로는 좀 뭉클했다. 푸른 유니폼에 빨간 망토를 걸치고 악당들을 묵사발로 만들어 줄 능력은 없지만, 어쨌거나 태진이의 그 마음만은 우리를 감동시키기에 충분했다. 아니, 능력도 없으면서 날아 보겠다고 퍼드덕거리는 그 마음이라 더 감동적인 것인지도 몰랐다.

"가자. 월요일을 무사히 끝낸 기념으로 노래방 한판."

내가 말했다. 그것이 내가 보여 줄 수 있는 최대한의 감사였다. 우리는 태진이 취향의 노래로만 세 시간을 달려 주었다.

이런 상황에 대해 지윤이는 지극히 저다운 해석을 내놓았다.

"혹시, 태진이라는 애가 현지한테 마음 있는 거 아니냐? 마루 편을 들어준 것도 현지를 의식한 거고."

"그래. 남자가 무리하게 큰소리를 칠 때는 다 그런 거지. 그거네. 분명 그거야. 마루 아니면 현지네."

연재까지 맞장구를 쳤다.

"그런 거 아니야."

내가 피식 웃으며 콜라에 꽂아 둔 빨대를 쪽 빨았다.

"아니긴 뭘. 그러고 보니까 나금영, 너도 수상하다. 너무 칭찬 일색이야. 이거, 이거 친구 사이에 삼각관계 아니니?"

지윤이가 말했다. 극적인 이야기를 좋아하는 건 여전하다. 드라마를 너무 많이 본 탓이다.

"거기다 마루까지 끼어들면 사각관계네."

연재가 말했다. 음모와 배신이라면 덮어놓고 믿어 버리는 성격은 여전하다.

"진짜 그런 거 아니라니깐."

대청마루 사건 이후, 우리는 처음부터 넷이 아니라 하나였던 것처럼 어울려 다녔다. 그것은 마루와 현지와 내가 뭉쳐 다니기 시작했던 것처럼 자연스러운 일이었다. 우리 학교의 누구도 그런 우리에 대해 핑크빛 해석을 내놓지 않았다.

"제발 드라마와 현실은 좀 구분하고 살지?"

나의 날카로운 지적에 지윤이는 자신만만하게 반박했다.

"어허! 모르는 소리! 동서고금을 막론하고 삼각관계만큼 변함없이 흥미롭고도 심금을 울리는 소재는 없다. 그게 우정과 사랑의 딜레마라면 더하지."

"그건 네가 쓰는 인터넷 소설이고, 우린 현실이거든."

"아 참, 말귀 못 알아듣네. 왜 그런 이야기가 인기를 끄는 줄 아니? 실제로 그런 일이 많아서야. 다들 이게 내 이야기가 아닌가 싶어서 솔깃하는 거라고. 인지상정이라고나 할까? 이건 소설과 현실을 초월한 법칙이야. 친구들끼리 누군가를 같이 미워하는 건 괜찮아. 그거야말로 탄탄한 우정을 위한 보증수표라고 할 수 있지. 외부의 적, 단결엔 그게 최고다. 그렇지만 누군가를 같이 좋아하는 건 진짜 위험한 거야. 파국이 예정된 우정이라고나 할까. 지금 너희 네 사람은, 그런 고전적인 연애의 법칙이 작동하기에 최적의 조건을 갖추고 있는 거지."

"그럼 우린 뭐냐? 우리의 우정은 강동원에 대한 애정과 비례해 왔는데."

"그거야, 강동원은 워낙 멀리 있는 별이라서 그렇지. 만약 강동원이 영화배우가 아니라 옆집 오빠라면 어떨까? 우리 손이 닿을 수 있는 곳에 있는 거지. 그럼 어떤 일이 벌어질 것 같니? 미안한데, 난 그렇게 되면 니들 버릴 거야. 미안해."

지윤이가 연재와 나를 차례로 바라보았다. 상상만으로도 이미, 남자 때문에 우정을 배신한 죄책감에 시달리는 눈빛이었다.

"나도."

연재가 말했다.

나 역시, 마찬가지였다. 나는 두 손을 번쩍 들었다.

"그래. 인정. 우리 셋과 옆집 오빠 강동원, 그건 진짜 위험한 조합이다. 하지만 태진이랑 우리는 아니야."

결국 아무런 결론을 내지 못한 채 햄버거 가게에서 나왔다. 지윤이와 연재는 노는 토요일에도 영어 학원에 가야 하는 신세라서 강 건너 삼각관계에 더 이상 시간을 허비할 수 없었다.

그런데 길을 건너려고 신호등 앞에 서 있을 때, 누군가 큰 소리로 나를 불렀다.

"최강태진!"

내가 놀라며 소리쳤다. 태진이도 우리 동네에 살고 있으니 노래방 근처에서 마주치는 건 그리 놀랄 만한 일이 아니다. 그러나 지윤이와 연재와 함께 있을 때, 더구나 그런 이야기를 한 뒤 끝에 마주치고 보니 "이 무슨 운명의 장난" 같은 심정이었다.

"뭐야, 또 노래방이야?"

태진이가 우리 앞에 자전거를 멈춰 세웠다. 발로 땅을 딛고 서 있느라 발뒤꿈치를 잔뜩 치켜들고서.

"인사해. 내 중학교 동창, 지윤이랑 연재. 그리고 이쪽은 우리 반 최강태진."

"아, 최강태진……."

지윤이가 오묘한 눈빛을 하고 태진이를 훑어보았다. 아무튼 뭘 감추지 못하는 성격이다.

아니나 다를까 태진이가 장난스레 눈을 흘기며 내게 물었다.

"내 얘기 했지?"

"그래, 했다. 난 눈만 뜨면 네 생각만 한다. 몰랐냐?"

"잘하면 내 꿈도 꾸겠구나."

"네 꿈 꿀 만큼 인생 궁금하지 않거든."

그렇게 시답잖은 말장난을 주고받고서 태진이는 다시 힘차게 페달을 밟아 멀어져 갔다. 요즘은 바퀴 작은 자전거가 유행이던데 하필이면 저런 걸 타고 다니나. 내가 그런 생각을 하며 태진이의 뒷모습을 바라보고 있을 때, 연재가 말했다.

"그래. 우정에 금 갈 일은 없겠네. 축하한다, 나금영. 이성 친구 얻기가 쉽지 않다는데, 저만하면 영원한 친구가 될 수 있겠다."

"쟤, 키가 몇이냐?"

지윤이가 물었다.

"아, 몰라. 내가 남의 키를 어떻게 아냐?"

나도 모르게 졸렬한 거짓말이 나왔다. 내가 모를 리가 있나. 태진이는 언제나 아무렇지 않은 얼굴로 "159센티미터."라고 말한다. 하다못해 반올림이라도 좀 하지.

"뭘, 딱 보니까 160이구만."

연재가 말했다.

"그러게. 그런데 이름은 또 하필 왜 그러니? 최강이라니, 아이돌 그룹도 아니고. 이건 뭐 놀려 달라고 작정하고 지은 이름 같잖아."

지윤이가 말했다.

"괜히 그런 이름이 나온 게 아니래. 아버지의 성 최, 어머니의 성 강. 최강."

"성을 그렇게 막 바꿔도 돼?"

"서류상으로는 말하자면 성은 최, 이름은 강태진, 이렇게 되어 있는 거래. 엄마 성 아빠 성 공평하게. 멋지잖아."

"어쨌든 160이라니까."

연재가 말했다.

"아무튼 괜찮은 애야."

내가 말했다. 그 밖에는, 달리 할 이야기가 없었다.

나의 이론에 따르자면, 종현 오빠도 강동원이 아닌 수많은 남자들 가운데 하나에 불과하다. 175센티미터쯤 되는 것 같으니까, 강동원과는 10센티미터 정도 차이가 난다. 음악 취향도 나와 너무 동떨어졌다.

하지만 그 수요일 오후의 텅 빈 조리실습실에 나란히 앉아 이어폰을 하나씩 나눠 꽂고 종현 오빠의 엠피스리에 담긴 노래를 듣고 있으니, 음악 취향 따위 아무래도 좋을 것만 같은 기분이었다.

"어때, 좋지?"

종현 오빠가 오뚝한 콧날로 뺨에 그림자를 드리운 채 활짝 웃었다. 그런 오빠의 콧날을 향해 "'금영 노래방'에 등록되지 않은 노래는 별로."라든가 "대체 알아먹을 수 없는 가사로 심오한 척하는 노래는 짜증."이라는 소리를 할 수는 없었다.

"네. 괜찮네요."

나는 이렇게 대답하고 말았다.

그렇다고 종현 오빠와 내가 은밀한 눈빛이라도 주고받은 건 아니다. 우리는 동아리 모임 시간보다 일찍 온 것뿐이었고, 종현 오빠는 듣고 있던 이어폰 한쪽을 내게 넘겨준 것뿐이었다.

그런데도 나는 '금영 노래방'에 영원히 등록되지 않을 게 뻔한 노래에 대해서 자발적으로 이렇게 말하고 있었다.

"어, 이거 앞부분은 동요랑 똑같네요? 재밌다."

"응. 불나방스타쏘세지클럽의 〈악어떼〉. 좋지? 나는 악어떼가 너무 두려워 알아서 길— 수밖에 없었네."

종현 오빠는 뜻 모를 가사를 흥얼거리며 어깨를 들썩였다. 파도타기라도 하는 듯 내 마음도 덩달아 출렁거렸다.

바로 그때, 조리실습실 문이 조용히 열리며 동아리 지도교사이자 나의 담임인 한상진 선생이 들어섰다. 나도 모르게 벌떡 일어났고 그 바람에 이어폰이 바닥으로 떨어졌다.

"한 샘. 이거, 너무 좋아서 아무한테나 안 푸는 노랜데, 한번 들어 보실래요? 쉐키 쉐키 쉐키……."

종현 오빠는 내가 떨어뜨린 이어폰을 한상진 선생에게 내밀며, 욕이라고 생각할 수밖에 없는 그 노래의 후렴구를 흥얼거렸다. 그건 조금 전에 내게 이어폰을 내밀며 건넨 말이기도 했다. "아무한테나 안 푸는 노래."라는 말을 "그런데 너에게는 특별히." 라고 해석했던 것인데.

"난 남의 이어폰 안 쓰는데."

한상진 선생은 그렇게 말하며 재킷 주머니에서 자신의 엠피스리 플레이어를 꺼내서 이어폰을 빼 들었다.

"에이, 샘은…… 남자가 뭐 그렇게 깔끔 떨고 그래요?"

종현 오빠가 농담처럼 말했다. 욕인지 추임샌지 구분하기 어려운 노랫말에 취해 상대가 한상진인지 지나가는 아저씬지 헷갈리고 말았던 모양이다. 그게 아니면 아직 나만큼 한상진 선생에 대해 몰랐던 탓일 수도 있고.

한상진 선생의 얼굴에 찬바람이 쌩하고 불었다.

"난 남자가 아니라 네 선생이다."

한상진 선생은 턱을 조금 치켜들고 종현 오빠를 빤히 바라보았다. 그게 전부였다. 그 눈빛이면 충분했다.

한상진 선생의 눈빛에는 여느 사람에게는 없는 그 어떤 마력이 있는 게 분명하다. 그러지 않고서야 왜 그렇게 다들 옴짝도 못하고 기가 꺾이겠는가. 몽둥이 한번 휘두르지 않고, 험악하게 목소리 한번 높이지 않고 어지간히 거친 남자애들까지 단숨에 기를 꺾어 놓는다.

종현 오빠도 제풀에 이어폰을 빼고 엠피스리 플레이어를 꺼서 가방에 집어넣었다. 딱하게도.

종현 오빠와 나는 반성문을 쓰러 불려 온 애들처럼 어색하게 앉아 오늘 실습할 '백년초로 물들인 붉은 절편' 레시피만 수십 번 되풀이해서 보았다. 한상진 선생은 우리 맞은편에 앉아서, 그러나 우리의 존재를 깡그리 잊은 사람처럼 지그시 눈을 내리감고 음악을 들었다. 어쩌면 음악이 아니라 눈빛 마력을 수련하는 특별 강의를 다운로드 받아 듣고 있는 것인지도 모르고.

여느 때와 다를 것 없는 실습 시간이었다. 그러나 내게는 여느 때와 전혀 다른 종류의 일이 일어나고 있었다. 여태 시시콜콜하게 모든 걸 주고받던 친구들에게 오늘의 일에 대해서는 입을 다물었다. 모임을 끝내고 돌아가는 길에 세상의 모든 사소한 일을 들추어 수다를 떨 때에도, 나는 종현 오빠와의 그 시간에 대해 말하지 않았다. 심지어 마루가 "종현 오빠는 하루 종일 이어폰을 끼고 살더라. 대체 무슨 노래를 그렇게 듣나?" 하고 중얼거리듯 물었을 때도, "영어 강의 듣는 거 아니야? 유학 대비반이잖아."라고 엉뚱한 소리를 하고 말았다.

아, 그것은 정말이지 나의 의지에 따른 것이 아니었고 어떤 의도가 담겨 있는 것도 아니었다. 그저 알 수 없는 어떤 마음이

나에게 그런 거짓말을 강요했던 것이다.

집에 와서는 종현 오빠의 엠피스리에 담겨 있던 인디 밴드 노래를 찾아 들었다. 하나같이 노래방에는 없는 노래들이었고 따라서 내게는 무가치한 노래에 가까웠다. 그러나 그 낯선 리듬이 나를 설레게 했다. 아직은 175센티미터이지만 앞으로 얼마나 더 클는지 누가 아는가라는 생각이 들었고, 그 가지런하고 하얀 이와 선이 고운 입술이 떠오르기도 했다. 그렇게 강동원과 종현 오빠 사이의 간극을 좁혀 가고 있을 때, 마침내 육군 장교가 되고야 말 우리 오빠 나금호가 방문을 벌컥 열었다.

"야. 좀 조용히 해라. 이 집에 너 혼자 사냐?"

오빠는 방문을 쾅 닫아 버렸다.

나야말로. 그런 대답을 돌려주고 싶었다. 그렇다고 인문계 내신 1등급에 걸맞게 1등급의 신경질을 부리는 고3 오빠와 싸울 수는 없었다. 그래도 궁금한 걸 참을 수는 없었다. 나는 오빠 방으로 갔다.

"오빠. 키가 몇이야?"

"아, 좀!"

"진짜 궁금해서 묻는 거야. 몇이야?"

"178이다, 왜!"

"생각보다 작네."

나는 그렇게 말하고 방문을 닫았다. 오빠를 보면 다들 키가 훤칠하다고들 한다. 아빠는 특히 군복에 어울릴 몸매라고 얼마나 자랑스러워하는지 모른다. 내가 봐도 꽤 봐 줄 만한 편이다.

그래, 어쩌면 190센티미터는 과욕인지도 모른다. 강동원은 스크린 속에서만 존재하는 아바타인지도 모른다. 현실의 남자가 어떻게 그토록 완벽한 외모를 소유할 수 있단 말인가. 열일곱 봄날에 이르러 나는, 세상의 남자를 단 두 부류로 나누는 건 좀 무리가 아닌가 하는 생각이 들었다. 최소한 세 부류 정도는 되어야 하지 않을까.

강동원과 강동원이 아닌 남자, 그리고 강동원은 아니지만 괜찮은 남자.

1696번의 노랫말처럼, 수요일이라는 단어에는 어딘가 낭만적인 구석이 있다. 비 오는 수요일이라면 더할 나위 없다. 비 오는 수요일의 동아리 모임이라면 더욱 좋다. 종현 오빠와 빨간 장미 혹은 엠피스리 플레이어가 기다리고 있는 텅 빈 조리실습실이라면 더더욱.

나는 어떻게든 친구들을 떼어 놓고 다만 십 분이라도 먼저 조리실습실로 가고 싶었다. 마루가 "배고파서 떡실신하게 생겼다. 떡볶이 먹고 가자."라고 말했을 때는, 하마터면 대놓고 환호할 뻔했다. 난 속이 안 좋다고 말하고 먼저 조리실습실로 올라가면 될 것 같았다.

그러나 현지가 엄격한 교관 같은 얼굴을 하고 말했다.

"너 다이어트 중이라면서."

"그래. 실습 끝나고 먹으면 되지 뭐하러 돈을 쓰냐. 오늘은 찰떡이야. 오우!"

태진이까지 거들고 나섰다.

그것으로 낭만적인 수요일에 대한 나의 꿈은 산산조각 나고 말았다. 나는 가시밭길을 맨발로 걷는 인어공주와 같은 마음을 숨긴 채 친구들과 함께 조리실습실로 향했다.

그런데 조리실습실이 있는 삼 층으로 올라서자 누군가의 요란한 고함 소리가 복도를 뒤흔들고 있었다. 목소리만으로 주인공을 알기에 충분했다. 동아리 회장인 왕숙 언니였다. 몸집은 초등학생처럼 작고 야위었는데, 목소리는 크고 허스키했다.

"그래서, 네가 내 사정이라도 봐주려고 그랬다는 거야? 그래서 회장인 나를 무시하고 네 멋대로 일을 벌였다는 거야? 박종현, 네 눈에 내가 회장으로 보이긴 하냐? 선배라고 생각은 하고 있는 거냐?"

"지금 그런 얘기가 왜 나와요? 그게 아니라 마루가……."

마루? 우리 모두 마루에게 눈을 돌렸다. 마루는 얼굴이 빨갛게 달아올라 있었다. 놀랐다기보다는 뭔가 사정을 알고 당황한 사람처럼.

"지금 마루가 무슨 상관이야? 난 지금 너에 대해서 이야기하는 거야. 마루나 안강녀 선생님이 아니라! 박종현, 네 눈에는 내가 그렇게 우스워 보여? 왜 여자가 회장이라는 게 아직도 고까워? 선배고 뭐고 여자는 인정 못 하겠다는 거야?"

"선배. 왜 그렇게 꼬였어요? 제가 언제……."

"거봐. 선배, 선배, 선배! 네가 언제 나한테 누나라고 한 적 있어? 너, 남자애들한테는 형, 형 그리고 굽실거리잖아. 그러면서 나한테는 그리고 다른 삼 학년 여자애들한테는 선배, 선배, 깍듯한 척하면서 가르치려고 들잖아. 네, 네 하고 말만 따박따박 높이면 그게 선배 대접이야? 마루 문제만 해도 그래."

마루가 문을 벌컥 열었다.

왕숙 언니가 허리에 두 손을 얹고 고개를 획 돌렸다. 종현 오빠가 일그러진 얼굴을 창가로 돌렸다.

"언니. 그게 아니라요. 제가, 제가 잘못한 거예요. 전 그냥…… 아직 동아리에서 정식으로 가는 게 아니니까 언니한테는 나중에 얘기하려고……. 이번에는 할머니한테 슬쩍 운만 띄어 보려고 하는 거니까……."

"그래, 은마루. 내가 사람 잘못 봤다. 너도 박종현한테 알랑거리는 여자앤 줄은 몰랐어. 변명할 것 없어. 네가 누굴 좋아하든, 누구한테 알랑거리든, 그건 네 마음이다. 그리고 네 말처럼, 이번 일은 동아리와는 상관없는 일이야. 그러니까 동아리 회장인 나한테는 한마디도 없이 일을 꾸몄겠지. 너희 둘이서 전주를 가든 진주를 가든 알아서 해. 대신 그 일을 동아리에 끌고 들어올 생각은 말아."

왕숙 언니는 한마디 한마디 돌에 새기듯 말했지만 내게는 단 두 마디만 귀에 들어왔다. 너희 둘이서.

종현 오빠도 그 말이 거슬렸나 보았다.

"너희 둘이서라뇨? 누가 들으면…… 선배, 무슨 말을 그렇게 해요?"

"그래? 그럼, 동아리 회장 따위 깡그리 무시하려고 작당한 애가 또 있나 보지? 나금영, 백현지, 너희들이냐? 최강태진, 너도?"

"아닌데요."

우리 셋이 동시에 고개를 저었다.

종현 오빠가 놀란 눈을 뜨고 현지를, 그리고 마루를 바라보았다. 그러더니 그 오뚝한 콧날을 일그러뜨리며 마루에게 따지고 들었다.

"은마루. 어떻게 된 거야? 현지도 가는 거 아니었어? 네가 현지한테 얘기한다고 했잖아. 뭐야, 내가 낚인 거냐?"

"아뇨. 그러니까 그게…… 가려고 했는데…… 현지는 아빠가 허락을 안 해서……."

아빠가 허락을 안 해서 전주에 갈 수 없는 건 내 이야기다. 현지는 집에서 거의 통제하지 않는 편이다. 태진이는 말할 것도 없다. 마루는 최근에 우리에게 전주 이야기를 꺼낸 적이 없었다.

그러니까 마루는 우리에게도, 회장인 왕숙 언니에게도 일언 반구 없이, 종현 오빠에게 전주에 가자고 한 것이다. 그리고 종현 오빠는 현지의 등장을 기대하며, 어쩌면 단지 그 이유만으로 동행하겠다고 나선 것이다. 지금 마루와 현지를 나란히 세워 놓고 뻔뻔한 얼굴로 그렇게 소리치고 있는 것이다.

"박종현. 그만하자. 네 말대로 나도 바쁜 고3이다. 너처럼 잘난 유학반은 아니지만, 취업반으로 고3을 보내는 것도 만만치 않다. 그러니까 이번 일은 신경 끌 테니 그리 알아. 대신, 내가 졸업할 때까지 전주니 안강녀 선생님이니 하는 소리는 입도 뻥끗할 생각 마."

왕숙 언니가 선언하듯 말했다.

"무슨 일이야?"

한상진 선생이 문가로 들어섰다.

그렇게 묻는다면, 대체 어디서부터 이야기해야 할지 모르겠다. 하지만 선생 앞에서 할 수 있는 이야기의 줄거리는 간단했다. 마루 외할머니가 궁중 떡 무형문화재 안강녀 선생님이라는 것, 그래서 궁중 떡 전수를 청하기 위해 전주에 가려고 했다는 것, 종현 오빠가 미처 왕숙 언니에게 의논하지 못해서 문제가 생겼다는 것.

"박종현. 왕숙이한테 사과해라."

"선생님, 그게 아니라……."

"사과해라. 공손하게."

한상진 선생의 눈빛 마력은 지구의 자전 법칙처럼 절대로 거스를 수 없는 그 무엇이다. 종현 오빠는 주먹을 꽉 움켜쥔 채 왕숙 언니에게 보일 듯 말 듯 고개를 숙였다.

"선배, 죄송해요."

"너 그래도……."

"정왕숙. 그만."

한상진 선생이 말끝을 짧게 끊으며 말했다.

왕숙 언니는 더 이상 반항하지 않았다. 한상진 선생과 얼굴 붉히고 싶은 마음은 조금도 없을 것이다. 사랑싸움이라면 또 모르겠지만.

"은마루. 네가 무슨 생각으로 그런 일을 벌이려 한 건지는 모르겠다만, 궁중 떡이라는 게 여간 어려운 게 아니다. 내가 알기로는, 안강녀 선생님도 까다로운 분이고. 어쩌다 한두 번 가서 선생님 얼굴이나 뵙는 거겠지. 난, 그런 식으로 일하는 건 딱 질색이다. 실속도 없이 유명인을 앞세워서 그럴싸하게 포장하는 꼴은 못 봐준다. 그러니 그 이야기는 여기서 덮어라."

마루는 아무 말도 하지 못하고 붉어진 얼굴을 깊이 숙이고만 있었다. 그토록 바라던 전주 계획이 허무하게 끝나 버렸다는 사실도 깨닫지 못하는 것 같았다. 검은깨를 물에 씻는 일에서

부터 찰떡을 스크레이퍼로 자르는 마지막 공정을 끝낼 때까지 누구와도 눈을 마주치지 않았다.

나 역시, 마루와 크게 다르지 않았다. 검은깨와 밤이 든 찰떡에서 풍겨 오는 달짝지근한 냄새에도 속이 울렁거렸다. 조금이라도 빨리 이 냄새에서, 이 기분에서 벗어나고 싶은 생각뿐이었다.

동아리 모임을 끝내고 조리실습실을 나섰을 때, 계단 모퉁이를 돌고 있는 종현 오빠의 목소리가 들렸다.

"내가 이래서 목소리 큰 여자들한테는 안 꼴린다는 거야."

남자 선배들의 걸걸한 웃음소리가 복도에 메아리쳤다.

최소한 그 말은, 듣지 않았으면 좋았을 것이다. 그랬다면 마루도, 나도 조금쯤 덜 비참했을지도 모른다. 적어도 이 사건이 고등학교 시절의 달콤 쌉싸래한 추억으로 기억될 수 있을지도 모른다.

학교 건물을 나서자마자 마루는 울음을 터트렸다. 현지도 나직한 한숨을 내쉬며 먼 데로 눈길을 돌렸다. 마루는 공개적으로, 친구들과의 여행 약속을 무참히 배신했다. 현지는 뜻하지 않게, 친구의 애틋한 마음에 상처를 주고 말았다.

아무도 모르고 있지만, 나 역시 마음으로 마루와 다름없는 일을 하였으며, 종현 오빠가 현지만을 지목했다는 사실에 상처받았다. 그저 설레는 정도가 아니라 종현 오빠에 대해 조금이

라도 진지한 마음이었다면, 현지와 마루를 미워하게 되었을지
도 모를 일이다.

"아, 이래서 남자들이 문제야. 어딜 가나 화근이라니까."

태진이가 너스레를 떨었지만, 우리 셋 다 아무런 반응이 없
었다. 태진이는 마루와 현지의 어깨에 팔을 척 걸쳤다.

"고만하자. 응? 그깟 남자 때문에 이럴 필요 없잖아. 마루야.
박종현 따위한테 넌 너무 과분해. 백현지, 똥 밟았다고 생각해
라. 똥이 문제지, 갈 길 가고 있던 네 발이 무슨 죄겠냐? 그래,
우리 모두 똥 밟은 거다. 응? 애들아. 니들, 나 하나에 만족할
순 없겠니?"

태진이의 농담에도 마루는 울음을 그치지 않았다. 현지는 마
루를 바라보았지만 아무 말도 하지 않고 고개를 돌렸다. 달리
무슨 말을 하겠는가. 너무 예뻐서 미안하다고 할 수도 없는 일
이고.

비가 내리고 있었다. 벚꽃은 다 지고 초록 잎이 무성한 비 오
는 수요일. 종현 오빠가 아니더라도 낭만적인 노래 한 곡이 생
각나지 않을 수 없는 날이다. 그래. 비 오는 수요일의 빨간 장미
를 위해 꼭 종현 오빠가 필요한 건 아니다. 우리끼리 장미 한
송이 번갈아 건네주며 비 내리는 수요일을 느끼면 될 일.

나는 두 손으로 비를 받으며 입을 열었다.

"가자. 가서 노래나 부르자. 은마루! 박종현이 아니라 강동원

이었다면 난 너희들 아니라 부모 형제도 버렸을 거다. 그러니까 쪽팔려 할 것 없어. 그리고 현지야. 예쁜 건 죄다. 그러니까 예쁜 네가 이해해라. 가자."

내가 마루의 손을 잡아끌었다. 마루는 손등으로 눈물을 훔치면서 쭈뼛쭈뼛 따라왔다. 태진이가 현지의 등을 떠밀었다. 우리는 서로의 얼굴을 똑바로 쳐다볼 수 없는 감정을 담은 채로 8번 방에 들어갔다. 태진이가 자리에 앉지도 않은 채 노래방 책부터 뒤져서 곡 번호를 눌렀다. 1696. 역시나 감각 있는 녀석이다. 태진이는 우리에게 느끼한 눈빛을 던지며 그 지나친 미성으로 비 오는 수요일의 빨간 장미를 선사했다.

다음 노래의 전주가 흐르자 현지가 밉지 않은 시선으로 태진이를 흘겨보았다. 태진이가 멋대로 현지의 애창곡을 예약한 것이다. 현지가 좋아하는 노래지만, 혼자서는 절대 부를 수 없는 노래다. 현지는 파워풀하게 속사포 랩까지 구사하지만, 고음 불가다. 몹시 쑥스러워하는 마루와 현지에게 태진이가 마이크를 억지로 쥐여 주었다. 결국 래퍼 백현지는 자리에서 일어나 가는 손목을 까딱이며 리듬을 탔다. 마루도 당장에 테이블에 뛰어오를 듯한 자세로 뻔뻔한 고음을 질러 대기 시작했다. 오, 마이 프렌드, 나의 친구들. 한껏 달아오른 노래가 어색한 분위기를 단숨에 날려 버렸다. 태진이와 나도 "오—오—오—오—" 하고 코러스를 넣었다. 이것으로 오늘의 사건은, 엄마는 모르고 있는 성적표처럼 책상 서랍 깊숙이 숨겨질 것이다.

나는 문득 지윤이와 연재에게 문자라도 보내고 싶었다. 태진이가 우리의 우정을 위협하지 않는 건, 단지 키의 문제가 아니다. 태진이는 우리를 우리로 느끼게 만드는 녀석이다. 태진이는 우정의 위협 요소가 아니라 우리의 우정일 수 있다.

다음으로 은마루의 피처링과 함께하는 백현지의 〈붉은 노을〉이 서서히 물들어 가기 시작했을 때, 나는 태진이의 귓가에 대고 물었다.

"최강태진, 너희 아버지는 키가 어떻게 되시냐?"

"우리 아버지? 163. 우리 형도 163. 그게 우리 집안 유전자가 보여 줄 수 있는 최대치다. 기대해라. 단신인 남자가 대세인 날이 다가오고 있으니."

태진이는 탬버린을 집어 들고 일어나 리듬을 타기 시작했다. 춤 솜씨는 형편없지만 리듬감은 꽤 괜찮은 편이다.

우리의 우정은 분명코, 오래도록 견고할 것이다.

03 조 기자

"조 기자님 말이야.
아무래도 너네 엄마 옛날 애인 같다. 안 그러냐?"
"웃기고 있네."라고 비웃기에는,
나도 이미 그런 생각을 하고 있었다.
엄마는 아줌마가 아닌 척하느라 애쓰는 티가 났고,
아빠는 그를 싫어하는 티를 내지 않으려고 안간힘을 썼다.
둘 다 그다지 성공적이지 못했지만.

내가 중3에 올라가던 봄, 엄마와 나는 옷장을 텄다. 어느 날
부터인가 내가 엄마 옷을 하나씩 꺼내 입기 시작했고, 이어서
엄마도 내 옷을 입었다. 그러다 중3 여름에 아예 옷장을 합쳐
버렸다. 서랍장을 하나 사서 내 방 옷장 옆에 놓고 엄마와 내
옷을 같이 두고 입는다. 엄마는 점심때가 지나 노래방에 나가
기 때문에 대개의 경우 아침에 일찍 나가는 내가 유리하다.

친구들은 이런 말을 들으면 "우리 엄마는 내 바지에 팔뚝도
안 들어갈 텐데."라거나 "너희 엄마는 꽃무늬 블라우스나 금테
두른 치마 안 입어?"라고 감탄하곤 한다. 몸무게로만 따지자면
혹은 체지방으로만 따지자면 그렇다고 말할 수도 있겠다. 어쨌

거나 열일곱 딸의 옷을 입고는 있으니 젊은 취향이라고 할 수도 있겠고.

그러나 나는 전신 거울에 자신의 모습을 비춰 보고 있는 엄마에게 이렇게 묻지 않을 수 없었다.

"엄마, 왜 뱃살에 주름이 졌어?"

엄마는 만족스러운 표정으로 어깨에 둘러 보던 스카프를 내게 집어 던지며 잇달아 쏘아붙였다.

"그래, 나 뱃살 주름졌다. 어쩔래? 그럼 잔뜩 부풀었다가 바람 빠진 풍선이 원래처럼 팽팽한 모양으로 돌아가니? 그래, 말 잘했다. 이게 다 너희 남매 낳느라고 이렇게 된 거니까, 손해배상이라도 청구해 줄까?"

"아, 알았어. 알았다고. 나 참, 바람 빠진 풍선이라니…… 그게 현모양처를 꿈꾸는 딸에게 할 소리야? 그러다 내가 시집도 안 가고 애도 안 낳는다고 하면 어쩌려고 그래?"

엄마는 내 스키니 진의 지퍼를 억지로 올리다 말고 나를 돌아보았다.

"시집 안 가도 안 말리고, 애 안 낳아도 안 말린다."

"시집을 왜 안 가? 난 갈 거야. 자산가 부모 밑에서 자라 이류 대학을 나온…… 왜냐하면, 어차피 내가 일류 대학을 갈 건 아니잖아. 그런데 학벌에서 너무 차이가 나면 꿀리니까. 아무튼 그렇게 자산가 부모 밑에서 자라 이류 대학을 나와서 억대 연봉의 직장에 다니는 남자와 결혼해야지. 그래서 아침마다 남편 출근시키고 수영장 들렀다가 백화점 들렀다가 마사지 받고. 엄마, 내가 꼭 그런 사위 데려와서 호강시켜 줄 테니까, 그러니까 나, 치아 교정 끝나면 쌍꺼풀 좀 해 줘. 아, 코도 세워야겠다. 아 참, 턱도 깎아야 되네. 또 뭐 없나?"

내가 그렇게 말하며 거울에 얼굴을 비춰 보는데, 엄마가 내 뒤통수를 되게 쥐어박았다.

"아, 왜 때려!"

"옛말 그른 거 없다. 내가 너한테 매를 너무 아꼈나 보다."

폭력을 휘둘러 놓고도 엄마는 당당한 태도로 내게 도움을 청했다.

"나금영. 내일 노래방 좀 봐줘라. 학교 끝나고 와서 문 열고 여덟 시까지. 아니, 일곱 시 삼십 분까지만."

"됐거든. 나 고등학생이거든. 오늘부터 수능 준비에 돌입할 거거든!"

"그럼 밀린 노래방비 다 정산하든가."

엄마가 차가운 눈길로 나를 노려보았다. 하긴, 오월에 벌써 소매 없는 블라우스를 입고 있으니 체온이 내려가기도 했겠지.

"근데 이 밤에 어딜 가려고 그렇게 차려입어?"

"안 가. 내일 옷 미리 입어 본 거야."

엄마는 다시 추리닝으로 갈아입었다. 내일 입고 나갈 철 이른 옷들은 옷걸이에 잘 걸어 두고서.

내일 옷을 미리 입어 보는 것도, 철 이른 옷을 입는 것도, 우리 엄마에게는 드문 일이다. 아니, 내 기억으로는 처음이다. '그렇다면 이건 대체'라는 생각이 들지 않을 수 없었다.

나는 마루와 카운터에 앉아서 튀김 섞은 떡볶이를 먹으며 은밀한 사생활을 추적하는 삼류 탐정 같은 눈길로 허공을 쏘아보았다. 이런 일에 조언해 줄 사람으로 마루보다 적당한 인물은 찾기 어렵다. 하지만 적당히 거리를 두고 우회할 필요가 있었다.

나는 마지막 남은 오징어튀김을 이쑤시개로 찍어 마루에게 내밀며 은근히 물었다.

"마루야. 요새는 아줌마들도 바람 많이 피운다며? 인터넷 보니까 그런 기사 많더라."

"그런가 보더라. 연상의 유부녀에 연하 총각 커플도 많다고 하고. 좋은 현상이야. 언제까지 여자들만 당하라는 법 있냐? 그동안 바람 피우고 성매매업소 다니고…… 남자들은 할 짓 안 할 짓 다 했잖아. 그런데 왜 여자들만 참고 사냐? 같이 즐기는 거지."

마루는 오징어튀김을 입에 쏙 집어넣고는 입가에 묻은 소스를 손등으로 쓱 닦았다. 콧물까지 훌쩍. 그러고는 재방송 중인 아침 드라마의 시어머니를 성토하느라 떡볶이 소스가 섞인 침을 사방으로 튀겨 댔다. 이 아이 어쩌면, 배 속에서부터 아줌마였는지도 모르겠다.

그러고 있는데 진짜 아줌마의 목소리가 복도에서 들려왔다.

"아이참. 그냥 다음에 보면 되지, 뭘 굳이 여기까지 와?"

"아이참."이라니. 이건 뭔가, 진짜 아줌마라고 하기에는 지나치게 관객을 의식한 목소리다. 그러나 틀림없이 우리 엄마다.

엄마는 곧 노래방으로 들어왔다. 어제 입어 봤던 옷이긴 한데, 스카프가 낯설다. 새로 산 모양이다. 거기다 팔목에는 도금한 팔찌가 찰랑거리고 화장도 평소보다 신경 쓴 티가 난다.

"너 만난 김에 성웅이도 보고 싶어서 그러지. 자식, 못 본 지 벌써 오 년은 된 거 같다. 런던에 있을 때도 버킹엄 궁전 앞에 있는 근위병들 보면 성웅이 생각나곤 했는데."

엄마의 뒤를 이어 등장한 남자는 제법 키가 크고 머리숱은 무성하며 벨트가 배 아래로 내려가지도 않았다. 카키색 마 재킷이 썩 잘 어울리고 전체적으로, 백화점 쇼핑백에서 막 꺼낸 것 같은 옷을 빼입었다.

그는 엄마의 대학 동창이란다. 같은 과 같은 학번. 그렇다면 아빠의 대학 동창이기도 하다. 우리 엄마와 아빠는 대학 때 과 커플이었으니까.

"우리 딸이야. 금영이."

"오, 그래!"

그는 관찰하는 눈으로 나를, 그리고 엄마를 바라보았다.

그래, 나도 안다고요. 안타깝게도 부계 유전자만 편협하게 물려받았다고요. 엄마의 저 날렵한 턱선이나 오뚝한 콧날이나 시원한 쌍꺼풀은 하나도 물려받지 못했다고요. 그렇지만 우리 엄마의 미모는 시대에 몹시 뒤처졌다는 건 모르시나요? 전 나름대로 21세기형 미인으로 분류될 만하다고 자부하고 있거든요.

나는 평생 동안 소리 없이 부르짖어 온 이야기를 속으로 되풀이했다. 그래 봤자 그도 결국 남들이 다 하는 소리를 하고 말았다.

"성웅이 닮았네. 똑같아. 이산가족 되어도 걱정 없겠다."

그는 "아, 참." 하고 주머니에서 명함을 꺼내어 내게 건넸다. MBS 보도국 조동식 기자. 그때, 노래방에서 뉴스로 보았던 바로 그 남자다.

"뭘 애한테 명함을 주고 그래?"

엄마가 웃으며 말했다.

"아, 그렇지? 습관이 되어서. 그리고 뭐, 애가 아니라 아가씬걸. 올해 몇 학년이니?"

"고등학교 일 학년이요."

"오, 그래. 학교는 어디? 근처에?"

"네. 서경 생과고요."

내가 내키지 않는 기색을 숨기며 말했다.

전문계고에 다니는 게 창피하거나 그런 건 아니다. 하지만 "생

과고?"라고 묻는 사람들에게 "생활과학 고등학교요."라고 대답
하면 다시 "오, 과학고?"라는 질문을 받고 "아뇨. 생활과학고
요."라고 대답하고 다시 "생활과학고?"라는 질문에 대해 긴 설
명을 해야 하는 건 참으로 성가신 일이다. 어쩐지 구질구질해
지는 느낌이기도 하고.

그러나 그는 그렇게 묻지 않았다.

"생과고? 이야, 잘됐네."

그는 마침 생활과학고를 취재하려던 참이라고 했다. '우리 교
육의 탈출구를 찾아서'라는 기획기사를 맡고 있는데, 이번 달
에는 전문계고에 대해 취재하고 있단다. 마침 마땅한 기삿거리
가 없어서 고민 중이었고.

그는 스프링이 달린 조그만 수첩을 손바닥에 올려놓고 우리
에게 이것저것 물었다. 어떤 계기로 전문계고를 선택한 것인지,
학교생활은 어떤지, 진로에 대한 계획은 무엇인지, 졸업한 선배
들은 어떤 일을 하고 있는지. 잇달아 질문을 하며 빠른 손놀림
으로 무언가를 적는 그는, 이마가 반듯하고 눈썹이 짙었다. 꽤
날카로운 눈매가 이지적이기도 했다.

"윤희야, 나 물 한잔 주라."

그가 말했다. 누군가 엄마 이름을 친구처럼 부르는 게 어색했
다. 엄마는 그에게 보리 음료를 건네며 수첩을 슬쩍 넘겨다보고
말했다.

"필체가 여전히 좋구나."

그는 엄마에게 다정하게 웃어 보이고는 내게 다시 물었다.

"그런데 왜 하필 국제조리과학과를 선택한 거야? 다른 과들도 있는데."

사실, 내가 국제조리과학과를 선택한 것은 아빠의 반 강압이었다.

인문계에 가서 공부 잘하는 애들 들러리나 서려고 야간 자율학습에 보충수업까지 시달리고 싶진 않았다. 그래서 동네에 있는 서경 생활과학 고등학교에 관심을 갖게 되었다. 학과 선택을 고민할 때, 가장 내 마음을 끈 것은 국제뷰티아트과였다. 그러나 아빠는 홈페이지의 학과 소개를 읽자마자 펄쩍 뛰었다. "헤어아트, 네일아트, 피부 관리, 메이크업……. 안 돼! 이런 데 가봤자 날라리 되기 딱 좋다!"라면서. 그건 편견이라고, 문화 사업에 종사하는 사람이 아트를 이해하지 못하느냐고 절규했지만 소용없었다. 다음으로는 실용음악과를 점찍었다. 노래방 전문 경영인이 되겠다는 장난스러운 포부를 밝히면서. 그러자 아빠는 심하게 화를 냈다.

결국 아빠와 내가 합의할 수 있는 유일한 과가 국제조리과학과였다. 나의 적성은 과학이 아니라 아트에 있다고 다시 한 번 설득해 보았지만 "그럼 그냥 네 엄마 말대로 인문계 가든가."라는 얄미운 대답만 돌아왔다. 엄마를 설득하기 위해서 아빠라도 내 편으로 만들어야 했다.

그렇다고 그런 이야기를 학과 선택의 동기랍시고 내세울 수는 없었다.

다행히 마루의 화려한 입학 동기가 내 체면까지 살려 주었다. 외할머니가 궁중 떡 무형문화재 안강녀 선생님이라는 사실에서 부터 우리 떡의 세계화에 이바지하는 떡 전문가라는 원대한 포부까지.

조 기자는 완전히 감동을 먹은 눈치였다. 노래방 복도 끝으로 가서 누군가와 통화를 하고 돌아와 이렇게 말했다.

"내일 인터뷰 좀 해 줄 수 있겠니? 다른 친구들이나 선배들도 좀 불러서."

방송 카메라 앞에서 인터뷰를 하자는 것이다. 여덟 시 뉴스에서 방영될 것인데, 시간 여유가 없어서 내일 당장 서둘러야 한다면서.

그렇게 나금영의 화려한 방송 데뷔가 결정되는 순간에, 아빠가 노래방으로 들어섰다. 홈쇼핑에서 3종 세트로 산 베이지색 바지는 무릎이 툭 튀어나왔고 하늘색 반팔 티셔츠가 풍만한 배를 간신히 감싸고 있다. 어쨌거나 아빠는 그를 보고 무척 놀란 표정과 뜨악한 표정과 반가운 표정을 잇달아 지었다. 그리고 그와 손이 아프도록 악수를 했다. 엄마와 아빠 그리고 조 기자는 나로서는 알 수 없는 이름들을 차례로 들먹이며 앞다투어 떠들어 댔다. 그야말로 동창생들의 우정 어린 재회인 듯했다.

그런데 노래방에서 나와 마을버스를 기다리고 있을 때, 마루가 내게 은근한 목소리로 물었다.

"조 기자님 말이야, 아무래도 니네 엄마 옛날 애인 같다. 안 그러냐?"

"웃기고 있네."라고 비웃기에는, 나도 이미 그런 생각을 하고 있었다. 엄마는 아줌마가 아닌 척하느라 애쓰는 티가 났고, 아빠는 그를 싫어하는 티를 내지 않으려고 안간힘을 썼다. 둘 다 그다지 성공적이지 못했지만. 그렇다면 설마 2765번 같은 상황인 건가? "친구의 친구를 사랑했"다는?

"아무튼 왕숙 언니한테는 네가 연락해라."

나는 그렇게만 말하고 마을버스에 올라탔다.

방송의 위력은 컸다.

우선, 그 밤에 전화 한 통 날린 것만으로 노는 토요일 아침 열 시까지 다섯 명이 몰려들었다. 말끔하게 씻고 번쩍거리게 바르고 번듯하게 차려입은 채로 수줍은 미소를 지으며.

가장 돋보인 것은 단연 마루였다. 무형문화재라는 말은 마루의 머리 뒤에 금빛 후광을 드리웠다. 후광 덕분인지 방송에서는 얼굴도 좀 작아 보였다. 역시, 사람은 집안이 좋고 볼 일이다. 다음으로는 종현 오빠였다. 종현 오빠는 인문계고에서도 상위권일 수 있는 성적으로 전문계고에 왔기 때문이었다. 조 기자는 눈빛을 반짝이며 "그럼 집안 형편 때문에……?"라고 물었고, 종현 오빠는 "아뇨. 아버지 어머니가 모두 초등학교 교사세요. 형편 때문은 아니고, 전문계고가 오히려 대학 진학에 유리해서 왔어요."라고 대답했다. 집안 다음으로 중요한 것은 성적이다.

하지만 토요일 밤 여덟 시에 보도된 방송에서는 단연코 현지가 돋보였다. 어쩌면 집안이나 학벌보다 중요한 것은 외모인지도 모르겠다. 다음으로는 왕숙 언니가 그나마 덜 편집된 상태로 방송에 출연했다. 내가 듣기로는 왕숙 언니 할아버지 할머니가 재래시장 터줏대감이자 알부자인데, 방송에서 왕숙 언니는 부모님이 일찍 돌아가시고 시장통에서 할아버지 할머니와 함께 떡장사를 해서 공부하는 가엽고 장한 고학생이 되어 있었다. '떡실신'은 안강녀 선생님의 지도를 받을 예정이라고 소개되었고, 마루는 후계자 수업이라도 받고 있는 것 같았다. 유학반인 종현 오빠도 이미 아이비리그를 거닐고 있는 것처럼 보였고. 우리 모두 "전통 음식을 계승 발전시키기 위해 몸과 마음을 다 바쳐 열정을 불태우는 청소년"처럼 보였다.

전체적으로 방송 내용은, 거짓은 아니었지만 진실이라고 말하기에는 좀 애매한 구석이 있었다.

그 와중에 태진이와 나는 쉽게 말해서, 배경으로 처리되었다. 방송이 끝나자마자 나는 태진이에게 문자를 보냈다.

　행인1! 역사적인 방송 출연 소감이 어떠냐? 다음번엔 병사1로 사극에 도
전해 보지 그러냐. 요즘은 사극이 뜨는 추세인데.

　그럼 너는 무수리1로 출연해라. 우리 둘이 제대로 감초 연기를 보여 주자.
병사1과 무수리1의 소박한 사랑. 우헤헤. 잘하면 주연배우보다 더 짭짤하게
CF로 벌어들일 수 있을 거야.

　나는 내 손가락을 부러뜨리고 싶었다. 나의 미모를 태진이와
동격으로 끌어내린 것은 순전히 손가락의 요상한 장난질 때문
이니까.

　그러나 월요일에 학교에 가자 배경 노릇을 했던 우리마저도
화제의 주인공이 되어 있었다. 뉴스를 보지 못한 아이들이 많
았지만, 조회 시간에 교내 방송으로 그 뉴스를 틀어 주었다.

　애들은 주로 현지의 미모에 대해 이야기했다. 화면으로 보니
얼굴이 더 작더라는 둥, 연예인으로 출세하게 되면 모모 연예인
을 소개시켜 달라는 둥. 종현 오빠에 대한 "우성 유전자로만 구
성된 특이체질"이라는 평판은 더욱 확고해졌다. 선생들은 교실
에 들어올 때마다 마루가 누구냐고 물었다. 서양조리실습 담당
인 양미리 선생은 수업을 작파하고 마루의 화려한 가족사에 대

해 묻고 또 물었다. 들리는 말로는 왕숙 언니도 비슷한 상황이라고 했다. 선생들이 다가와 말없이 어깨를 두드리며 "힘내."라고 말했다고 하고, 빵이나 우유를 슬며시 건네주는 친구들도 있더라나.

태진이와 나에게는 별다른 말이 없었다. 그저 방송 카메라와 인터뷰하는 기분이 어땠냐는 정도였다. 태진이는 "너도 나왔었냐?"라는 질문까지 받았다.

그 모든 사람들과 그 모든 말들을 압도하는 것은 단연 교장이었다.

"에에. 흠흠. 학생들, 잘 들립니까?"

스피커에서 담배에 찌든 것처럼 걸걸한 교장의 목소리가 흘러나왔다. 우리가 대답을 한다고 해서 들릴 것도 아닌데, 늘 그렇게 묻는 것으로 말문을 연다.

"토요일 밤에 뉴스를 본 학생들도 있겠지요? 못 본 학생들은 좀 전에 보았을 것이고. 그래요. 우리 서경 생활과학 고등학교가 자랑스럽게 방송에 소개되었어요. 그것도 여덟 시 뉴스에. 요즘 학생들은 뉴스를 잘 안 봐서 모르는 것 같기도 한데, 여덟 시 뉴스나 아홉 시 뉴스, 그거 대단한 겁니다. 생각해 봐요. 아홉 시 뉴스에 가장 자주 나오는 사람이 누굽니까? 그래요. 대통령이에요. 예전에는 아홉 시 뉴스 첫 번째 보도는 반드시 대통령인 시절도 있었어요. 전두환 전 대통령 각하 시절에 그랬지요. 뭐, 요새는 개나 소나 뉴스 첫 보도로 등장하고, 그러다 보니 국민들이 대통령에 대한 존경심이 없어요. 대통령 이름을 떡떡 부르지 않나, 혐오스러운 동물에 빗대지를 않나. 이래서야 어떻게 나라가 바로 서겠어요? 우리는 올림픽도 개최하고 월드컵도 개최한 국민이에요. 그런데 미국 소를 먹느니 안 먹느니 그런 걸로 데모를 하는 게 말이 됩니까? 우리는 보릿고개를 이겨 낸 장한 국민이에요. 그때만 해도 떡은 참 사치스러운 간식거리였지요. 우리 어머니의 보리개떡이 생각나는군요. 우리 어머니는 함흥에서 월남…… 아, 내가 무슨 말을 하는 중이었더라……."

교장의 연설은 그렇게 샛길로 빠져 수렁으로 굴러떨어졌다. 어쨌거나 교장이 하고 싶은 말은 그러니까, 이번 방송으로 우리 서경 생과고의 명예가 드높아졌다는 것이다. "정말?"이라는 의문이 들지 않을 수 없었는데 아무튼 그때부터 상황은 지극히 명예가 드높아진 학교답게 흘러가기 시작했다.

교장은 성공적인 방송 데뷔로 서경 생과고의 명예를 드높인 우리 모두를 교장실로 불러 걸쭉한 율무차를 한 잔씩 타 줬다. 물론 교장이 탄 건 아니고 행정실 언니가 탔지만. 본격적으로 더워진 오월의 한낮에 에어컨도 꺼 둔 교장실에서 율무차를 마시는 동안, 교장은 마루의 머리를 몇 번이고 쓰다듬어 주었다.

그리고 일주일도 지나지 않아 조리실습실에 새로운 기구가 갖춰졌다. 절구와 절굿공이, 맷돌, 안반과 떡메, 시루와 시루밑, 떡살도 여남은 개가 넘었다. 모두 전통적인 조리 도구들이어서, 여태까지는 사진으로만 구경한 것들이었다.

"이걸 얻다 두라는 거야?"

한상진 선생이 난감한 얼굴로 중얼거렸다. 지극히 전통적인 그 도구들은 조리실습실의 스테인리스 선반과 참으로 부조화스러웠다.

그나마 쓸 만한 변화는 동아리 방이었다. 한지풍의 벽지를 발랐고, 나뭇결이 살아 있는 탁자를 들여놨으며 '떡실신'이라고 궁서체로 쓴 명패도 붙였다. 그러나 구석에 쌓아 둔 대용량 식용유 깡통은 달리 치울 데가 없었다.

일은 그것으로 그치지 않았다. 교장이 마루와 한상진 선생을 불러다 앉혀 놓고 이렇게 말한 것이다.

"에 또…… 그, 안강년 선생님 말입니다."

"안 자, 강 자, 녀 자 쓰시는데요."

마루가 그렇게 항변했다고 한다.

"아, 그래. 내가 존함을 잠시 잊었다. 한 선생, 일단 안강녀 선생님을 찾아뵈어야죠? 내가 직접 찾아뵙는 게 도리겠지만, 부담스러워하실 것 같고. 그리고 나는 또 교장으로서 역할이 있지 않겠습니까? 학교 기업을 하자면 교육청하고 협의할 것들도 있고 또 뭣보다 예산 문제도 있고."

"학교 기업이라니요?"

한상진 선생이 물었다고 한다.

"아, 한 선생도 잘 알지요? 학교 기업 말입니다. 요즘 전문계 고에서 더러 학교 기업을 운영하지요. 내 동창이 교장으로 있는 공고에서는 자동차 수리점을 학교 기업으로 운영한다고 합니다. 학생들이 카센터를 운영하면서 실습도 하고, 이윤을 남겨서 불우한 이웃도 돕고, 학교 이미지도 제고하고…… 아주 반응이 좋아요. 방송이나 잡지에도 여러 차례 소개되었고, 그걸로 학교 예산도 땄지요. 비즈니스 마인드, 이게 필요한 겁니다."

그렇게 '떡실신'의 미래는 안강녀 선생님을 스승으로 모시고 학교 기업을 운영하는 것으로 확정되어 버렸다. 되도록 빠른 시일 안에 안강녀 선생님을 찾아뵙는 것이 그 시작이 되어 버렸고.

"니들, 대체 무슨 짓을 한 건지 아냐?"

한상진 선생이 고개를 절레절레 저었다.

피는 물보다 진하다고 했던가. 학교에서는 비록 무수리1과 같은 처지지만, 친척들에게는 꽤 반응이 뜨거웠다. 외할아버지는 지금까지 나의 고등학교 입학을 두고 "할애비가 형편만 넉넉했으면 하나밖에 없는 외손녀를 여상에 보내지는 않았을 것"이라고 하셨다. 형편 때문에 간 게 아니라고 누누이 말씀을 드려도 그렇게 믿어 의심치 않으셨다. 그런데 이번에 전화를 걸어서는 "너희 엄마를 닮아서 영특하게 클 줄 알았다."고 하셨다. 반면에 고모는 엄마에게 "우리 오빠 딸인데 어련하겠어요."라고 말했고. 심지어 우리 노래방 단골손님 두 사람도 아빠에게 알은체를 했다.

결국 아빠도 조 기자 덕분에 딸이 애매한 출세를 했다는 사실을 인정하지 않을 수 없었다.

"이번 토요일에 동식이랑 저녁이라도 먹자. 경미도 같이. 그집 애들은 아직 어리지?"

"애들 경미 동생네 보냈잖아. 미국으로 조기 유학."

엄마가 말했다.

조 기자의 아내인 경미 이모도 엄마 친구란다. 말하자면 엄마의 고등학교 동창과 대학 동창이 결혼했다는 얘기다. 달리말하자면, 아빠의 동창과 엄마의 동창이 결혼한 거라고 할 수도 있고. 그렇다면 이 상황은 그러니까…… 아, 아무래도 지윤이와 연재의 도움이 필요할 듯하다. 그렇다고 대놓고 묻기도 좀 그렇고.

나는 은밀한 호기심으로 마음을 졸이며 주말을 기다렸다. 마침내 조 기자 부부와 함께 식사를 하던 날, 우리는 늘 그렇듯이 '한마음 노래방' 옆 빌딩에 있는 고깃집 '육값하네'로 갔다. 웨지풍의 깔끔한 테이블로 카페 같은 분위기가 나는 데다 맛도 일품이다. 4인분을 주문하면 1인분을 덤으로 주는 돼지갈비는 내게 거의 '고향의 맛'이나 다름없다.

그러나 조 기자는 돼지갈비를 주문하지 않았다. 자리에 앉자마자 상의 한마디 없이 소갈비를 시켰다. 그것도 1등급 한우 생갈비로. 4인분이 아니라 40인분을 주문해도 덤 따위는 없는 데다가 1인분 가격이 주간 학생 할인으로 따져서 노래방 네 시간 가격과 맞먹을, 바로 그 소갈비를.

엄마와 아빠는 소리 없이 눈빛을 주고받았다. 나는 그 눈빛에서 꽤 팽팽한 긴장감과 불안을 느꼈지만, 조 기자는 오랜만의 자리가 그저 흥겨울 따름인 듯했다. 그 옆에 앉아 있는 그의 아내, 그러니까 우리 엄마의 친구인 경미 이모는 좀 웃기만 하면 꽤 미인 소리를 들을 만한 얼굴이었는데 소갈비거나 양갈비거나 내 알 바 아니라는 표정으로 엉뚱한 데만 쳐다보고 있었다. 그리고 나는, 메뉴판에 적힌 궁서체의 '소갈비' 세 글자만 쳐다봐도 벌써부터 입안 가득 침이 고였다.

"그래, 이름이 뭐였지? 아들 말이야. 같이 오지 그랬어?"

주문을 끝내자마자 조 기자가 우리 오빠 안부를 물었다.

아빠는 기다렸다는 듯 으쓱한 얼굴로 말했다.

"어, 금호. 고3이라 말이지. 식구들하고 밥 한 끼 같이 먹기도 어렵다. 육사 준비 중이야. 이제 곧 1차 시험이거든. 내신도 1등급이고. 아마 가게 되지 싶다."

"그래? 아들은 시력이 괜찮은 모양이다."

조 기자는 그렇게 말하고 낄낄거리며 웃었다.

그 농담은 우리 집안에서는 더 이상 우스개로 취급 받지도 못할 만큼 흔해 빠진 것이다. 그런데도 아빠는 대기 중인 숯불만큼이나 얼굴을 붉혔다. 어쩐지 그런 아빠 마음을 알 것 같았다.

"금영아, 뭐 딴거 더 시킬까? 냉면 먹을래?"

조 기자가 내게 다정하게 물었다.

"아뇨. 배가 별로 안 고파서……"

나는 꼬르륵 소리가 나지 않도록 아랫배에 힘을 주고 말했다. 배가 고프지 않을 리 없었다. 그러나 고기로, 그것도 한우 1등급 소갈비로 배를 채우기도 전에 냉면 따위라니.

"그래? 그래도 많이 먹어. 이번에 금영이 네 도움이 컸다. 무작정 학교로 찾아가야 하나 어쩌나 했는데. 덕분에 일이 쉽게 풀렸다. 고마워."

조 기자는 내게 잔뜩 치사를 하고 아빠에게 눈길을 돌렸다.

"야, 성웅아. 그래도 인문계 보내지 그랬냐? 아무리 대학 가는 데 유리해도 출신고는 두고두고 꼬리표처럼 따라다닐 텐데. 솔직히 상고는 좀 그렇지 않냐? 요새는 여자도 어디 인물만 갖고 되냐? 학벌이고 집안이고 다 따지는데 말이야."

문득 소갈비 대신 노래방 일 층 분식점 떡볶이나 먹을까 하는 생각이 들었다. 지금 떡볶이를 들고 노래방에 나타나면, 아르바이트생 노준 오빠는 죽을 때까지 내 은혜를 잊지 않을 텐데. 하지만 나는 그냥 눈을 내리깔고 미리 나온 메추리알 껍질만 깠다. 따뜻하고 말랑말랑한 그 촉감만으로도 군침이 돌았다. 나의 식욕은 감정이나 이성 따위는 가뿐하게 이겨 내고 있었다.

"아니, 뭐……."

아빠가 세상을 활활 태울 듯 얼굴을 붉히며 말문을 열자 엄마가 얼른 끼어들었다.

"술 시킬까?"

조 기자가 손을 번쩍 들어 올리며 소리쳤다.

"어이, 아가씨! 여기 맥주 좀 갖고 와."

잠시 뒤 긴 생머리를 손수건으로 질끈 묶은 언니가 맥주 두 병을 갖고 왔다. 스물두세 살쯤 되었을까. 우리 노래방에도 종종 들르는 언니다.

그런데 맥주를 놓고 돌아서려는 언니에게 조 기자가 퉁명스럽게 말했다.

"뭐야. 맥주가 뜨뜻하잖아. 장난해?"

"죄송합니다."

언니는 고개를 조아리고 어쩔 줄 몰라 했다. 아마도 나 때문에 더 민망해하는 것 같았다.

언니와 나는 서로 이름도 성도 모르지만, 노래방에서 두 시간이나 함께 놀았던 사이다. 그날, 언니는 초저녁부터 술에 취해서 우리 노래방에서 놀고 있었다. 그러다 화장실에 다녀오는 길에 그만 엉뚱하게도 나와 마루와 태진이가 놀고 있던 8번 방으로 들어왔다. 그러고도 자신이 무슨 실수를 한지 깨닫지 못하고 태진이의 노래에 장단을 맞추며 춤까지 췄다. 우리는 언니의 그 춤 솜씨가 마음에 들었고, 이름 따위 몰라도 아무 상관 없었다. 며칠 뒤 언니와 나는 '육값하네' 앞에서 마주쳤고, 우리는 어색하게 웃었다. 친구 사이의 웃음은 아니었지만, 전혀 모르는 사람 사이의 웃음도 아니었다. 언니를 위해 조 기자에게 따지고 들 마음은 없었지만, 그래도 네 사정 따위 알 바 아니라고 여길 수도 없었다.

"이만하면 시원한데 뭘 그래?"

경미 이모가 내가 하고 싶은 말을 했다.

조 기자는 짜증스러운 표정으로 맥주병을 슬쩍 밀었다.

"아, 그럼 너나 마시든가."

"조동식. 소주 값도 없어서 얻어먹고 다니던 과거는 다 잊었냐? 그냥 대충 마셔."

엄마가 맥주 병뚜껑을 따 버렸다. 말투는 장난스러웠지만 당황한 얼굴이었다.

"됐어요. 이건 마실 테니까, 다음엔 더 시원한 걸로 줘요."

아빠 말에 언니는 살았다는 표정으로 물러났다.

"자, 건배하자. 조동식, 그만 인상 풀어라. 응?"

엄마가 애써 다정한 웃음을 지어 보였다.

그렇게 분위기는 동창생들의 반가운 만남으로 조금씩 부드러워졌다. 그리고 소갈비 8인분과 맥주 여섯 병을 다 먹어 치우고 계산대로 나갔을 때, 아빠와 조 기자는 서로 계산을 하겠다고 드잡이를 할 기세였다. 조 기자는 "금영이 덕에 한 건 했는데 내가 내야지."였고, 아빠는 "우리 동네에 왔으니 내가 내야 한다."는 것이었다. 나는 조 기자가 내기를 진심으로 바랐다. 그를 위해 우리 아빠가 돈까지 써야 한다면, 그것도 소갈비 값을 치러야 한다면, 어쩐지 하늘이 원망스러워질 것 같았다.

결국 남자들이 밀고 당기는 틈바구니를 비집고 경미 이모가 신용카드로 계산했다. 아빠는 그렇다면 2차를 사겠다고 했다. 노래방은 노준 오빠에게 맡겨 두었으니 오늘은 마음껏 놀아 보겠다는 듯이. 그러나 내게는 어쩐지 "너한테 얻어먹고 싶지는 않거든."인 상황처럼 보였다.

그렇게 묘한 분위기로 어깨동무를 한 두 남자를 남겨 두고 엄마와 경미 이모와 나는 집으로 돌아왔다. 내가 거실에서 주말의 화려한 연예 프로그램들을 섭렵하는 사이에 두 사람은 식탁에 앉아 맥주를 마시기 시작했다. 화기애애한 분위기로 동창생들의 안부를 묻고 두 사람의 근황을 전하고, 그러더니 어느 순간 분위기가 싸늘해졌다. 아니, 격해진 건가?

"그 개자식도 오는 줄 알았으면 난 안 왔다. 알지?"

경미 이모가 말했다. 술에 좀 취한 것 같았다. 아니다. 꽤 많이 취했다.

"왜 그래? 잘 지내는 것 같더니. 어느 집은 뭐 좋아서 살겠니?"

"채윤희, 네 눈에는 아직 그 자식이 법대 조동식으로 보이니?"

경미 이모 말투가 시비조로 꼬여 갔다.

"아유. 나성웅도 똑같아. 뭐 별수 있을 것 같니?"

"흥. 채윤희. 너 아직도 단단히 착각하고 있구나. 사람이란 몰려 봐야 본색이 나온다고들 하더라만, 남자란 손에 권력을 쥐어 봐야 본색을 드러내는 거다. 너, 내가 왜 그동안 너한테까지 연락 딱 끊고 살았는지 아니? 너한테도 나 사는 꼴 보이기 싫었다. 아니, 너한테는 더 보이기가 싫은 건가?"

나의 청력이 예민한 촉수를 곤두세우기 시작했다. "너한테는"이라. 이 대화, 뭔가 있다.

"나금영. 숙제 없어?"

엄마가 나를 힐긋 바라보았다. 방으로 들어가라는 뜻이다.

식탁 위의 탱탱한 딸기를 비롯하여, 남겨 두고 떠나기엔 아쉬운 것들이 많았지만 어쩔 도리가 없었다. 나는 방으로 들어가서 마루가 강요하다시피 보내 준 일본 드라마를 다운로드 받아

놓고 침대에 누웠다. 바깥의 이야기가 궁금했지만 초등학생처럼 배 아프다는 핑계로 들락거릴 수도 없었다. 그렇게 호기심을 문틈에 끼워 놓은 채 건성으로 드라마를 보다 어느 결에 잠이 들었다. 깨어났을 때는 새벽 한 시가 넘었다. 새 나라의 어린이와 같은 생활을 하는 우리 엄마는 이미 잠이 들고도 남을 시간이었다.

그런데 거실로 나가자 엄마는 식탁에 우두커니 앉아 있었다. 빈 맥주병 일곱 개와 수분이 증발해 쪼그라져 버린 딸기 더미를 앞에 두고서.

"손님 가셨어?"

내가 물었다.

엄마는 대답 대신 긴 한숨을 내쉬며 일어서더니 안방을 향해 거실을 가로질렀다. 그래 봤자 코딱지만 한 24평 아파트 거실인데 십 리 길을 가는 듯 느리고 지친 걸음이었다. 그나마 가다 말고 거실 한가운데에 우뚝 멈추어 섰다.

"나금영."

엄마가 혼잣말을 하듯 내 이름을 불렀다. 엄마에게 다가가려 하자 엄마는 "됐어."라는 듯 손을 들어 보이고는 내게 고개를 돌렸다.

"나금영. 넌 남자랑 한 번 잤다고 발목 잡히고 그러지 마라."

이게 우리 엄마 입에서 나오는 소리라는 사실을 믿을 수가 없었다. 엄마는 보호자의 시청 지도가 필요한 드라마의 한 장면 같은 표정을 지으며 말을 이었다.

"그거, 별거 아니다. 알겠니? 그런 일로 발목 잡혀서 결혼하는 여자들은 다 접시 물에 코 박아 마땅해. 너, 그러고 살면 내 손에 죽는다. 알았어?"

엄마는 안방으로 들어가 버렸다.

대체 남자랑 한 번 잤다고 발목 잡힌 건 누굴까? 엄마인 걸까, 경미 이모인 걸까? 설마 둘 다인 걸까?

그렇다고 차마 물어볼 수도 없어서 그냥 우두커니 서 있는데, 엄마가 안방 문을 다시 벌컥 열었다.

"정신 차려, 이 지지배야. 우리는 뭐 처음부터 이렇게 못났는 줄 알아?"

엄마는 사라졌고 안방 문은 다시 닫혔지만, 엄마인 듯싶은 노랫소리가 흥얼흥얼 문틈으로 새어 나왔다. 442번. "사랑 사랑 누가 말했"냐며 "바보들의 이야기"라고 한탄하는 그 목소리는 분명 우리 엄마의 것이었지만, 너무도 낯설었다.

다음 날 아침이 되자 엄마는 지난밤의 일 따위 전혀 모르는 사람처럼 멀쩡한 얼굴이었다. 그렇지 않다 해도 엄마에게 그런 얘기를 다시 꺼내기는 좀 그랬다. 친구들과 함께라면 별의별 이야기를 다 하지만, 차마 엄마와 마주 앉아 어찌…….

친구들에게도 쉽사리 입이 떨어지지는 않았다. 혹시라도 마루가 "그거, 니네 엄마 이야기네."라고 말하면 어쩌나. 우리 엄마의 사생활이 도마에 오르게 할 수는 없는 일이다. 그러고 보니 우리 엄마에게도 '사생활'이 있는 것이다.

에둘러도 너무 에두른다는 생각이 들었지만, 나는 우리 엄마로부터 최대한 멀찍이 떨어진 곳에 질문을 던졌다.

"마루야. 만약 네가 어떤 남자랑 잤다고 치자. 그런데 알고 보니 그 남자가 너무 후진 인간인 거야. 그럼 넌 어쩔 거야? 그래도 잤으니까 결혼할 거야? 아니면 한 번 잤다고 발목 잡히는 짓은 안 할 거야?"

마루는 곧 번호를 누르던 리모컨을 내려놓고 나를 한심하다는 듯 쳐다보았다.

"너 바보냐?"

그렇게 물으니 그런 것 같기도 하고, 그렇다고 하려니 억울하기도 했다. 마루는 딱하다는 듯 고개를 절레절레 젓고서 말을 이었다.

"너 춘향이랑 친구 먹으려고 타임머신 탔냐? 나금영, 언니의 지혜로운 충고를 귀담아들어라. 애 낳고 살다가도 이혼하는데, 한 번 잤다고 발목 잡히다니 돌았냐? 난 그런 미련한 짓은 안 한다."

마루는 최소한 두 번 이상 결혼에 실패한 중년 여성 같은 표정으로 혀를 끌끌 찼다. 틀림없다. 이 아이, 전생에 아줌마였던 영혼을 그대로 가지고 태어난 것이다.

나는 열일곱의 영혼을 가진 현지에게 같은 질문을 했다.

"만약 네가 어떤 남자랑 잤다고 치자. 그런데……"

"치긴 뭘 쳐?"

현지는 짜증을 내고 내게 마이크를 내밀었다.

1503번. 내가 예약한 노래의 전주가 흐르고 있었다. 먼 훗날, "시청 앞 지하철역에서" 옛 연인을 만난다는 설정은 어딘가 순정만화 같은 구석이 있다고 생각했는데. 그래서 애들의 질타를 모른 척하고 가끔 불렀던 건데. 그런데 이제 보니 김빠지는 리듬에 시시한 노랫말이다. 나는 1절이 끝나자마자 노래를 끄고 자리에 앉았다. 마루가 기다렸다는 듯 발딱 일어나 다음 곡을 위해 마이크를 잡았다.

"야, 근데 왜 나한테는 안 물어봐? 남자랑 한 번 잤다고 결혼할 거냐고."

태진이가 내게 말했다.

"왜, 너도 남자랑 자게?"

내가 물었다. 태진이에게는 이성에 대한 최소한의 경계심마저 허물어져 버린 지 오래다.

태진이는 소스라치며 두 손을 내저었다.

"야, 내가 목소리가 이래서 그렇지, 안 그래. 나 여자 완전 좋아해!"

마루는 노래를 부르다 말고 바닥에 털썩 주저앉으며 웃음을 터트렸다. 현지는 헛웃음을 치고서 노래방 책으로 눈길을 돌리고 말았다.

대체 남자랑 한 번 잤다고 발목 잡힌 여자는 누굴까? 사실 그다지 궁금하지도 않다. 두 번 다시 누르지 않을 1503번처럼, 그냥 잊혀질 것이다. 그러나 남아 있는 무언가가 있었다.

섹스, 결혼.

새로운 단어가 사전에서 빠져나와 내 일상의 어딘가에 자리 잡았다.

04   한상진

"아, 호모 아니니까 호모 아니라는데 그게 뭐 잘못이에요?"
종현 오빠는 조리 가운을 벗어서
가방에 쑤셔 넣고 조리실습실에서 나가 버렸다.
한상진 선생은 마치 교통사고를 당한 사람 같았다.
깊은 잠에 빠져 있을 때 느닷없이 일어난 대형 교통사고.
"샘. 콩 삶을까요?"
왕숙 언니가 간신히 목소리를 쥐어짜듯 물었다.

"무형문화재와 함께하는 학교 기업 '떡실신'"이라는 교장의
원대한 포부에 따라 안강녀 선생님을 찾아뵙던 날, 물론 나는
가지 못했다. 외박이니까. 그건 우리 아빠의 법질서가 용납할
수 없는 것이니까.

나를 가택연금 상태에 방치한 채로, 마루는 종현 오빠와 왕
숙 언니 그리고 한상진 선생과 함께 전주로 내려갔다. 그러나
무형문화재답게 까칠한 안강녀 선생님은 하나밖에 없는 손녀의
애절한 눈빛에도 불구하고 "한 달에 한 번 찾아와서 궁중 떡을
배우겠다니, 어디서 그런 시건방진 소리를 하느냐!"고 호통을
쳤다. 그렇게 무형문화재의 손녀로서 체면을 있는 대로 구기고

돌아오는 마루에게 한상진 선생이 결정타를 날렸다.

"그럴 줄 알았다."

그 한마디로 한상진 선생은 마루의 원수가 되었다. 전두환 전 대통령에 대한 우리 아빠의 묵은 원한은 댈 것도 아니었다. 마루는 여전히 '떡실신'에 왔고 주어진 운명대로 한상진 선생을 담임으로 모시고 있었다. 그 모든 시간을 통틀어 마루가 바라는 건 오직 하나, 한상진의 처절한 종말을 목격하는 것이었다.

교장 역시 한상진 선생에게 불만이 많은 듯했다. 동아리 모임에 일찍 갔던 태진이가 보고 들은 바에 따르면, 교장이 조리실 습실까지 올라와서 "유비의 삼고초려"를 들먹이며 열을 올렸단다. 그래 봤자 한상진 선생은 그 모든 비난을 반사시키는 강력한 눈빛으로 교장을 바라보고 있을 따름이었고.

그러더니 불쑥, 한상진 선생이 뜻밖의 선물을 내밀었다. 과연 선물이라고 불러도 손색이 없었다. 떡 케이터링 회사 '위드 떡' 대표 김현수 선생이었다.

교장 말에 따르면 김현수 선생은 "전도유망한 젊은 기업가이자 베스트셀러 작가이자 떡 전문가"였다. 그가 운영하는 '위드 떡'은 맛있는 음식을 소개하는 텔레비전 프로그램에 종종 등장했고, 고졸 학력으로 삼십 대 초반의 나이에 번듯한 사장이 된 그의 성공담 역시 텔레비전이나 잡지에 여러 차례 소개되었다. 결정적으로 김현수 선생이 떡과 자신의 인생에 대해서 쓴 에세

이 『말랑한 그러나 쫀득한』은 베스트셀러였다. 그런 김현수 선생이 한상진 선생과의 우정 때문에 어렵게 시간을 내어 외부 초청 강사로 와 주게 된 것이다.

한상진 선생과 김현수 선생은 암나사와 수나사처럼 전혀 다른 성격이 묘하게 조화를 이루는 친구 같았다. 바늘 끝도 안 들어가게 쌀쌀맞은 한상진 선생과는 달리, 김현수 선생은 늘 환하게 웃으며 친근한 말투로 재치 있는 농담을 던지곤 했다. 한상진 선생이 하얀 얼굴에 키가 크고 마른 데 비해 김현수 선생은 까무잡잡한 얼굴에 운동이라면 뭐든 잘할 것만 같은 사람이었다. 공통점이라면, 둘 다 몹시 세련되게 차려입는다는 것이다. 머리끝부터 발끝까지, 색깔이며 재질이며 여간 신경 써서 입은 게 아닌 듯했다. 한강 이남에서 잘랐을 것 같은 헤어스타일도 그렇고.

김현수 선생을 소개하던 조회 시간에 교장은 사랑에 빠진 사람에 버금할 만한 미소를 짓고 있었다. 교장은 이제 "유망한 청년 기업가 김현수의 '위드 떡'과 함께하는 학교 기업"을 꿈꾸는 듯했다. 전주는 교장에게도 잊힌 것 같았다.

마루는 그런 사실에 더없이 분개했지만, 현지와 나와 태진이마저도 마루에게 공감하기 어려웠다. 고등학교 일 학년의 중턱이 성큼 다가온 유월, 더 이상 새로울 것도, 흥미로울 것도 없는 나날이었다. 김현수 선생은 한여름 체육 시간의 소나기 같은 존재였다.

　일 학년부터 삼 학년까지, 김현수 선생은 조리과에서 케이터링 특강을 하기로 했다. 국제정보과학과에서는 정보화 시대의 기업 경영 특강을, 국제관광과에서는 전통 음식과 관광 사업 특강을, 시각디자인과에서는 푸드 스타일의 미학 특강이 예정되었다. 실용음악과에서 떡 소리 나게 쫄깃한 가사 쓰는 법 특강을 하거나 국제뷰티아트과에서 떡 진 머리 연출법 특강을 하지 않는 게 신기할 정도다.

　'떡실신'에서는 무려 열 번의 특강이 잡혀 있었다. 김현수 선생은 우리를 "떡 케이터링 전문가를 자처해도 좋을 만큼"의 실력으로 만들어 주겠다고 장담했다. 보기 좋은 떡이 먹기도 좋다는 말을 실감나게 하는 외모이기도 했다.

　친구의 후광 덕분인지, 한상진 선생에게도 봄날이 왔다. 그러고 보니 한상진 선생에게도 따뜻한 피가 흐르고 있는 모양이었다. 김현수 선생과 함께 있을 때면 가끔 웃기도 했고 농담을 이해하는 능력도 있어 보였다. 심지어 우리에게 칭찬을 할 줄도 아는 사람이었다.

　한국조리실습 시간에도 한상진 선생은 조리 가운 주머니에 손을 집어넣고 제법 다정한 미소까지 지어 보였다.

　"나박김치는 반찬이기도 하지만, 간식거리로도 유용한 음식이다. 알지? 나박김치와 같이 먹으면 좋은 음식, 뭐가 있지?"

마루에게는 그런 모습조차 밉살맞은 모양이었다. 텅 빈 도마에 칼만 갖다 댄 채 한상진 선생을 흘겨보며 낮은 목소리로 비아냥거렸다.

"흥. 친구의 성공에 배 아파하는 옹졸한 꼬락서니도 보기 싫겠지만, 무임승차하는 꼬락서니도 마찬가지구나."

"무임승차?"

태진이가 눈을 크게 뜨고 물었다. 공짜 앞에서는 자다가도 벌떡 일어날 애다. 아니, 실제로 벌떡 일어난다. 더구나 요즘 태진이의 중고 서적 판매 사업에 차질이 생겼다. 이 학년 여자 선배가 경쟁자로 나섰는데, 만만치 않은 적수인 모양이다.

"한상진 말이다. 김현수 선생 들이대고서 교장한테 칭찬 좀 받은 모양인데, 아주 좋아 죽는다. 친구 덕에 주가 좀 높여 보겠다고 아주 신이 났어. 흥. 배알도 없어."

마루는 더욱 열을 올렸지만 태진이는 시큰둥했다. 현지는 대놓고 코웃음을 쳤다.

"한 샘이 꿀릴 게 뭐가 있다고."

현지가 자로 잰 듯 무를 자르며 대꾸했다. 가는 손목에서 어떻게 저런 힘이 나오는 건지, 거의 기계화된 듯한 칼질이다.

"그러게. 뭐, 세상이 알아줘야 성공한 인생이냐? 한 샘도 예쁜 애인에, 멋진 친구에, 월급 딱딱 나오는 직업에, 저만하면 인물도 좋고. 꿀릴 게 뭐가 있어."

태진이는 벌써 고춧가루를 물에 불리기 시작했다. 요리의 성패를 좌우하는 것은 속도라고 믿는 녀석이다.

마루는 입을 뚜 내민 채 미나리를 숭덩숭덩 썰었다. 교복 블라우스 소맷부리에 고춧가루를 묻히고 칼질을 하는 옆모습이 무척 쓸쓸해 보였다. 혼자만의 싸움이란 으레 외로운 법이다. 하긴, 우중충한 교복을 입고 있으니 궁상맞아 보이는 건 당연한지도 모르지만.

나에게도 교복이 로망인 시절이 있었다. 초등학교 육 학년 때였다. 물론, 중학교에 입학하는 즉시 교복이란 초등학생들에게만 그럴싸해 보이는 것이라는 사실을 깨달았다. 책임지지 않아도 되는 어린이의 자유도, 선택할 수 있는 어른의 자유도 없는, 교복은 자유의 결핍에 시달리는 우리의 처지를 상징할 따름이다.

또한 교복은 우리의 눈부신 미모를, 아니 눈부실 미모를 가리는 먹구름이기도 하다.

그런데 처음으로 하복을 입고 오던 날, 조회를 하러 들어온 한상진 선생이 눈살을 찌푸리며 이렇게 말했다.

"이왕 입히려면 좀 이쁘게나 입히든지, 우중충한 동복 색깔에 싸구려 옷감에 보기 괴롭다."

"그러니 우리는 오죽하겠어요? 교복 때문에 수난을 겪고 있는 미모를 생각하면 원통해서 눈물이 앞을 가린다고요."

우리 반에서 유일하게 한상진 선생에게도 농담을 척척 던지는 혜미였다. 한상진 선생은 그럴 때마다 썰렁한 대꾸로 면박을 주곤 했다. 이번에도 여지없었다.

"그냥 교복 디자인이 하도 한심해서 한 소리야. 사실 너희들이 교복 탓할 미모는 아니잖아."

듣기에 따라서는 농담일 수 있지만, 한상진 선생의 눈빛은 지나치게 진지했다.

한상진 선생의 그 도도한 눈높이를 마음껏 비웃어 줄 수도 없었다. 한상진 선생 본인은 물론이고 그의 연인마저도 우리의 기를 꺾어 놓기에 충분했다. 한상진 선생은 체육 담당 고진아 선생과 서경 생고 공식 커플이다. 당사자들이 인정한 적은 없지만, 작년부터 그것은 기정사실로 널리 알려져 있었다고 한다. 점심시간의 다정한 커피 데이트나 흔치 않은 디자인의 휴대전화 케이스로 커플이라는 사실을 공공연히 드러내고 있었다.

체조 선수 출신의 체육 교사인 고진아 선생은, 탄력 있는 몸매와 날렵한 동작으로 남자애들의 탄성을 자아내는 것은 물론 여자애들이 육체적 멘토로 삼고 있는 사람이다. 후줄근한 체육복에 화장기 없는 맨 얼굴, 그리고 초등학생처럼 뒤로 달랑 묶은 헤어스타일에 심지어 커플링도 끼지 않는 검소함에도 불구하고 그녀는 충분히 빛났다. 진정한 미모란 옷차림 따위로 가려

지지 않는다는 산 증거였다.

그렇다면, 교복 탓이 아니라면, 대체 우리는 어쩌란 말인가. 명색이 국제조리과학과인데, 나박김치 따위만 배우고 있는 신세도 궁상맞기 그지없었다.

그런데 떡 케이터링이라……. 비로소 국제적인 조리과학에 입문하는 기분이었다.

그 두 번째인 '고마운 날을 위한 떡 케이터링' 시간이었다. 여느 때처럼 회색 추리닝을 입은 고진아 선생이 조리실습실에 나타났다. 무슨 좋은 일이 있는지 커다란 두 눈으로 초승달을 그리며 한상진 선생에게 곧장 다가갔다.

"한 샘한테 제일 먼저 들고 온 거예요."

고진아 선생이 한상진 선생에게 뭔가를 건넸다. 생일 카드처럼 보이는 무엇이었다.

"어, 드디어 나온 거예요?"

한상진 선생이 반가운 얼굴로 물었다. 김현수 선생이 슬쩍 넘겨다보며 물었다.

"날짜가 너무 촉박하네요. 되게 서둘러 준비하시는 건가? 아니면 늑장 부리시다 늦은 건가?"

고진아 선생이 얼굴을 붉히며 웃었다.

"흠…… 태석이네 같은 상황이다."

한상진 선생의 말에 김현수 선생은 뭔가를 깨달은 듯 "아!"

하더니 웃음을 터트렸다. 고진아 선생은 장난스레 눈을 흘기고 나갔다.

그러고는 수업이 시작되었다. 김현수 선생과 한상진 선생이 나란히 조리대에 다가섰고, 김현수 선생이 입을 열었다.

"자, 카네이션 떡 케이크라……. 오늘 아침 부모님과 한바탕 하고 나온 친구들은 카네이션이라는 말만 들어도 입맛이 뚝 떨어질지도 모르겠어요. 사실 난 그래요. 그래서 카네이션 떡 케이크를 가르치거나 만들어야 하는 날에는 되도록 우리 어머니랑 통화하지 않으려고 애씁니다. 안 그랬다가는 나도 모르게 떡에다 이상한 걸 집어넣게 될지도 모르니까요. 만약 우리 엄마와 일 년쯤 소식이 끊기기라도 한다면, 아마도 진정으로 맛있는 카네이션 떡 케이크를 만들 수 있겠죠. 아, 너무하다고요? 우리 엄마랑 십 분만 통화를 해 보면 내 마음을 알게 될 겁니다."

김현수 선생은 앞에 놓인 쌀가루에 뭔가를 집어넣고 싶은 표정을 지었다. 명색이 선생인데 태연하게 엄마 흉을 보고 있는 게 좀 재밌었지만, 그렇다고 박장대소를 할 정도는 아니었다. 그런데 한상진 선생은 지상 최대의 농담이라도 들은 듯 크게 웃음을 터트리며 김현수 선생의 팔을 툭 치기까지 했다. 김현수 선생도 장난스러운 주먹질로 응수했다.

"잘 논다."

마루가 낮은 목소리로 이죽거렸다.

그러나 마루의 싸움은 여전히 외로웠다. 김현수 선생의 맛깔스러운 설명에 따라 모두가 카네이션 떡 케이크에 열중했다. 떡 동아리라고는 해도 여태 인절미, 절편, 바람떡 정도밖에 경험이 없는 우리 일 학년들은 대놓고 쩔쩔매고, 케이크 모양으로 백설기 만드는 일쯤은 가뿐한 이삼 학년들도 쌈지떡으로 카네이션을 만드는 대목에서는 한숨을 내쉬지 않을 수 없었다. 그렇게 카네이션이라기보다 분홍빛 종이를 대충 뭉친 꼴이 된 쌈지떡 데커레이션으로 카네이션 떡 케이크와 비슷한 뭔가를 완성했다.

김현수 선생과 한상진 선생은 서둘러 조리실을 나섰다. 함께 급히 갈 데가 있는 모양이었다. 그러느라 한상진 선생은 가운을 제대로 챙겨 넣지도 못하고 조리대에 걸쳐 두었다. 평소에는 그런 일이 한 번도 없었는데.

왕숙 언니는 사랑하는 이의 체취가 밴 옷을 만져 보려는 욕망을, 회장으로서의 막중한 책임감으로 포장하며 가운을 집어 들었다. 한상진 선생 캐비닛에 넣어 두려는 것이었다. 그런데 뭔가가 바닥으로 툭 떨어졌다. 고진아 선생이 아까 준 그 카드였다.

"뭐야, 청첩장? 드디어 날까지 잡은 거야?"

왕숙 언니가 절망감에 빠진 얼굴로 소리쳤다. 종현 오빠가 청첩장을 낚아챘다.

"일주일도 안 남았네. 이야! 결혼식을 호텔에서 하는구만. 어, 뭐야? 신랑이 바뀌었잖아!"

왕숙 언니가 청첩장을 다시 빼앗아 들었다.

"신부 고방준 씨의 차녀 진아. 신랑 맹춘삼 씨의 장남 도식……."

"그럼 그건 커플링이 아니었나?"

태진이가 고개를 갸우뚱했다. 한상진 선생이 늘 왼손 약지에 끼고 있는 반지는 언뜻 보면 평범한 18K 금반지다. 자세히 보면 가느다랗고 하얀 줄이 있는데, 액세서리에 정통한 현지에 따르면 화이트골드란다.

"아니지. 그건 누가 봐도 커플 반지잖아. 다만 또 다른 한쪽의 주인이 고진아 선생이 아니라는 거지."

마루가 말했다.

확고한 진실은 한낱 염문설로 추락했다. 사실일 가능성이 0퍼센트로 확인된 염문설만큼 시시한 건 없었다. 우리는 시든 시금치 같은 얼굴을 하고 조리실습 뒷정리를 시작했다.

그런데 반죽이 눌러 붙은 도마를 설거지하려고 집어 드는 순간, 내 눈앞에 반지 하나가 번득 떠올랐다.

바로 조금 전, 쌈지떡 반죽을 밀대로 미는 요령을 설명하느라 내 눈앞을 오갔던 그 까맣고 길고 마디가 굵은 손가락. 그건 한상진 선생이 아니었다. 나는 눈을 가늘게 뜨고 그 손가락을 떠올리며 이렇게 중얼거리고 말았다.

"현수 샘 반지가 그거였는데. 하얀 줄 있는 거."

가운을 벗고 있던 종현 오빠가 고개를 돌렸다. 왕숙 언니가
"헉!" 소리를 삼키며 손으로 놀란 입을 가렸다. 시든 시금치들
이 단박에 푸릇푸릇한 생기를 내뿜었다. 놀란 혹은 호기심이
차오르는 눈동자들이 일제히 나를 쳐다보았다.

"아니…… 어, 나도 잘…… 제대로 본 게 아니라…… 뭐 그
냥 무심코 나온 말인데……"

무심코, 어쩌면 그렇게 시작된 전쟁도 있을지 모른다.

청첩장과 반지 가운데 어떤 소문이 더 빨리 퍼진 건지는 모르
겠다. 조금의 시간 차는 있겠지만 거의 동시라는 건 확실하다.

일 년 가까이 확고한 진실로 군림했던 '한상진 고진아 열애
설'은 아니 땐 굴뚝에서 피어오른 연기가 되어 사라졌다. 만약
반지에 관한 소문이 떠돌지 않았다면, 그랬다면 열애설이 그토
록 순식간에 외면당하지는 않았을 것이다. 고진아 선생이 인물
값을 톡톡히 하느라 양다리를 걸친 거라거나 혹은 돈 많은 남
자를 낚아서 한상진 선생을 버린 것이라거나, 뭐 그렇고 그런
소문이 더욱 무성해졌을지 모른다.

그러나 김현수 선생과 한상진 선생이 똑같은 반지를 끼고 있
다는 사실 즉, 두 사람이 커플링을 나눠 끼는 사이라는 이론이

등장하자 고진아 선생과의 염문설 따위는 십 년 묵은 개그 취급을 받게 되었다.

"너 때문에 그런 거 아니니까 너무 신경 쓰지 마. 듣자니까 이학년에서도 벌써 그런 말이 나오고 그랬나 봐. 우리 담임이랑 김현수 선생이랑 눈빛이 수상하다는 둥 남자치고 스킨십이 많다는 둥……. 그런데 체육이 딴 남자랑 결혼한다는 소리가 돌면서 분위기가 이렇게 이상해진 거야. 정말이야. 네 탓 아니야."

마루가 내게 말했다.

만약 무심코의 주인공이 내가 아니라 마루라면, 나도 그렇게 말해 주었을 것이다. 그리고 마루는 지금의 나처럼 전혀 위로 받지 못했을 것이고.

뭐라고 변명해 봤자 적어도, '떡실신'에 처음으로 파문을 던진 건 바로 나의 그 한마디였다. 그 시작은 미약했으나 일은 창대하게 번져 나가고 있었다. 나는 마른 풀숲에 불씨를 떨어뜨린 어린애처럼 망연자실한 채 무심코의 불길이 학교를 통째로 집어삼키는 상황을 지켜볼 수밖에 없었다.

김현수 선생의 특강은 여전히 주목을 받았지만 이유는 달라졌다. 그는 더 이상 유망한 청년 기업가도, 베스트셀러 작가도 아니었다. 한상진 선생의 수업 시간은 여전히 조용했다. 아니 오히려 전보다 조용했다. 한상진 선생의 눈빛 마력에 질려서가 아니라, 아이들 스스로 놀라운 집중력을 보였다. 그러나 그 집

중력이 향하고 있는 곳은 한국조리에 관한 그 모든 지식들이
아니었다.

"반지 봤냐?"

수업이 끝나면 다들 그 소리부터 했다. 김현수 선생의 특강에
한상진 선생이 함께 들어오기라도 하면, 반지 이상의 무언가가
화제가 되었다.

이야기는 대개 "그러고 보니"로 이어졌다. 그러고 보니 둘이
지나치게 다정하지 않냐, 그러고 보니 한상진 선생의 눈빛이 예
사롭지 않은 것 같다, 그러고 보니 스킨십도 너무 잦더라, 그러
고 보니 김현수 선생은 그의 책 『말랑한 그러나 쫀득한』에 실
린 저자 인터뷰에서 "애인이요? 없어요. 외롭지 않냐고요? 피
터팬 콤플렉스가 있는 것인지 뭔지 전 아직도 여자보다는 저한
테 관심이 많아요. 남자 친구들이 더 편하고 재밌고."라고 말했
다. 그러고 보니 수상쩍은 대답 같기도 했다.

그러고 보니, 그러고 보니, 그러고 보니……. 그러고 보니 게
이인 것 같다고 지목된 남자애들도 있었다. 태진이도 고래 싸움
에 등이 터진 가여운 새우 한 마리였다.

"나 여자 좋아한다고. 밤마다 여자에 대해서 완전 야한 상상
도 한다고. 어떻게 해야 내 말을 믿겠냐고. 봐! 난 남자애들 다
놔두고 너희들하고 붙어 다니잖아. 여자를 얼마나 좋아하냐?"

태진이가 하소연했다.

"뭐야, 우리가 여자라는 거야, 너한테?"

마루가 물었다.

"그건 아니지만."

"야! 그럼 여자도 아니라는 거냐?"

"그럼 넌 태진이가 널 여자로 봤으면 좋겠어?"

현지가 피식 웃으며 물었다.

"그건 아니지!"

마루가 딱 잘라 말했다.

"뭐야, 너야말로 난 남자도 아니라는 거야?"

이번에는 태진이가 몹시 불쾌해했다.

우리 사이에서는 그 정도의 농담으로 넘길 만한 화제일 뿐이었다. 마루는 게이라는 말에 좀 역겨운 표정을 지었지만, 분개할 정도는 아니었다. 태진이는 "사람을 미워하는 게 죄지, 사랑하는 게 죄냐?"라고 옹호했고 다만 자신이 거기에 엮이는 것을 마다할 뿐이었다. 현지는 남의 일에 왈가왈부하는 것 자체가 짜증 난다고 했다.

"솔직히, 금영이 너도 좀 경솔했어."

현지가 말했다.

"야, 그게 왜 금영이 잘못이냐? 금영이가 없는 말 지어낸 것도 아닌데."

마루가 내 역성을 들어주었지만 딱히 고마운 생각도 들지 않았다. 현지 말이 옳았다. 난, 경솔했다.

급기야 소문은 교무실 문틈으로도 스며들고 있는 것 같았다. 소문이 돌기 시작한 지 일주일쯤 되던 날이었다.

권태응 선생은 기말고사를 빌미로 수업 대신 인쇄물을 나눠 주며 풀게 했다. 시험에 대비하는 시간을 주겠다며 아량이라도 베푸는 듯이 문제집을 복사해서 나눠 준 것이다. 그래 놓고 뒷짐을 지고서 어슬렁어슬렁 책상 사이 통로를 걸어 다니다가 문득, 현지 옆에 멈춰 서서 말을 걸었다.

"백현지. 넌 그냥 자라."

현지는 못 들은 척 샤프를 움켜쥐고 인쇄물을 뚫어져라 들여다보았다. 자세만 보자면 수학 영재라고 해도 좋을 만했지만, 선생이 뒤에서 지켜보고 있는데 문제가 풀릴 리가 있겠는가. 사실 누가 지켜보지 않아도 마찬가지다. 다른 과목은 꽤 성적이 좋은 편인데, 어찌 된 노릇인지 수학에 있어서만은 나한테도 동정을 살 정도다. 초등학교 일 학년 때부터 지금까지 통틀어, 내가 수학에 대해 누군가에게 우월감을 느껴 본 것은 처음이다.

"현지야. 넌 머리 아프게 수학 문제 풀려고 애쓸 거 없다. 내가 보기엔 돈 계산만 할 줄 알면 여기 있는 누구보다 잘살 거다. 응? 여자들이 좋은 대학 나온다고 꼭 좋은 데 시집가는 거 아니거든. 남자들은 말이지, 자기보다 잘난 여자한테는 마음이 안 가는 법이거든. 그러니까 예쁘고 좀 맹한 여자가 최고인 거지. 넌 예쁜 건 갖췄으니까 맹한 상태만 유지하면 된다. 혹시 아냐? 네가 나중에 탤런트가 되어서 재벌가 며느리로 출세하게 될는지."

남자애들의 설익은 늑대 울음소리가 우우— 하고 권태웅 선생을 응원했다. 권태웅 선생은 어울리지 않게 오만한 미소를 띤 채 말을 이었다.

"지난주에 내가 전문계고 수학 교사 연수에 갔었는데, 다른 학교 선생 하나가 네 이야기를 하더라고. 네가 방송 탄 게, 그게 벌써 한 달도 넘었지? 그걸 기억하고 나한테 묻더라니까. 그때 그 말 없는 애, 탤런트 같던데 혹시 아역 스타 아니냐고."

우우 하고 울어 대는 소리가 좀 더 높게 교실에 퍼져 나갔다. 늑대들의 울음소리는 보다 음흉한 기색이 짙어졌다. 현지는 얼굴을 붉혔고 샤프를 잡고 있는 손이 바르르 떨렸다.

"뭐, 사실 남자들이 예쁜 여자한테 환호하는 거야 하느님이 주신 마음인 게지. 호모 새끼들이야 안 그렇겠지만."

먹잇감의 출현을 감지한 듯 늑대들은 단번에 숨죽였다. 여자애들도 암호 같은 수학 문제 대신 권태웅 선생의 다음 말에 촉각을 곤두세웠다. 권태웅 선생이 이만한 주목을 받기는 올해 들어 처음이었다. 아니, 그의 교사 생활을 통틀어 처음인지도 몰랐다.

"뭐야. 왜 다들 긴장하고 그래? 설마, 이 중에 호모가 있는 건 아니겠지?"

권태웅 선생이 교탁에 등을 기대고 비뚜름하게 서서 물었다.

"없어요. 우리 중에는 그런 놈 없어요. 뭐, 선생님들 중에 있는지는 모르겠지만."

앞자리에 앉아 있던 어떤 녀석이 이죽거렸다. 녀석은 지금 이 순간, 세상의 모든 남자는 호모와 호모가 아닌 남자로 나뉜다고 믿었던 것 같다. 그래서 호모가 아닌 자신과 권태웅 선생은 어깨동무를 해도 될 사이라고 믿었고. 말하자면 우리가 남이냐, 뭐 이런.

그러나 권태웅 선생은 호모 아닌 그 무엇으로도 학생과 어깨를 나란히 할 생각 따위는 없는 사람이다. 하극상의 대가는 처절했다. 권태웅 선생은 정체불명의 초록색 보석이 박혀 있는 커다란 남자 반지를 낀 주먹으로 녀석의 이마를 무지막지하게 쥐어박았다.

"아얏!"

녀석이 비명을 질렀다.

"새끼, 호모처럼 엄살을 부리고 지랄이야? 뭐, 선생 중에는 있는지도 모른다고? 야, 인마. 호모가 교단에 선다는 게 말이 되냐? 그걸 말이라고 지껄이고 있는 거야?"

권태웅 선생은 원래 동성연애를 혐오하는 것인지도 모른다. 분명히 그런 사람일 것이다. 그런데 공교롭게도 이런 때에 그런 생각을 드러낸 것인지도 모른다.

따지고 보면 내가 살면서 겪어 온 많은 일들이 대개 그런 식이었다. 공교롭게도 고모 친구가 미국으로 이민을 가면서 노래방을 우리 아빠 엄마에게 넘겼고, 공교롭게도 마루와 현지와 같은 조리대에 배정되었고, 공교롭게도 그 순간 김현수 선생의 반지가 떠올랐고.

그러나 게이설에 대해서라면, 공교로운 일 따위는 없었다. 사소한 모든 일들이 필연적인 것으로 해석되었다. 그렇게 공교로울 수 있는 많은 것들이 필연적인 증거로 채택되어 입체적인 그림을 만들어 갔다. 내기 삼아 쌓아 올린 나무토막처럼 위태로운 그림이었다. 그 첫 조각을 찾아낸 것이 바로 나였다.

그동안 '떡실신'의 실습 시간은 꽤 참여율이 좋았다. 한국조리 시간에 떡에 대한 내용이 별로 없기 때문에, 조리과에서는 떡 동아리에 관심을 갖는 애들이 많았다. 조리과가 아닌 애들이 취미 삼아 동아리 활동을 하기도 했다. 한상진 선생은 쌀쌀맞은 사람이었지만, 실력 있는 교사다. 그 차가운 카리스마에 질리기는 해도 우리에게 폭력을 휘두르거나 폭언을 하는 경우는 없었다. 현지는 한상진 선생에 대해 "척하지 않아서 좋아."라고 했다. 직업이 아니라 헌신인 척, 화풀이가 아니라 교육인 척하지 않아서 좋다는 것이다.

김현수 선생의 떡 케이터링 특강이 시작되고서부터는 날마다 100퍼센트의 참석률을 보였다. 교장의 유망주라는 삼 학년 선우완 오빠까지 떡 케이터링 특강에 참석했다.

그런데 네 번째인 '피크닉을 위한 떡 케이터링' 시간에는 유래 없이 참석률이 저조했다. 절반도 오지 않았다. 왕숙 언니의 휴대전화로 들어온 문자메시지에 따르면, 왜 그런지 다들 "사정이 있어서" 올 수 없다는 것이다.

"아 씨! 분위기가 이게 뭐야?"

종현 오빠가 검은콩을 불리고 있는 믹싱볼을 신경질적으로 밀쳐 냈다. 물방울이 사방으로 튀어 올랐다.

"시끄러. 너 그러려면 집에 가."

왕숙 언니가 쏘아붙였다.

"내가 왜 가요? 가려면 호모 선생이나 가야지."

"박종현! 호모 선생이라니, 네가 봤어?"

"아, 봤죠. 커플링에 그 징그러운 눈빛에. 더 이상 뭘 봐야 되는데요?"

그러나 다들 더 이상 무언가를 원하고 있었다. 복도 창으로 누군가의 머리통이 불쑥 올라왔다 사라지곤 했다. 호기심 어린 눈동자들이 창틀에 빼곡히 들러붙어 있었다.

"저리 안 가!"

종현 오빠가 창문을 노려보며 소리쳤다. 다들 갑자기 우당탕

거리며 부리나케 도망쳤다. 종현 오빠의 카리스마라고 해도 이건 좀 과했다. 종현 오빠마저 어리둥절해하고 있는데 나란한 발걸음 소리가 가까워졌다. 호기심에 달아오른 애들을 쫓아낸 건 종현 오빠가 아니었다.

한상진 선생과 김현수 선생이었다.

"뭐야, 벌써 나한테 싫증 난 건가? 오늘은 너무 저조한걸."

조리실습실로 들어서자마자 김현수 선생이 장난스레 말했다. 한상진 선생이 그의 어깨를 툭 쳤다.

"네가 좀 싫증 나는 타입인 거 몰랐냐?"

우정 어린 농담이거나 혹은 애정 어린 행각이거나, 두 선생들은 여느 때처럼 다정한 태도를 보이며 조리대로 다가섰다. 복도에서 다시 발소리가 다가왔다.

"아, 진짜! 신경 쓰여서 못 하겠네. 괜히 우리까지 호……."

종현 오빠가 말을 삼키고는 창가를 힐긋 쏘아보았다.

한상진 선생은 종현 오빠의 불손한 태도에 마력을 발휘하는 그 눈빛을 쏘고는 창가로 눈길을 돌렸다. 창가에 옹기종기 매달려 있던 눈동자들이 갯벌에 몸을 숨기는 게처럼 창틀 아래로 쑥 숨어들어 갔다.

"오늘 분위기가 왜 이래? 왕숙아, 무슨 일 있니?"

한상진 선생이 물었다.

왕숙 언니는 얼굴이 빨개져서 빠르게 고개를 저었다.

"정왕숙. 무슨 일이야?"

"기말고사도 얼마 안 남았고…… 다들 긴장한 모양이에요."

한상진 선생은 왕숙 언니의 어쭙잖은 변명을 조금도 믿지 않는 눈치였다. 하지만 김현수 선생은 빙글빙글 웃으며 말했다.

"뭐야, 기말고사 따위로 기분이 처지다니. 설마 다들 공부 잘하는 거야? 난 '떡실신' 회원들은 성적표로 부모와 선생들을 떡실신시키는 배짱이 있는 줄 알았는데. 완전 실망인걸."

"안 물어봤거든요."

종현 오빠가 가시 돋친 말투로 쏘아붙였다.

"박종현. 건방 떨지 마라."

한상진 선생이 싸늘한 말투로 내뱉었다. 냉동고 문을 열어 버린 듯 서늘한 냉기가 조리실을 휘감았다.

그러나 종현 오빠는 조금도 기죽지 않고 삐딱한 자세로 서서 입속으로 무어라 중얼거렸다. 뭐라는지 알 수 없지만, 욕이라는 건 분명히 알 수 있었다.

"박종현, 뭐야?"

한상진 선생이 목소리를 높였다. 한 번도 겪어 보지 못한 상황에 당황한 듯 눈빛 마력을 사용할 겨를도 없이 소리부터 질렀다.

김현수 선생은 한상진 선생의 손등을 가볍게 톡 쳤다. 그러고는 부러 쾌활한 목소리를 내며 종현 오빠에게 말했다.

"뭐야, 그만한 일로 삐친 거야?"

"남자가 뭘 삐칩니까? 호모도 아니고."

우리가 그저 웃어 버렸다면 그 말은 농담이거나 별 뜻 없는 말처럼 들렸을지도 모르겠다. 그러나 우리 모두 웃지 못했다. 그럴싸하게 위장하려고 애쓸 겨를도 없이 다들 노골적으로 당황하고 말았다. 어쩌면 그런 우리 태도는 종현 오빠 입에서 나온 "호모"라는 말보다 더 노골적인 표현이었는지도 모르겠다.

"야!"

왕숙 언니가 종현 오빠 옆구리를 팔꿈치로 쿡 찔렀다.

"아, 호모 아니니까 호모 아니라는데 그게 뭐 잘못이에요?"

종현 오빠는 왕숙 언니한테 그렇게 말하고서 한상진 선생에게 노골적으로 혐오스러운 눈길을 던졌다.

"저 먼저 갈게요. 오늘 몸이 너무 안 좋아요."

종현 오빠는 조리 가운을 벗어서 가방에 쑤셔 넣고 조리실습실에서 나가 버렸다.

한상진 선생은 마치 교통사고를 당한 사람 같았다. 깊은 잠에 빠져 있을 때 느닷없이 일어난 대형 교통사고. 잠에서 문득 깨어나 보니 내가 탄 버스가 절벽에서 굴러떨어지고 있는 것이다. 대체 내게 무슨 일이 일어나고 있는지 모르는 채로 한없이 굴러떨어지고 있는 것이다. 멈춰 세울 수도 없고, 뛰어내릴 수도 없다.

"샘. 콩 삶을까요?"

왕숙 언니가 간신히 목소리를 쥐어짜듯 물었다.

검은콩 셰이크와 떡 샌드위치. 오늘의 요리처럼 낯설고 어색한 분위기에서 수업이 진행되었다. 김현수 선생은 우스갯소리 한마디 하지 않고 딱딱한 얼굴로 말을 이어 갔고, 한상진 선생은 콩을 삶다가 물이 넘치는 꼴을 보고도 잔소리 한마디 하지 않았다. 그렇게 특강이 끝나고 다들 도망치듯 조리실습실을 나서려는데, 한상진 선생이 왕숙 언니를 불렀다.

"왕숙아. 잠깐 나 좀 보자."

왕숙 언니는 거의 울 것 같은 표정을 지으며 조리실습실로 다시 들어갔다.

한상진 선생의 손가락에서 그 반지가 사라진 것은, 우연한 일일지도 모른다. 문득 반지가 지겨워졌거나 혹은 '여자' 애인과 헤어진 탓일 수도 있다. 그러나 적어도 서경 생과고의 세계에서는 그것이 결정적인 증거로 채택되었다. 왕숙 언니의 말을 듣고 한상진 선생이 증거인멸 차원에서 반지를 뺐다는 것이다. 막상 왕숙 언니에게 그날에 대해 물으면 언니는 그저 두 손으로 얼굴을 감싸고 울먹이기만 했지만.

때마침 교장이 한상진 선생을 교장실에 불러다 놓고 목소리를 높였다는 소문이 돌았다. 그 내용에 대해서는 알려진 바가 없지만, 모두들 같은 추측을 하고 있었다.

마침내 아니 어쩌면 공교롭게도 그 무렵에 김현수 선생이 학교에서 사라졌다. '김현수 특강 일정'이라는 학교 홈페이지의 팝업창도 사라졌고, 본관 정문에 걸려 있던 현수막도 사라졌다. 물론 특강 자체도 사라졌다. '떡실신'에서 하기로 한 떡 케이터링 특강은 그것으로 끝나 버렸다. 왕숙 언니의 입을 통해 "개인 사정"으로 김현수 선생이 갑자기 특강을 중단하게 되었다는 모호한 설명이 전해졌다.

교장은 복도에서 마주친 마루에게 "할머님께 연락은 자주 드리냐? 다시 찾아뵙고 부탁을 드려야 할 텐데."라고 말했다.

김현수 선생의 등장으로부터 시작된 파문은 서서히 가라앉는 듯했다. 김현수 선생이 등장하기 전, 그 유월 이전의 어느 시점으로. 그러나 모든 것이 제자리로 돌아올 수는 없었다.

다른 반 애들한테 범생이 집단이라는 비웃음을 살 정도로 고분고분하던 우리 교실 분위기는 완전히 달라졌다. 조회 시간에 한상진 선생이 들어와도 다들 마지못한 듯 느릿느릿 움직였다. 반장이 구령을 하고서야 겨우 인사하는 시늉뿐이었다. 그런 분위기를 주도하는 것은 남자애들이었다. 여자애들은 그들 사이의 알 수 없는 지각변동을 당황스럽게 지켜보고 있었다. 마법이 풀린 것처럼 한상진 선생의 정체 모를 카리스마는 완전히 사라져 버렸다. 한상진 선생은 전교의 남자애들이 공인한 '찌질이'

가 되었다. 그는 수업 시간에도, 조회나 종례 시간에도 결코 우리 쪽으로 눈길을 돌리지 않았다. 어쩌면 그러지 못하는 것인지도 몰랐다.

한국조리 시간에도 조리실습실은 거의 난장판에 가까웠다. 국수를 삶느라 들썩거리는 냄비 뚜껑보다 아이들이 떠드는 소리가 더 요란했고, 소스를 만들기 위해 꺼내 놓은 고추장이며 설탕이며 양념 통은 뚜껑을 잃어버린 채 냄새를 피워 댔다. 한상진 선생은 레시피를 쏘아 올린 빔 프로젝트 앞에 불청객처럼 어색하게 서 있었다. 그러다 혼잣말이라도 하는 것처럼 맥없이 물었다.

"국수를 삶는 요령은 국수장국 시간에 배워서 알 거다. 누가 한번 얘기해 보겠나?"

악의적인 웃음소리와 속닥거림이 한상진 선생의 말꼬리를 집어삼켰다.

"선생님!"

현지가 손을 들었다.

한상진 선생이 눈길을 보냈다.

"물이 한창 끓을 때 샐러드기름을 한 숟갈 넣고 국수를 세워서 풀어 넣습니다. 그렇게 계속 끓이다가 물이 넘으려 할 때 반 컵가량의 냉수를 붓고 저으면 거품이 가라앉습니다. 그리고 다시 국수가 떠오를 때까지 끓이면 알맞게 됩니다."

"한 샘한테 잘 보여 봐야 소용없다. 절대로 관심 안 줄걸."

누군가 고의적으로 목소리를 높여 말했다. 도영기였다. 남자애들은 도영기의 시답잖은 한마디에 대놓고 응원의 박수를 쳤다. 그 누구도 한상진 선생의 눈치를 살피지 않았다. 찌질이의 눈치를 보는 사람은 아무도 없는 법이니까.

여자애들은 이 불편한 상황에 눈살을 찌푸렸다. 하지만 우리가 할 수 있는 것은 아무것도 없었다.

한상진 선생 역시 마찬가지인 것처럼 보였다. 그는 모든 마력을 상실했고 나아가 선생으로서의 최소한의 권위, 아니 어른으로서의 최소한의 존재감마저 완전히 상실했다.

그런데 남자애들의 그 잔인한 웃음소리가 잦아들기 시작했을 때, 한상진 선생이 이를 악문 듯한 얼굴로 교단에서 내려왔다. 그러고는 아이들이 둘러선 조리대 사이의 비좁은 공간을 빠른 걸음으로 헤집고 지나갔다. 그의 발걸음과 시선은 도영기에게 직행하고 있었다.

영기는 여전히 느물느물 웃으며 오정우와 눈빛을 주고받았다. 올 테면 오라는 뜻이었다.

마침내 영기와 마주 섰을 때, 아니 어쩌면 마주 서기 직전에 한상진 선생의 오른손이 조리대 위에 놓여 있던 연두색 플라스틱 믹싱볼을 집어 들었다. 그러고는 그대로 영기의 머리통을 후려갈겼다.

깡!

영화처럼 극적인 순간을 위한 슬로모션 따위는 없었다. 모든 게 눈 깜짝할 사이에 벌어졌다.

연두색 플라스틱 볼은 산산조각이 났고, 날카로운 조각이 영기의 뺨을 할퀴었다. 한상진 선생의 손바닥이 잇달아 허공을 갈랐다. 짝! 짝! 짝! 짝! 짝!

"다시 한 번 말해 봐."

한상진 선생이 거친 숨을 몰아쉬며 말했다.

영기의 뺨에 난 상처에서 조금씩 피가 배어 나왔다. 영기는 슬그머니 손을 들어 올려 제 뺨의 상처를 만졌다. 한상진 선생이 빠른 손길로 조리대 위의 또 다른 믹싱볼을 집어 들었다. 영기가 어깨를 움찔했다.

"다시 한 번 말해 봐."

"죄송합니다."

영기가 말했다. 몹시 낮고 웅얼거리는 소리였지만 모두의 귀에 똑똑히 들렸다. 그 밖에는 숨소리 하나 없이 조용한 탓이었다.

우리는 조리 가운을 벗고 모두 운동장으로 나가야 했다. 한상진 선생은 교무실에 들러서 영어 선생의 초록색 몽둥이를 들고 나왔다. 그저 분위기만 잡으려니 했다. 몽둥이는커녕 우리에게 손끝도 댄 적이 없는 사람이 아닌가. 그러나 우리의 예상은 완전히 빗나갔다. 한상진 선생은 여자애들을 모두 무릎 꿇렸고, 남자애들을 엎드리게 했다.

픽!

정확하게 열 대씩, 한상진 선생은 우리 학교의 어느 남자 선생들에게도 뒤지지 않을 기세로 몽둥이를 휘둘렀다. 그것은 체벌이라거나 폭력이라기보다는, 신들린 연기 혹은 어색하게 과장된 연기 같았다. 한상진 선생은 왜 때리는지 설명하지 않았고, 남자애들 역시 아무도 묻지 않았다.

마침내 한국조리에 배정된 세 시간이 모두 끝났다는 종소리가 울렸다.

"반장."

한상진 선생이 낮은 목소리로 말했다.

오랫동안 무릎 꿇고 있던 탓에 발이 저려 쩔쩔매면서도 반장인 성구는 이를 악물고 일어섰다. 한상진 선생이 턱짓을 하자 성구가 우리를 둘러보았다. 다들 신음 소리를 참으며 일어섰다.

"차렷, 경례."

"고맙습니다."

모두가 머리를 숙이며 입을 모아 인사했다.

한상진 선생은 고갯짓조차 하지 않고 그대로 돌아섰다. 초록색 몽둥이를 땅에 닿도록 늘어뜨린 채 운동장을 가로질러 본관으로 들어갔다. 한상진 선생의 모습이 완전히 건물 안으로 사라지고서야 우리는 절룩거리며 교실을 향해 걷기 시작했다.

"호모가 힘은 세네. 야, 이렇게 당해야 되냐? 호모한테? 이거, 교육청에 찔러야 되는 거 아니냐?"

오정우가 뒤늦게 투덜거렸다.

도영기가 빨갛게 부어오른 뺨을 만지작거리며 말했다.

"증거 있냐? 호모라는 증거가 있어야 할 거 아니야. 그냥 국으로 가만있어. 씨발, 졸업만 하면 그만이지."

"어느 천년에 졸업이야. 아직 이 년 반이나 남았구만."

오정우는 절대로 참을 수 없을 것처럼 굴었지만, 그게 얼마나 부질없는 허세인지는 자신이 더 잘 알고 있을 터였다.

마루도 좀 뒤처져 걸으며 투덜거렸다.

"흥. 하다 하다 이제 몽둥이까지 휘두르는구나. 딱 하나 봐줄 만한 게 손 안 대는 거였는데."

그러나 원수의 처참한 종말에 대한 멘트치고는 좀 맥이 빠져 있었다.

그날의 종례 시간은 유월 이전의 어느 날로 돌아가 있었다. 조용하고 질서 정연한 한상진의 교실. 달라진 것도 있었다. 교탁 위에 놓인 초록색 몽둥이. 아니, 초록색 몽둥이는 그저 소품에 불과한지도 몰랐다. 달라진 것은 그보다 은밀한 그러나 결정적인 무언가였다.

"내일은 종례 끝나고 교실 대청소다. 그간 청소를 어떻게 했기에 교실에 먼지가 수북하냐. 청소 검사 끝날 때까지 집에 안

보낼 거니까, 다들 점심 챙겨 오도록."

한상진 선생은 종례를 끝내고 교실에서 나갔다.

그런데 토요일의 대청소에 대해 불만을 터트리며 교실을 나서자 한상진 선생이 복도에서 기다리고 있었다.

"마루, 나 좀 보자."

마루는 묵은 원한을 잊지 않은 듯 퉁명스러운 얼굴로 다가갔다.

"왜 그러시는데요?"

한상진 선생은 분주한 복도를 힐긋 돌아보더니 종례 때와는 사뭇 다른 얼굴로 입을 열었다.

"저기, 안강녀 선생님 말이다……. 아무래도 다음 주쯤에 다시 한 번 찾아뵈어야겠다. 너, 시간 되지?"

"안 되는데요."

그럴 리가 없다. 마루에게 남아도는 건 시간뿐이다.

"그래? 그럼 그다음 주는?"

"잘 모르겠는데요. 어쩌면 떡 동아리 관둘지도 몰라요. 아예 진로를 바꿔 볼까 싶기도 해요. 쇼콜라티에가 어떨까요? 아무튼 죄송해요. 도움이 되어 드리지 못해서. 그럼 안녕히 계세요."

마루는 구십 도로 허리 굽혀 인사하고 돌아섰다. 현지와 태진이와 나도 어정쩡하게 인사하고 마루를 따라갔다.

한상진 선생은 길 잃은 아이 같은 얼굴로 혼잡한 복도 한가운데에 남겨졌다. 하굣길을 서두르던 애들이 실수로 부딪히고 죄송하다고 고개를 숙이기도 했지만, 한상진 선생은 초록색 몽둥이를 늘어뜨린 채 멍하게 서 있기만 했다.

"먼저 가."

나는 그렇게 말하고 한상진 선생에게 달려갔다. 나는 그에게 빚이 있었다. 그리고 그가 잃어버린 무언가가 몹시 안타까웠다.

"응? 금영아…… 왜?"

한상진 선생은 악몽에서 깨어나지 못한 얼굴이었다. 이마에 땀이 맺혀 있었는데 후텁지근한 날씨에도 불구하고 식은땀처럼 보였다.

"선생님. 너무 걱정 마세요. 마루가 뒤끝이 있는 편이라서……. 지난번 전주 갔을 때 실망이 컸나 봐요. 그래서 괜히 선생님한테 투정 부리는 거예요. 제가 얘기 잘 해 볼게요. 너무 괘씸하게 생각하지 마세요. 아마 내일이면 제 발로 찾아올 거예요."

"어, 그래, 금영아. 교장 선생님도 워낙 조바심을 내시고 나도 얼른 그 일이 좀 진행이 됐으면 싶고……. 그래, 고맙다. 부탁할게. 너만 믿는다."

한상진 선생은 뜻밖의 호의에 허둥거리는 듯했다.

"네, 걱정 마세요."

마루를 위해 노래방에서 몇 시간쯤 달려 주면 그깟 부탁은

일도 아니다. 사실 마루도 이미 한상진 선생의 제안을 받아들이고 있을 것이다.

한상진 선생은 내 어깨를 툭 치고 돌아섰다. 초록색 몽둥이로 창문 아래 벽을 툭툭 치며 터덜터덜 걸었다.

한상진 선생이 게이인지 아닌지 나는 모른다. 알 도리도 없고 알고 싶지도 않다. 다만 내가 분명히 알고 있는 것은 그 사건이 한상진 선생으로부터 너무도 소중한 무언가를 빼앗아 갔다는 것이다. 폭력이 아니라 자존심을 힘으로 삼았던 한상진의 그 마력.

나는 봄날의 우리 담임이 몹시 그리웠다.

오래 걸려?

마루에게 문자가 왔다. 나는 그렇다고 답장을 보내 놓고 부러 늑장을 부리다가 혼자 학교에서 나와 노래방으로 갔다.

엄마는 무료하기 짝이 없는 얼굴로 유선방송을 보고 있었다. 한가한 오후의 노래방에 괴성에 가까운 남자 목소리가 울려 퍼지고 있었다. 나도 모르게 목소리의 주인공이 있는 3번 방으로 눈길이 갔나 보다.

"대낮부터 남자 둘이 와서 저러고 있다. 어휴, 귀마개를 사든지 해야지, 원."

엄마가 텔레비전 볼륨을 높였다.

대낮부터 남자 둘이 와서, 그 말은 무슨 뜻이었을까. 나는 엄마의 얼굴을 유심히 살폈다. 엄마는 그저 입을 크게 벌려 하품을 할 뿐이었다.

3번 방의 두 남자는 지루한 오후를 향해 3890번을 애절하게 부르고 있었다. "가질 수 없는 너"라니 대체…… 그건 그들의 아픔인 걸까. 아니면 〈전국노래자랑〉에라도 나가려고 연습 중인 걸까. 뭐가 되었든 상관없는 일이다. 적어도 노래방에서는, 그들의 소중한 무언가를 지킬 수 있기를 바랄 뿐.

"시간 넣어 줘?"

엄마가 물었다.

8번 방 문을 열고 들어가면 수만 곡의 노래가 나를 기다리고 있다. 하지만 그 어떤 노래도 지금의 내 마음 같지는 않을 것이다. 마음을 담을 수 없는 노래는, 엠피스리로 들으면 그만일 뿐 목청 돋우어 부르고 싶지는 않다.

"3번 방에 서비스나 더 넣어 줘. 난 그냥 집에 갈래. 좀 잘 거니까 들어와서 깨워. 기말고사 얼마 안 남았어."

더 이상 새로울 것도, 흥미로울 것도 없는 일 학년 일 학기의 유월이라고 생각했다. 그런데 나의 유월은 제대로 새롭고 흥미로운 사건을 펼쳐 보였다. 그러나 새롭고 흥미로운 것이 늘 유쾌한 것은 아니었다.

일 층에 도착했을 때 부르고 싶은 노래가 생각났다. 7642번. 내 손가락은 가상의 리모컨을 더듬듯 허공을 두드렸다. 어쩐지 지금 이 순간은 반주기 없이 나 홀로 조용히 부르고 싶었다.

나는 마을버스를 타지 않고 집으로 천천히 걸으며 입속으로 노래를 흥얼거렸다. 그리 나쁘지 않았다. 소리 없는 반주인 듯 바람이 불어와 머리칼을 살며시 흔들어 댔다. "봄날은 간다"고, "무심히도 꽃잎은 지"며 "봄날은" 가 버렸다고.

05 선우완

"난, 금영이 네가 꼭 같이 갔으면 한다. 진심으로."
마루에 따르면, 세상에서 가장 나쁜 남자는 여자를 때리는 놈이고
두 번째로 나쁜 남자는 여자를 헷갈리게 하는 놈이랬다.
지금 완 오빠는 내게 두 번째로 나쁜 짓을 하고 있다.
그리고 나는 두 번째로 나쁜 남자에게
호락호락 말려들 생각은 추호도 없다.

궁하면 통한다는 말이 맞는 걸까, 하늘은 스스로 돕는 자를 돕는다는 말이 맞는 걸까? 아니다. 하늘이 무너져도 솟아날 구멍은 있다는 말이 맞겠다.

두 번째 전주 방문으로 한상진 선생은 놀라운 성과를 거뒀다. 드디어 궁중 떡 무형문화재 안강녀 선생님의 허락이 떨어진 것이다. 일단 여름방학 때 이박삼일로 우리 동아리 회원들이 궁중 떡 연수를 떠나는 것이 그 시작이다.

교장은 즉시 그 소식을 학교 홈페이지에 팝업창으로 공지했다. 우리 학교 홈페이지는 늘 적어도 다섯 개의 팝업창이 뜬다.

"이번에는 너희 아빠도 허락하시지 않겠니? 진짜로 학교 행

사잖아. 수학여행이랑 다를 게 뭐가 있어?"

마루가 말했다. 일리 있는 소리다. 기말고사 성적표가 나온 다음에 이야기하는 게 나을지, 성적표가 나오기 전에 이야기하는 게 나을지가 고민이지만.

그렇게 꿈에도 그리던 전주 여행이 실현 가능한 현실로 다가왔고, 기말고사도 끝났고, 지긋지긋한 치아 교정도 끝났다. 그런데도 나는 좀처럼 흥이 나지 않았다. '떡실신' 실습 시간도 영 심드렁했다. 중학교 때와 1등의 오차도 없이 여전한 성적도 지루했고, 마력이 사라진 한상진 선생을 마주하고 있는 것도 서글펐다.

"오늘은 안 가면 안 되나?"

내가 물었다.

"야. 가뜩이나 요새 동아리 회원들이 줄어서 썰렁한데, 너까지 왜 그러냐? 한 샘이 얼마나 기운 빠지겠냐? 분위기 좀 바꿔 보려고 그렇게 애쓰고 있는데."

한상진 선생의 비즈니스 파트너가 된 마루는 그저 나를 끌어들이기에 바빴다. 내가 아니라 '누구 한 사람이라도'라는 심정일 테지만.

"냅둬. 가기 싫으면 안 가는 거지, 왜 부담 주고 그래?"

현지가 입바른 소리를 했다.

"그래. 현지 말이 맞아. 마루 넌 좀 강요하는 경향이 있더라.

금영아, 부담 갖지 마. 근데 오늘 궁중 떡 여름 연수 준비 모임인 건 알지? 첫 번째 준비 모임."

태진이는 쿨하게 물러서는 듯하며 결정적인 떡밥을 내밀었다. 여우 같은 놈.

나는 떡밥에 걸려든 붕어가 된 기분을 느끼며 삼 층 조리실습실로 올라갔다. '떡실신'에는 심드렁하지만 전주 연수에는 빠질 수 없는 일이다. 그래, 어쩌면 전주에 다녀오면 모든 게 좋아질지도 모른다.

조리실습실은 모처럼 활기찼다. 오랜만에 종현 오빠도 나타났고, 몇 번 나오고 뜸하던 교장의 유망주 선우완 오빠도 왔다. 기말고사가 끝난 탓인지, 나처럼 전주 모임에 혹한 탓인지 모를 일이다. 한상진 게이설이 시들시들해진 탓도 클 것이다.

한상진 선생도 그런 분위기에 들뜬 듯 여유로운 얼굴이었다.

"다들 잘 알겠지만, 오늘은 여름방학 궁중 떡 연수 1차 모임이다. 궁중 떡 무형문화재 안강녀 선생님에게 어렵게 허락을 받았다는 것도 다들 알고 있겠지? 이박삼일의 짧은 일정이지만 허술하게 준비할 순 없다. 이번에 제대로 된 모습을 보여 드리지 않으면 더 이상의 기회는 없을지도 몰라. 그래서 말인데, 여름 연수 준비위원장을 따로 뽑는 게 좋겠다. 누가 좋을까?"

의문문으로 말끝을 치켰지만, 한상진 선생의 눈길은 곧장 선우완 오빠에게 내달렸다.

"선우완. 네가 해 보는 게 어떠니?"

한상진 선생은 어색한 미소를 지었다. 어울리지 않는 배역을 맡은 배우처럼, 아니 연기력이 달리는 배우라고 하는 게 맞는지도 모르겠다. 한상진 선생은 그렇게 어색한 얼굴을 한 채로 말을 이었다.

"교장 선생님께서 학교 기업을 구상하고 있다는 건 알고 있지? 안강녀 선생님께 전수받은 궁중 떡으로 아주 특별한 학교 기업을 만들어 볼 계획이신 거지. 그러니까 이번 연수는 단순히 떡을 배우는 것 이상의 의미를 갖고 있어. 선우완은 국제정보과학과라서 떡에 대해서는 잘 모르지만, 전체적으로 사업을 꾸려 가는 일에 대해서는 한 수 위야. 그래서 여름 연수 준비위원장을 맡아 주었으면 하는 거다."

아무래도 한상진 선생의 말법은 교장을 닮아 가는 것 같다. 뭔가 거창하기는 한데 도무지 종잡을 수 없다.

그러나 선우완 오빠는 다 알아들은 모양이었다. 역시, 교장이 사랑하는 유망주는 달랐다.

"기말고사도 끝나고 보니 졸업도 한 학기밖에 안 남았어요. 명색이 전문계고인데, 그간 입시 준비 말고 한 것도 없고 해서…… 궁중 떡 여름 연수에 같이 가 보고 싶었어요. 이대로 졸업하려니 뭔가 아쉬워서요. 도울 수 있는 일은 힘껏 돕겠습니다."

우리는 방청객이 된 기분으로 한상진 선생과 완 오빠의 말을 들었다. 그렇게 얼렁뚱땅 완 오빠가 여름 연수 준비위원장이 되었다.

마루의 정보에 따르면, 완 오빠는 "서경 생과고의 명예를 드높이"려는 교장의 원대한 포부에 따라, 말하자면 스카우트된 학생이다. 서경 생과고 최초로 서울대학교 학생을 배출하겠다는 야망을 품고 가난하지만 영특한 학생을 파격적인 장학금으로 모셔 왔다는 것이다. 등록금을 안 내는 정도가 아니라 용돈이며 학원비까지 학교에서 지원받고 있단다. 완 오빠는 "하면 된다."는 교장의 과도한 믿음에 충분히 부응하고 있고.

"삼 년 내리 전교 1등. 그러니까 내신은 보나마나 1등급이지. 모의고사에서도 전국에서 손꼽히는 등수란다. 그러니 수능 걱정도 없지. 서울대는 전문계고 특별전형이 없지만, 일반전형으로도 서울 법대 가능하시다는데. 한술 더 떠서 아이비리그 진입까지 꿈꾸고 있는 모양이더라. 교장의 꿈인지 완 오빠의 꿈인지는 모르겠지만."

그런 완 오빠에게 유일하게 부족한 것이 특별활동 실적이란다. 선우완 매니저를 자처하는 교장의 방침에 따라 그동안 동아리 활동이나 학생회 활동을 하지 않아서 학생부가 허전하다는 것이다. 특히 미국 대학으로 진학하려면 그건 좀 약점이 된다는 것이고. 완 오빠의 느닷없는 출현은 '궁중 떡 여름 연수 준비위원장'이라는 타이틀을 위한 정치적 술수라나.

완 오빠는 내게 그런 사람이었다. 서울 법대든 아이비리그든, 내게는 너무도 낯선 세계에 속한 사람이고 느닷없이 감투를 쓰고 나타난 사람이다. 나 역시 완 오빠에게 그런 사람이라고 생각했다. 조리과든 떡 동아리든, 완 오빠에게는 너무도 낯선 세계에 속해 있는 후배 가운데 하나.

그런데 두 번째 준비 모임을 끝내고서 완 오빠가 나를 따로 불렀다. 할 이야기가 있다는 것이다. 여름 연수 참가 신청서를 아직 내지 않아서 그러는 것인가, 나는 그렇게 짐작하며 완 오빠를 따라 운동장 스탠드 구석에 가서 앉았다.

"넌 어쩌면 전주에 못 갈지도 모른다면서?"

완 오빠가 물었다.

"네. 아빠가 워낙 엄하셔서 외박을 못 하게 하시거든요."

"그래? 요즘 세상이 이렇게 험한데 오죽하시겠니? 하지만…… 난, 금영이 네가 꼭 같이 갔으면 한다. 진심으로."

마루에 따르면, 세상에서 가장 나쁜 남자는 여자를 때리는 놈이고 두 번째로 나쁜 남자는 여자를 헷갈리게 하는 놈이랬다. 지금 완 오빠는 내게 두 번째로 나쁜 짓을 하고 있다. 그리고 나는 두 번째로 나쁜 남자에게 호락호락 말려들 생각은 추호도 없다.

"네, 준비위원장이니까 걱정이 많으시겠어요. 이렇게 한 사람

한 사람 다 챙겨야 하니……. 현지도 못 간다고 하는 것 같던데 따로 얘기해 보셨어요?"

물론, 현지가 못 갈 리가 없다. 나한테 이렇게 간교한 면이 있는 줄은 몰랐다. 이만하면 의도를 감추고 본심을 캐묻기에 꽤 그럴싸하다. 완 오빠는 바로 걸려들었다.

"그런 뜻…… 아니다. 다른 애들은 어떻든 금영이 너만은 꼭 같이 갔으면 좋겠다는 거야. 이런 얘기 쑥스럽지만…… 교장 선생님이 '떡실신'에 가 보라고 하셨을 때, 가슴이 덜컥 내려앉았다. 이렇게 다시 널 만난 게 신기했지만, 말을 걸기도 좀 그래서 지켜만 보고 있었어. 그런데……."

"잠깐만요. 오빠. 다시 만난 게 신기…… 그럼 절 원래부터 알고 있었다는 거예요?"

어디선가 달짝지근한 바람이 불어와 구름을 걷어 내자 햇살이 곧장 스탠드로 쏟아져 내렸다. 그 뜨거운 햇살을 등지고 앉은 완 오빠에게 일종의 후광이 드리워졌다. 그러고 보니 완 오빠는, 선이 곱고 선량한 인상이다.

"기억…… 안 나?"

완 오빠는 멋쩍은 미소를 지었다.

"초등학교 때 너, 나랑 같이 방과 후 특기적성 들었잖아. 오카리나. 내가 육 학년이고 네가 사 학년이었을 때."

오카리나. 그건 기억난다. 어쩐지 멋져 보여서 신청했다가 두

번 듣고 싫증 나 버렸다. 하지만 엄마에게 그런 소리를 했다가
는 변덕 부린다고 욕만 먹을 게 뻔했다. 그래서 억지로 다니다
가…… 결국 어떻게 됐더라?

"한 달쯤 지나고서 내가 그만 오카리나를 깨트려 버렸잖아.
그거, 우리 엄마가 친구네서 얻어 온 거였거든. 우리 집 형편에
새거 사 달라고 할 수도 없고. 그래서 포기하고 집에 가려는데
너랑 현관에서 마주쳤어. 네가 왜 특기적성 안 듣고 집에 가냐
고 물었잖아. 오카리나를 깨트려서 그런다고 대답하고 실내화
를 갈아 신고 있는데, 네가 달려와서 오카리나를 내밀더라. 난
얼떨결에 그 오카리나를 받아 특기적성 수업에 다시 들어갔어.
넌 두 번 다시 오지 않았지, 나 때문에……. 나에게 오카리나
를 주고 넌 포기했던 거야. 그 오카리나, 여전히 내 보물 1호다."

그건 좀 심각한 오해라는 생각이 들지 않을 수 없었다. 완 오
빠 말을 들으니 그날의 기억이 되살아났지만, 그건 우리 아빠의
현대사와 교과서의 현대사만큼이나 견해차가 컸다. 사건이 일
어난 순서는 같지만.

그날 내가 완 오빠에게 오카리나를 준 것은, 옳다구나 하는
마음이었다. 완 오빠의 말을 듣는 순간, 만약 내가 오카리나를
잃어버렸다고 하면 엄마는 절대 다시 사 주지 않을 거라는 사
실을 깨달았다. 그래서 완 오빠에게 오카리나를 주었고 엄마에
게 잔소리를 한 바가지 들었다. 그것으로 나와 오카리나의 인

연은 영영 끝이었다. 고맙게도.

그러나 나는 완 오빠에게 그런 말을 하지 않았다. 어쩌면 그때 나에게 완 오빠에 대한 애틋한 마음이 있었던 게 아닐까 싶기도 했다. 그런 기억은 전혀 없지만, 우리의 행동을 지배하는 건 무의식의 힘이라고도 하지 않는가.

어쨌거나 지금 내게, 드라마에서나 일어나는 종류의 사건이 벌어지고 있는 것이다. 사극에서도 운명적인 사랑은 대개 어린 시절의 기억에서부터 비롯된다. 소년과 소녀는 완전무결하게 순수한 사랑을 느낀다. 그것은 어른이 되고 수많은 역경을 거쳐도 지고지순하게 변치 않는다.

완 오빠가 스탠드에서 일어섰다. 확실히 길다. 강동원과 비슷하다. 어쩌면 완 오빠가 1센티미터쯤 클지도 모르겠다.

미안해요, 동원 오빠. 언제까지고 기다리고 싶었는데.

"오빠도 참. 그 일이 뭐 대단한 거라고."

나는 이가 보이도록 웃었다. 교정을 끝낸 내 치아는 꽤나 가지런하고 스케일링까지 마쳤으니 하얗게 눈부실 것이다.

"나한텐 잊을 수 없는 기억이다. 너도, 오카리나도."

어디선가 오카리나 소리가 들려오는 것만 같았다. 삐비비비 삐비비― 구슬프고 청아한 그 소리는 꽤나 낭만적일 텐데. 진작 오카리나 배워 둘걸.

"학원 시간이 되어서 가 봐야겠다. 가자."

나는 머리칼을 귀 뒤로 살짝 쓸어 넘기며 일어섰다.

"전주 문제는…… 아빠랑 잘 얘기해 볼게요."

"어, 그래. 그렇지만 괜히 고집 부려서 아빠 속 썩이지는 마라. 내가 아빠라도 너 정도면 외박 금지 시키고도 남겠다."

완 오빠는 그렇게 말하고 스탠드를 내려갔다. 나는 칠월의 햇살에, 그리고 우리 아빠와 경쟁할 만한 나의 추종자를 만난 기쁨에 붉게 달아오른 얼굴을 어쩌지 못한 채 완 오빠의 곁을 나란히 걸었다. 교문을 나서서 삼거리 분식점 앞에 이르렀을 때, 완 오빠가 말했다.

"난 이쪽으로 가야 한다. 넌, 저쪽이지?"

"어떻게 아셨어요?"

"다 알지."

정체를 숨기고 나만을 흠모하던 추종자라, 이 정도면 나도 현지에게 꿀리지 않는 여성성을 갖추었다고 자부해도 좋겠지. 목을 빳빳하게 세우고 돌아서려는데 완 오빠가 또 물었다.

"문자, 보내도 되지?"

전화번호를 알려 주려고 입을 열려는데 완 오빠가 씩 웃으며 또 말했다.

"번호 알아."

그러나 완 오빠는 지금 내가 얼마나 흥분했는지는 모를 것이다.

현지는 완 오빠와 나의 연애에 대해 이렇게 말했다.

"너 아무래도 전생에 나라를 구한 모양이다."

남자에 대해서라면 무조건 삐딱한 현지가 저렇게 말할 정도면, 전 국민이 환호하고 있다고 해석해도 좋겠다.

"그럼 난 전생에 나라를 팔아먹었냐?"

마루가 투덜거렸다.

"왜 그래. 내가 있잖아."

태진이가 마루의 어깨에 팔을 둘렀다. 픽! 태진이는 매를 자초하는 경향이 있다. 맞는 걸 즐기는 변태 성향인지도 모른다.

마루와 현지와 태진이뿐만 아니다. 나를 둘러싼 모든 여자애들이 나금영의 놀라운 행운에 대해 감탄해 마지않았다. 내가 모르는 애들도 뒤에서 더러 부러움 섞인 눈길을 보내고 있는지도 몰랐다. 아, 단 한 사람. 왕숙 언니는 고개를 갸우뚱하며 "완이랑 중학교 때 같은 반이었는데…… 좋은 애야. 근데…… 뭐, 좋은 애야, 암튼."이라고 말했다.

아무튼 완 오빠는 남의 눈을 조금도 의식하지 않고 다정다감한 모습을 보여 주었다.

스탠드에서 마음을 털어놓은 다음 날인 목요일 점심시간, 내가 급식실 입구에 있는 커피 자판기에 동전을 넣으려는데 완 오빠가 다가왔다.

"자판기 커피 몸에 안 좋아. 위도 나빠지고 살도 찌고 비위생

적이기도 해."

"그치만 밥 먹고 커피를 안 마시면 영 개운하지 않아서……."

"습관을 바꿔 보면 안 그래. 커피보다는 차에 맛을 들여 봐."

완 오빠는 그렇게 말하며 뭔가를 내밀었다. 둥굴레차 티백 한 상자였다. 둥굴레가 위를 긁는 경향이 있으니 빈속에는 삼가는 게 좋겠다면서. 우리 반 여자애들이 눈을 휘둥그레 뜨고서 외계 생명체의 울음소리를 냈다. 뭐랄까, 나는 기사 딸린 검은 자가용이 교문 앞에 대기하고 있는 애가 된 기분이었다.

둥굴레차는 그 자리에서 동이 나고 말았다. 우리 반 여자애들이 검은 자가용 타이어에 펑크를 내는 눈빛으로 입에 맞지도 않는 둥굴레차를 삽시간에 먹어 치웠던 것이다. 마루는 급하게 두 잔을 먹다가 혀까지 뎄다.

다음 날 급식을 먹고 자판기 앞을 지나치려니 발걸음이 떨어지지 않았다. 슬그머니 걸음을 멈추고 주위를 살폈더니 마침, 친구들과 식탁에 앉아 있던 완 오빠가 내게 손을 흔들어 보였다.

결국 저녁을 먹고 늦은 밤에 커피 믹스 두 봉을 한 잔에 타서 들이켰다. 잠이 올 리가 없었다. 아침에 일찍 일어날 리도 없었다. 수업 시간에 조는 것만으로는 잠을 보충할 수가 없었다. 마루는 내게 "요새는 다크서클이 새로운 메이크업 트렌드냐?"고 물었다.

결국 노는 토요일을 맞이하여 잠에 한 맺힌 사람처럼 늦잠을 자고 말았다. 집요하게 울리는 휴대전화 벨소리에 눈을 뜨니 벌써 오후 두 시, 완 오빠의 전화였다.

나는 벌떡 일어나 흠흠 목기침을 하고 전화를 받았다.

"잤어?"

자다 깬 척하지 않으려고 애썼는데 그만 티가 났나 보다.

나는 목소리를 더 내리깔고 말했다.

"아뇨. 감기 기운이 좀 있어서."

"그래? 약은 먹었어? 병원은 갔고?"

"아뇨, 병원 갈 정도는 아니에요. 좀 쉬면 괜찮을 것 같아서 누워 있었어요."

"무슨 소리야? 여름 감기가 얼마나 지독한데. 증상이 어때?"

"그냥 몸살기……."

"열 나?"

"아뇨, 뭐, 조금……. 심한 건 아니에요."

"기침은?"

그리고 가래와 콧물과 오한과…… 마치 소아과 의사가 된 듯 친절한 질문이 이어졌다. 그러더니 완 오빠는 좀 있다 다시 걸겠다며 전화를 뚝 끊었다.

그리고 보니 몸이 좀 뜨듯하긴 했다. 내 방에는 에어컨이 없는 탓이다. 나는 이불을 박차고 방에서 나왔다. 거실 에어컨을 틀었지만, 굴착기처럼 소리만 요란했지 바람은 신통찮았다. 베란다 창문을 열어 봤지만 후텁지근한 바람만 불어 들었다.

나는 반바지에 소매 없는 티셔츠를 입은 채로 슬리퍼를 신고 집을 나섰다. 슈퍼로 달려가 아이스크림을 몇 개 사고 하나를 입에 문 채 어슬렁어슬렁 집으로 돌아왔다.

그런데 우리 동 현관 앞에 완 오빠가 서 있는 것이 아닌가.

나는 얼른 등나무 정자 기둥 뒤에 몸을 숨겼다. 한낮의 뙤약볕에 익어 가는 쇠기둥은 가까이 가는 것만으로도 열기가 느껴졌다. 깜짝 놀라 뒤로 숨긴 아이스크림이 내 마음처럼 눈물을 뚝뚝 흘렸다. 나는 아이스크림을 몽땅 쓰레기통에 버리고 완 오빠에게 다가갔다.

"어? 안 그래도 전화하려던 참인데 아프다면서 왜 나왔어? 감기 걸렸는데 옷차림은 이게 또 뭐야? 따뜻하게 입어야지."

완 오빠는 죽을병에 걸린 사람이라도 대하듯 요란을 떨었다. 그러더니 손에 들고 있던 하얀 비닐 봉투에서 쌍화탕을 꺼내 내게 내밀었다. 얼떨결에 받아 들었더니 38도에 육박하는 기온보다 더 뜨겁다. 완 오빠는 약 봉투에서 몇 개의 알약도 꺼내어 내밀었다.

"자, 얼른 먹어. 점심 먹은 지 얼마 안 되었을 테니까 지금 먹어도 될 거야."

점심은 개뿔. 하도 더워서 밥 먹을 생각도 않고 허겁지겁 아이스크림을 먹던 참이다. 그러나 그런 말을 할 수는 없었다. 나는 감기에 걸려 약도 못 먹고 누워 있던 가련한 여자 친구가 아니던가. 이마에 땀이 송송 배어 나오는 것을 느끼며 뜨거운 쌍화탕과 팔자에 없던 감기약을 먹는 건 당연한 일.

"내일 도서관에 같이 공부하러 가자고 전화한 건데 아프다니 다음 기회로 미뤄야겠네."

나는 얼른 쌍화탕을 든 손을 내저었다.

"괜찮아요. 정말이에요. 감기가 심한 건 아니에요. 요즘 좀 피곤해서 그런 것뿐이에요. 약 먹었으니까 한잠 자면 괜찮을 거예요."

남자 친구와의 도서관 데이트라, 중학교 때 지윤이가 남자 친구랑 도서관에 나란히 가방을 놓고 놀러 다니던 걸 얼마나 부러워했던가. 정말로 감기에 걸렸다고 해도, 감기 아니라 죽을병에 걸렸다고 해도 당장에 털고 일어날 판이다.

다음 날 아침 일찍 일어나 도서관 데이트에 걸맞은 헤어스타일을 만들고 있는데 완 오빠에게 문자가 왔다.

에어컨 바람 찰 거야. 점퍼나 카디건 하나 챙겨 와. 바지도 너무 짧은 거입지 말고.

그 바람에 마음에 두었던 옷을 포기해야 했지만, 그쯤이야 기꺼웠다. 완 오빠는 친히 우리 아파트 앞까지 와 주었고 우리는 나란히 버스를 타고 구립도서관에 도착했다. 열람실 입장권을 받으려는 줄이 꽤 길었는데, 완 오빠는 그 줄에 서지 않고 앞으로 성큼성큼 걸어 나갔다. 나를 데리러 오기 전에 미리 입장권을 받아 두었단다.

아, 나는 정말이지 전생에 유관순이었는지도 모르겠다. 아니, 혹시 나라를 구한 공주는 없나?

그러나 전생에 나라를 구한 공주였을 나의 운명은 좀 피곤한 구석이 있었다. 완 오빠는 열람실에 들어가기 전에 매점으로 가더니 따뜻한 우롱차를 사 주고서 책 한 권을 내밀었다. 제목하여 『영어 정복을 위한 하루 10단어』.

"너, 영어 공부 아직 제대로 시작 안 했지? 걱정 마. 오빠가 차근차근 도와줄 테니까."

영어 정복은 물론 뭔가를 정복하려는 생각 따위 해 본 적 없다. 아, '금영 노래방' 곡 번호는 예외다. 새로 나온 노래들은 곡 번호가 다섯 자리라 외우기가 만만치 않다.

"일단 이 책부터 시작하자. 하루 열 단어라고는 하지만 시시하게 생각하지 마. 문법, 독해, 그리고 작문까지. 문장을 통으로 외우면서 기본을 다지는 거라서 꽤 실속 있어."

열 단어만으로도 나의 열일곱 젊은 날이 암담한데, 문장을 통으로 외우라고? 거기다 뭐, 문법에 독해에 작문까지? 나는 뭔가 일이 꼬인다는 생각을 하며 완 오빠와 함께 열람실로 들어갔다. 가방만 놓고 다시 나와서 수다를 떨 때, 영어에 대한 나의 소박한 야망을 밝히면 될 테니까.

그러나 그런 시간은 쉽사리 오지 않았다. 완 오빠는 열두 시가 될 때까지 정말로 공부만 했고, 점심도 도서관의 요란한 지하 식당에서 먹었다. 그러고는 다시 따뜻한 우롱차를 손에 들고 도서관 벤치에 앉았다.

"어제 밤에는 『앵무새 죽이기』를 다시 읽었다. 요새 한상진 선생님을 자주 봐서 그런지, 책 내용이 남의 일 같지 않더라. 나와는 다른 사람에 대한 폭력. 군중심리란 잔인한 구석이 있어, 그렇지? 어쩌면 하퍼 리도 성장기에 그런 일을 직접 목격했던 게 아닐까 싶기도 하고."

『앵무새 죽이기』라, 그건 엽기적인 소설일까 아니면 과학 도서일까? 하퍼 리라는 이름 또한 팝 가수 이름 같기도 하고 영어 이름을 쓰는 우리나라 가수 이름 같기도 하고. 나는 스무고개의 초입에 선 기분으로 고개만 끄덕였다.

"그만 들어가자. 벌써 한 시다."

나의 첫 번째 도서관 데이트는 그렇게 지극히 학구적인 분위기에서 끝나고 말았다. 여섯 시에 도서관을 나와 근처 김밥집에서 돈가스 정식을 먹은 뒤 "감기에는 푹 쉬는 게 최고야. 어서 들어가서 일찍 자."라는 다정한 인사말을 끝으로.

집으로 돌아오는 길에 간질간질한 에피소드로 마루와 현지의 염장을 지를 작정이었는데, 나는 대신 태진이에게 문자를 보냈다. 태진이 엄마는 "우리 아들이 공부를 못하는 건 괜찮은데, 무식한 건 못 참는다."는 교육 방침을 갖고 있어서, 태진이는 책을 많이 읽었다. 의외로 유식한 데가 있는 녀석이니까 앵무새의 비밀을 알지도 모른다.

『앵무새 죽이기』가 뭐냐?

하퍼 리의 소설이지. 인종차별의 실상을 날카롭게 그려 낸 소설이야. 소수에 대한 다수의 편견과 폭력에 대한 고발이라고 해도 좋고. 우헤헤. 너하고 이렇게 유식한 얘기 하려니 어째 어색하다. 안 어울리게 그건 왜 묻냐?

내 말이. 밤이 되어도 후텁지근한 날씨 탓인지 가슴이 답답했다. 종일 껴입고 있던 카디건을 벗었다. 카디건 덕분에 도서관 에어컨 바람이 차가운지 뜨거운지 느낄 겨를도 없었다. 물론 감기에 걸리지도 않았고.
완 오빠는 참 좋은 사람이다. 아무튼.

여름 연수는 팔월 둘째 주 금, 토, 일, 삼 일간으로 확정되었다. 여름 연수에 참가할 사람들은 칠월 마지막 주와 팔월 첫째 주, 두 주간에 걸쳐 일주일에 세 번씩 떡 실습을 하기로 했다.

"금영아. 너 아직 신청서 안 냈던데?"

종례를 마치고 나가던 한상진 선생이 물었다.

"아빠가 생각해 보시겠다고……."

"내가 아버님께 전화를 드리면 어떻겠니? 걱정하시지 않아도 된다고."

"아뇨. 아뇨. 괜찮아요. 제가 말씀 잘 드릴게요."

한상진 선생은 알았다고 말하고 교실에서 나갔다. 한상진 선생의 초록 몽둥이 통치에 숨죽였던 교실이 일제히 폭발했다. 왁자한 소음을 뚫고 마루가 뜨거운 콧김을 내뿜으며 달려왔다.

"야, 전화해 준다는데 왜 싫다고 그래? 너희 아빠, 계속 생각 중이라면서 답을 미루시잖아. 그러다 못 가면 어쩌려고 그래?"

"그러게. 부탁하지 그랬어."

현지까지 아쉬운 얼굴로 말했다.

"뭐야. 혈혈단신 적장과 맞서겠다는 뜻? 아서라, 금영아. 무리한 정면 승부는 죽음을 불러올 뿐이다."

태진이가 말했다.

셋은 뭔가를 캐물으려는 듯 나를 빤히 쳐다보았지만 속내를 털어놓을 수는 없었다. 사실 나도 내 마음이 헷갈렸다.

"설마, 너 완 오빠랑 무슨 일 있냐? 싸웠어? 주도권 다툼을 하느라 여름 연수를 이용하는 거?"

마루가 물었다. 만약 그렇다고 하면 당장 내게 떡메를 내리칠 기세다.

"그런 거 아니라고."

나는 공연히 짜증만 내고 말았다.

집에 돌아와서도 대답이 궁한 처지가 되었다. 노래방에 나갈
준비를 하던 아빠가 내게 물었다.

"너, 전주 연순지 뭔지 그거 꼭 가야겠냐?"

못마땅한 눈길이었지만, 완고한 태도는 상당히 누그러져 있
었다. "꼭 가고 싶어. 제발 보내 줘."라고 애원하면 허락해 줄 기
세다.

그러나 나는 이렇게 대답하고 말았다.

"뭐, 가면 좋긴 하지……."

아빠 얼굴이 대번에 환해졌다.

"그래. 그럼 다음에 가. 꼭 가고 싶은 것도 아닌 모양인데."

그래 놓고서 문득 궁금해졌는지 내게 물었다.

"그런데 갑자기 웬 변덕이냐? 전주 못 가면 죽을 것처럼 호들
갑이더니."

"누가 안 간대?"

나는 아빠에게도 공연한 짜증만 부리고 내 방으로 들어와서
침대에 벌렁 누웠다. 완 오빠에게 문자가 왔다.

내일 방학식 끝나고 뭐 할 거야? 특별한 계획 없으면 공연 보러 갈래? 네

가 아주 좋아할 만한 공연인데.

나는 벌떡 일어나 앉았다. 공연이라니, 영어책이나 앵무새에 대한 책이 아니라 공연이라니. 그래. 알고 보면 완 오빠도 그렇게 꽉 막힌 사람은 아닐지 모른다.

그야말로 초등학생처럼 엉덩이를 들썩이며 방학식을 끝냈다. 방학 기념 노래방이라는 흔해 빠진 빌미를 내세우는 예술적 동반자들을 뿌리치고 교문을 나섰다. 완 오빠가 삼거리 분식점 앞에서 기다리고 있었다.

"집에 가서 옷 좀 갈아입고 오면 안 돼요? 교복 입고 가기는 좀 그렇잖아요. 공연인데."

교복 치마를 짧은 것으로 갈아입었지만, 그래 봤자 교복이다.

"뭘, 보기 좋은데. 금영이 넌 교복 입었을 때가 제일 예뻐."

어쨌거나 예쁘다는 말을 위안 삼아 완 오빠를 따라갔다. 무슨 공연이냐고 물었더니 장난기 가득한 눈웃음을 보이며 비밀이란다. 뭔지는 모르겠지만 무릇 비밀이란 어딘가 낭만적인 구석이 있게 마련이다.

그런데 오빠가 나를 데려간 곳은 주민자치센터였다. 입구에 앉아 담배를 피우고 있는 동네 할아버지들이며 유모차를 끌고 들어가고 있는 젊은 아줌마들이며, 아무래도 분위기가 심상치 않았다.

결정적으로, 정면에 걸린 거대한 현수막이 불길한 예감에 쐐기를 박았다.

오카리나 특강반 졸업 공연

설마, 라는 생각을 하지 않을 수 없었고 급기야, 라는 마음이 들지 않을 수 없었다.

"놀랐지? 오래전부터 너랑 함께 오카리나 공연을 보고 싶었어. 여름방학에는 우리 둘 다 엉덩이에 땀나도록 도서관만 지켜야 할 텐데, 그 전에 이런 공연을 볼 수 있어서 너무 좋다."

완 오빠는 얼굴을 붉혔다.

나도 얼굴이 달아올랐다. 이 무슨 봉변이란 말인가. 이 시간에 예술적 동반자들과 노래방에서 여름방학의 시작을 환호할 수도 있고, 집에서 늘어지게 낮잠을 잘 수도 있다. 혹시 누가 알겠는가? 집에 가는 길에 오카리나 알레르기가 있는 남학생이 내게 말을 걸어오는 행운이 있을는지도.

나는 절망과 분노와 충격과 거의 두려운 마음까지 느끼며 이렇게 말하고 말았다.

"오빠. 미안한데요…… 저, 공연 안 볼래요."

완 오빠가 눈을 크게 떴다. 영어를 잘할수록 한국어에 서툴러지는 것인가?

"애써서 초대해 준 건 고마운데요, 아무래도……."

"왜? 감기 도진 거야? 그러고 보니 뺨이 빨갛다. 열 나?"

완 오빠가 손등으로 내 뺨을 건드렸다. 나도 모르게 손을 탁 쳐 냈다. 완 오빠는 깜짝 놀라며 숨기듯이 손을 뒤로 뺐다.

"미안해요. 감기는 아니고 그냥, 사람 많은 데 가고 싶지 않아서요."

헤어지자고, 그렇게 말하고 싶은데 내 입에서는 엉뚱한 소리가 나왔다. 헤어지자고 하면 왜냐고 물을 테고, 그러면 대체 뭐라고 하면 좋단 말인가. 완 오빠는 참 좋은 사람인데, 아무튼.

"그래? 그럼 좀 걸을까?"

완 오빠는 실망한 표정을 감추려고 애썼다. 나도 난감한 표정을 감추려고 나름대로 애를 쓰긴 했다.

우리는 어색한 분위기에서 한동안 걸었다. 여름방학맞이 특선 뙤약볕이 온 세상을 달구고 있었다. 등줄기를 따라 땀이 줄줄 흘러내렸다. 완 오빠도 줄곧 땀을 훔쳐 내고 있었다.

"덥다. 시원한 거 마실래?"

완 오빠가 편의점에 들어가서 시원한 우롱차를 두 개 사 왔다. 우롱차, 그 이름부터 나를 우롱하는 기분이다. 나는 눈을 질끈 감고 우롱차를 벌컥벌컥 들이켰다. 그러다 우롱차 캔이 완전히 비어 버린 것을 느끼며 눈을 떴을 때, 노래방 간판이 눈에 들어왔다. '러브러브 노래방'.

그래. 마지막 관문이다. 노래방에 함께 가 보지도 않고서 누군가에 대해 안다고 말할 수 있겠는가. 노래방도 한 번 같이 가 보지 않은 남자 친구와 이별에 대해 운운할 수 있겠는가 말이다. 그렇다고 완 오빠와 단둘이 우리 노래방에 갈 수는 없었다.

"노래방 갈래요?"

내가 턱짓으로 '러브러브 노래방'을 가리키며 물었다. 완 오빠는 환하게 웃으며 고개를 끄덕였다. 그렇게 나는 난생처음으로 돈을 내고 노래방에 들어갔다. 완 오빠와 딱 절반씩 부담해서.

"나부터 부른다."

완 오빠는 노래방에 들어가자마자 리모컨부터 집어 들었다. 노래책이 아니라 리모컨부터 집어 든다는 건, 노래방 고급자들의 행동 양식이다. 의외의 상황에 놀라고 있는데, 완 오빠가 노래책을 뒤지지도 않고 곡 번호를 누르고 있는 것이 아닌가. 고수다. 나처럼 아주 특별한 노래방 고수.

어쩌면 우리는 정말로 운명인지도 모른다는 생각이 다시금 고개를 들었다. 오카리나에 이어 노래방까지, 우리는 음악으로 맺어진 운명적인 사랑인 것일까.

그러나 1100번. 번호는 아주 낯설었다. 내가 외우지 못하는 곡 번호라는 뜻이다. 결국 단 한 번도 부른 적이 없는 노래이며, 부르려는 생각조차 하지 않았던 노래라는 뜻이다.

"워우!"

완 오빠가 한 마리 젖소처럼 절규했다. 그러고서 곧장 노래가 시작되었다. 〈You mean everything to me〉. 너는 의미한다, 모든 것을, 나에게?

완 오빠는 마이크를 두 손으로 감싸 잡고 두 눈을 지그시 감은 채 노래를 불렀다. 생각보다 목소리가 좋았고 리듬감이 있었다. 꽤 매력적인 멜로디에 뭔가 달콤한 사랑을 속삭이는 내용인 것 같기도 했다.

그래 봤자 팝송이다. 영어다. 느끼한 발음보다 더한 건 완 오빠의 그 부담스러운 눈빛이다. 알아먹을 수 없는 가사보다 더 알 수 없는 눈빛.

노래방까지 함께 왔으니 할 만큼 했다. 내가 곡 번호를 외우지 못하는 노래를 부르는 사람이라면, 노래방에서 팝송을 부르는 사람이라면, 헤어질 명분으로는 충분하다.

그렇게 정리하고 나니 마음이 편해졌다. 나는 참 좋은 사람 완 오빠에 대한 호의를 담아 한 시간 동안 최선을 다해 노래했다. 그리고 서비스 추가 시간을 남겨 둔 채 노래방을 나섰다.

"저녁 먹으러 갈까?"

완 오빠가 물었다.

나는 심호흡을 하고 단번에 말을 토해 냈다.

"오빠. 우리, 여기서 끝내요."

"……무슨…… 오늘은 일찍 헤어지자는 뜻이야?"

역시 과도한 영어 섭취는 한국어 결핍을 불러오는 모양이다.

"아뇨. 헤어지자고요. 우리, 그만 헤어져요."

"금영아. 갑자기…… 내가 뭔가 잘못한 거야? 널 화나게 했니?"

"그게요…… 오빠는 정말 좋은 사람이에요. 그런데, 나랑은 잘 안 맞는 것 같아요. 미안해요."

"대체 어떤 점이? 어떤 점이 널 화나게 한 거야?"

완 오빠의 그 순진무구한 눈망울을 향해 모진 소리를 할 수는 없었다. 나는 차가운 눈빛을 좀 누그러뜨리고 말했다.

"화난 게 아니고요. 그냥 좀 안 맞는 것 같고 뭣보다 오빠 고3이잖아요. 꿈도 크잖아요. 그런데 나 때문에 어영부영…… 요즘 많이 흐트러졌던 거 아니에요? 오빠한테 부담되고 싶지 않아요. 여기서 끝내요. 미안해요. 먼저 갈게요."

나는 완 오빠를 남겨 놓고 돌아섰다. 완 오빠의 시선이 느껴졌지만 돌아보지 않았다. 막상 정리하고 나면 조금은 아쉬울 것 같았는데, 미안한 말이지만 발걸음이 홀가분했다.

이제 마음껏 자판기 커피를 마셔도 되고, 카디건 없이 에어컨 바람에 시달리다가 감기에 걸릴 수도 있고, 영어 정복의 야망 따위 가지지 않아도 좋다. 아, 그렇다. 앵무새에 관한 책을 몰라서 무식한 기분을 느끼지 않아도 좋다. 두 번 다시 노래방에서 팝송을 듣지 않아도 좋다. 우리 노래방에서는 아예 반주기에서 팝송을 다 없애 버리자고 할까?

완 오빠랑 헤어졌다.

마을버스에 타자마자 현지, 마루, 태진이에게 문자를 날렸다.
현지와 마루는 앞다투어 전화를 걸어와서 왜냐고 물었다.
"노래방에서 팝송을 부르더라니까."
그 말 한마디에 현지와 마루는 나의 결단을 지지해 주었다.
아, 난 정말이지 친구 복이 있다. 예술적 동반자들과는 영혼이
통한다. 그렇게 흐뭇해하고 있는데 태진이에게 문자가 왔다.

그럴 줄 알았다. 우헤헤.

비로소 마루가 왜 그렇게 한상진 선생을 미워했는지 알 것
같았다. 그럴 줄 알았다. 그 한마디가 얼마나 사람의 가슴에 불
을 지르는지 이제야 알았다. 그 말에 욱해서 결별을 취소하고
싶은 마음마저 들었다.

강동원한테 조만간 연락 올 예정이라서 미리 남자관계 정리하는 거거든.

허무맹랑한 문자를 날려 놓고 집으로 돌아와 인터넷에 접속

하자 완 오빠에게 이메일이 와 있었다.

미안하다, 금영아. 오빠가 미처 네 마음을 헤아리지 못했어. 네 말이 맞아. 난 고3이고, 그 어느 때보다 중요한 시기야. 정도의 차이는 있겠지만 너도 마찬가지지. 널 다시 만난 반가움에 내가 성급했다. 그래, 우리 마음을 가라앉히고 서로의 생활에 충실하자. 난 너에게 지금이 아니라 미래를 함께하는 남자가 되고 싶다. 고마워. 우리 조금만 참고 기다리자.

첨부된 음악 파일은 오카리나 연주곡 모음. 이 노래를 들으며 서로 함께하고 있다고 여기자는 것이다.

오해로 시작된 나의 첫 번째 연애 행각은 그렇게 오해로 끝나고 말았다.

혹시, 사랑이라는 게 원래 이런 걸까? 심각한 오해를 낭만적으로 윤색한 해프닝. 설마, 그럴 리가. 열일곱의 이 뜨거운 여름에 그건 너무 가혹하다.

06 나금호

그건 불의의 기습이었고 최후의 일격이었다.
오빠는 여태 한 번도 아빠에게 대든 적이 없었다.
수많은 아빠의 요구를 묵묵히 해내었다.
그러다 불의의 일격으로 아빠를 단번에 쓰러뜨린 것이다.
나는 오빠가 좀 무섭다는 생각이 들었다.
그러고 보니 이제 오빠는 아빠보다
키도, 몸집도 더 커졌다.

여름방학이라고 해서 예외는 없었다. 오빠는 일요일 아침에
변함없이 일곱 시에 일어났고, 아홉 시도 되기 전에 외출 준비
에 분주하다. 일용할 용돈을 위해 노래방 청소를 해야 하는 것
이다. 오빠가 중학교에 입학한 다음부터 시작된 일이다. 일요일
오전에 노래방 대청소를 하지 않으면 용돈이 없다. 용돈을 받
지 않겠다고 해서 끝날 일은 아니다. 내가 외박 금지라는 악법
에 시달린다면, 오빠는 노래방 청소라는 노역에 시달리고 있는
것이다. 단 한 번도 예외는 없었다. 아, 지난주 일요일에는 육군
사관학교 1차 시험을 치르느라 처음으로 걸렀다.
    나는 졸린 눈을 하고 소파에 누워 리모컨으로 이리저리 채널

을 바꾸고 있었다. 오빠는 그런 나를 소파 쿠션인 양 본 체도 하지 않았다.

한때는 오빠가 일요일 아침마다 내게 심술을 부리기도 했다. 혼자만 강제 노역에 시달리는 게 억울했던 것이다. 아빠는 그런 오빠에게 "군인 정신이 없다."고 말했다. 무릇 군인이라면 국가와 민족을 지켜야 하며, 특히 누이를 비롯한 여성들을 지키고 돌봐 주어야 한다는 것이다. 그러면서 하는 말이 "내가 내 딸을 공주처럼 키워야 나중에 사위 놈도 내 딸을 왕비처럼 대한다. 오빠도 마찬가지지."라고 덧붙이기도 했다. 그건 뭔가 귀신 씻나락 까먹는 소리 같았지만, 나는 아무 말도 하지 않았다. 어쨌거나 노래방 청소 면제라는 혜택만 누리면 될 일이니까.

그런데 오빠가 야구 모자를 쓰고 나가려다 말고 내게 다가와 말을 걸었다.

"너, 선우완 알아?"

선우……완? 그 선우완! 나는 벌떡 일어나 앉았다.

"걔 나랑 중학교 동창이야. 이 학년, 삼 학년 때 같은 반이었고."

"그런……데?"

"완이가 어제 전화를 했더라고. 중학교 졸업하고 한 번도 서로 연락 안 한 것 같은데 어디서 소식을 들었는지, 1차 시험 잘 봤냐고 묻더라. 미리 알았으면 엿이라도 사 줬을 거라나. 뜬금없이. 하긴, 중학교 때도 좀 그랬다. 착하긴 한데 뭔가 좀 어색한 녀석이야."

"근데…… 왜 나한테 완 오빠 얘기를 물었어?"

설마, 설마, 완 오빠가 우리 얘기를 했을 리가 없다. 오빠 말마따나 어딘가 어색한 사람이긴 하지만, 그렇게까지 넘치는 일을 저지를 타입은 아니다.

"아, 얘기 끝에 널 안다고 하더라고. 그러고 보니까 완이랑 너랑 같은 학교잖아. '떡실신'인가 뭔가, 그런 동아리에서 만났다면서?"

"뭐……."

다행히 별말은 하지 않은 것 같지만, 갈수록 태산이라고 하지 않을 수 없다. 헤어지겠다고 몇 번을 말했는데, 도무지 인정을 하는 법이 없다. 그렇다고 무식하게 들이대는 법도 없고, 잊을 만하면 문자에 이메일이다. 그나마 유일하게 다행인 건, '떡실신'에 발을 끊었다는 사실이다. 그래도 준비위원장이라나 뭐라나 하는 직책은 유지하고 있다. 그러고는 내게 문자로 말하기를 "'떡실신'에서 자꾸 마주치면 아무래도 우리 둘 다 마음이 흔들릴 것 같아서."란다. 이 정도면 거의 병적인 수준이지만, 아무튼 전주 연수에 오지 않는다는 사실만은 고마웠다. 그러더니 급기야 우리 오빠에게 난데없는 전화까지 걸어온 것이다.

"녀석, 어울리지 않게 떡은. 아무튼, 내 친구니까 그 녀석 앞에서 행동 조심해라. 괜히 나까지 욕 먹이지 말고."

이건 뭔가 의미심장한 말일까? 도둑이 제 발 저린다고 어쩐지 눈치가 보였다. 하지만 별로 그런 기색은 보이지 않았다. 오빠는 외려 평소보다 다정한 말투에 느긋한 표정이었다.

아, 그러고 보니 합격자 발표가 바로 내일모레다. 대개는 긴장하고 있을 때지만, 우리 오빠는 여유 만만이다. 그간의 성적으로 보아 1차는 물론 최종 합격도 너끈할 테니까.

바야흐로 우리 집안의 삼대에 걸친 염원이 실현되려는 참이다. 전두환 전 대통령의 12.12 쿠데타로 강제 전역 당하고 화병에 돌아가신 할아버지, 그리고 형형한 눈빛과는 전혀 다른 시력으로 육사에 지원해 보지도 못한 우리 아빠. 이제 오빠에 이르러 비로소 한을 풀게 생겼다.

바로 그 역사적인 날, 아빠는 새벽 세 시 반에 퇴근하고서 한잠도 자지 않고 아침을 맞이했다. 엄마도 자다 일어나 아빠 곁에서 밤을 새웠다. 당사자인 오빠는 말할 것도 없다. 물론 나는 그 시간에 내처 자고 있었지만, 아침에 일어나자 간밤의 상황을 짐작하고도 남았다.

"아홉 시다."

엄마가 긴장된 얼굴로 말했다.

식탁 위에는 '축하합니다'라는 글자 모양의 대형 양초를 얹은 케이크가 놓여 있었다. 제법 큰 모카 초콜릿 케이크다. 당분간

밤참 걱정은 없겠다.

우리 가족은 오빠 방 컴퓨터 앞에 모여 섰다. 아빠가 육군사
관학교 홈페이지에 접속했다. 1차 합격자 확인을 위해 오빠의
주민등록번호와 수험번호를 입력했다. 일 초, 이 초, 삼 초, 사
초, 오 초. 드디어 환호를 터트릴 순간.

불합격.

우리는 그 정체불명의 문구에 얼어붙었다. 몇 초인가가 흐른
뒤, 아빠가 첫 화면으로 돌아가 다시 주민등록번호와 수험번호
를 입력했다. 불합격. 불합격. 불합격. 불합격. 불합격. 아빠는
벌써 일곱 번째로 주민등록번호를 입력하고 있었다.

"죄송해요."

오빠가 말했다. 그리고는 주춤주춤 뒤로 물러나 침대에 털썩
주저앉았다. 다리를 끌어 올려 웅크리고 앉아서는 두 손으로
머리통을 감싸 쥐었다.

"말도 안 돼!"

아빠가 마우스를 집어 던졌다. 쾅! 마우스가 옷장에 부닥치
고는 마지막 숨통 같은 줄에 매달려 대롱거렸다.

"이러지 마."

엄마가 아빠에게 다가섰다.

"죄송해요."

오빠는, 울고 있는 것 같았다. 모니터만 노려보고 있는 아빠

의 눈동자도 젖어 있는 것 같았다. 엄마가 훌쩍 콧물을 들이켜며 오빠 옆에 앉았다.

나는 오빠 방에서 나왔다. 그런 오빠의 모습도, 엄마도, 아빠도 낯설었다. 내가 그런 그들의 모습을 목격하는 것 역시, 우리 모두에게 낯선 일일 것이다. 지금 내가 아무것도 보지 않고, 아무것도 듣지 않는 것, 그것이 엄마와 아빠와 오빠에 대한 최소한의 배려인지도 모른다.

식탁 위에 놓인 케이크 표면이 번들거렸다. 더운 날씨에 초콜릿이 녹기 시작한 것이다. 나는 케이크에 꽂아 둔 양초를 뺐다.

그렇다고 버릴 수도 없다. 아니, 그럴 필요는 없을 것이다. 육군사관학교에 실패했다고 해서 오빠에게 이 양초가 쓸모없는 것은 아닐 테니까. 오빠에게는 앞으로 축하해야 할 일이 헤아릴 수 없이 많이 남았다. 육사가 아니라도 다른 대학에 얼마든지 갈 수 있고, 여동생에게는 까칠한 오빠지만 어여쁜 여자 친구를 만나는 행운을 누릴 수도 있을 테고.

그런 생각을 하니 제대로 뛰는 방법을 잊어버린 것처럼 불안하게 두근대던 심장이 조금씩 차분해졌다. 고즈넉하게 비가 내리는 밤처럼 고요한 슬픔이 밀려들었다. 오빠와 내가 피를 나눈 남매라는 사실이 칼에 손을 벤 아픔처럼 생생하게 느껴졌다. 조금, 눈물이 났다.

나는 양초를 내 책상 서랍에 집어넣었다. 언제고 서랍을 열면 바로 눈에 뜨일 수 있는 그런 자리에.

그렇게 우두커니 앉아 있는데 완 오빠에게 문자가 왔다.

**오늘 육사 발표지? 지금쯤 축하 파티 중이겠구나. 금호한테 축하한다고
전해 줘.**

당장에 완 오빠 번호를 스팸으로 처리해 버리고 싶지만, 현지
의 충고 때문에 참는다. 이런 유형의 남자는 전화번호를 스팸
처리하면 직접 찾아온단다. 정말이지 지긋지긋한 인간이다.

나는 완 오빠의 문자를 삭제하고 휴대전화를 침대 위에 팽개
쳐 둔 채 방에서 나왔다. 오빠 방은 오전 아홉 시의 노래방만
큼이나 무거운 침묵에 휩싸여 있었다.

이윽고 엄마 목소리가 들렸다.

"여보. 그만 나가자. 금호 혼자 좀 있게."

아빠는 그럴 생각이 없는 모양이었다.

"나금호."

"네."

오빠 목소리가 꽉 잠겨 있다.

"괜찮다. 자고로 한 번 실패는 병가지상사라 했다. 재수하면
돼."

"여보!"

아빠는 엄마의 목소리를 듣지 못한 것처럼 말을 이어 갔다.

"군인이 된다는 건 쉽지 않은 길이다. 쉽지 않은 길을 가려니 시작부터 시련이 따르는 거고. 그동안 이래저래 우리가 너무 마음을 놓았나 보다. 당연히 합격하려니 하고 있었으니까. 괜찮아. 기운 내자. 일 년만 기다리면 되는 거야."

"여보! 당신 지금 무슨 소리를 하는 거야?"

엄마는 몹시 화가 난 듯했다. 우리 앞에서는 어지간하면 다투지 않는데, 대놓고 소리치고 있었다.

"당신이 나설 일이 아니야."

"나, 금호 엄마야. 애 엄마라고. 왜 내가 나설 일이 아니야?"

"이건 금호랑 내 문제야. 모르겠어?"

"그래. 모르겠어. 그게 왜 당신이랑 금호 문제야? 우리 아들 문제라고. 우리 금호 인생 문제야. 당신이야말로 그걸 왜 몰라?"

그게 누구의 문제라고 해야 할지 나는 잘 모르겠다. 아빠 말이 지나친 것 같긴 하지만, 어쨌거나 지금은 엄마 아빠의 잘잘못을 따질 때가 아니다. 방금 불합격 소식을 들은 오빠 앞에서, 그 문제로 엄마 아빠가 다투는 건 너무 심하지 않은가.

나는 조금 열려 있던 방문을 활짝 열었다. 아빠와 엄마가 나를 돌아보았다.

"그만들 나오세요."

긴장한 탓인지 내 입에서 어울리지 않게 존댓말이 나왔다.

"네가 끼어들 일이 아니야."

아빠가 쏘아붙였다. 엄마의 눈초리도 매서웠다.

"끼어드는 거 아니에요. 지금 오빠 앞에서 이러지 마시라는 거예요."

엄마가 입술을 질끈 깨물고 눈길을 돌렸다. 아빠는 입을 꾹 다물고 일어섰다. 내 말에 일리가 있다는 건 아는 모양이다.

엄마 아빠가 막 거실로 나오려는데, 오빠가 머리를 감싼 손을 스르르 내리며 말했다.

"저, 재수 안 해요."

"뭐?"

아빠가 휙 돌아섰다.

"재수 안 해요. 죽어도 못 해요. 인제 더 하기 싫어요."

"그 말은 못 들은 걸로 하겠다."

아빠는 그렇게 말하고 오빠 방을 나와서는 곧장 집에서 나가 버렸다.

결국 전주 여름 연수에는 가지 못했다. 가고 싶은 마음은 굴 뚝같았지만, 이유는 몹시 달라졌다. 친구들과의 여행에 설레는 마음을 가질 여유도 없었다. 그저 집에서 나가고 싶을 뿐이었 다. 전주가 아니라 학교에 가서 권태웅 선생의 수학 수업이라도 듣고 싶을 만큼.

하지만 그런 말을 꺼낼 수는 없었다. 오빠는 일주일째 방에 틀어박혀 꼼짝도 하지 않았다. 학원도 가지 않았고, 휴대전화도 꺼 둔 모양이다. 아빠는 눈만 뜨면 집에서 나갔다. 엄마 말로는 문을 닫을 때까지 내내 노래방에 있단다. 엄마는 아픈 데도 없이 시름시름 앓는 사람처럼 종일 드러누워 있었다.

그렇게 일요일이 되었을 때, 아침을 먹다 말고 오빠가 무겁게 입을 열었다. 불합격 소식 이후 처음이었다.

"아빠. 엄마. 실망시켜 드려서 죄송해요. 걱정시켜 드린 것도."

"괜찮다. 다시 시작하면 돼."

아빠는 우거짓국에 밥을 말면서 눈길도 들지 않았다.

"저, 재수는 못 해요. 안 할래요. 정말로 지긋지긋해요. 육군사관학교에 가면 좋았겠지만, 아니라고 해서 일 년을 더 이러고 살긴 싫어요."

"어서 먹어. 잘 먹고 잘 자고 며칠 더 쉬어. 그러면 마음이 차분해질 거야."

오빠는 준비한 연설문을 읽듯이 말을 이어 갔다.

"진짜 할 만큼 했어요. 고3 마칠 때까지 최선을 다할 거지만, 그 이상은 못 해요. 무조건 육사만 생각했기 때문에, 달리 어디를 가야 할지 잘은 모르겠지만 이제 고민해 볼게요. 좋은 방법을 찾고 좋은 결과를 보여 드릴게요."

"나금호. 오늘 노래방 청소는 아빠랑 같이 하자. 지난주에 걸

렀더니 영 엉망이다. 너, 내가 왜 너한테 노래방 청소 시켰는지 기억하니?"

"육사는 잊어 주세요. 최선을 다한 걸로 아빠에게 제 할 몫은 다했다고 생각해요."

"너한테 책임감을 길러 주기 위해서였다. 부지런한 습관도 그렇고. 군인은 부지런하고 책임감 있는 사람이어야 하니까."

"죄송해요. 이 이야기는 여기서 끝냈으면 해요. 노래방 청소도 당분간은 좀 빼 주세요. 대학 합격하고 나면 다시 도울게요."

"나금호!"

아빠가 숟가락을 던지듯 내려놓았다. 식탁 유리에 깡 하고 금이 갔다.

"악!"

나도 모르게 비명을 질렀다. 엄마가 내 어깨를 와락 감싸 안았다. 엄마의 손끝이 바들바들 떨렸다. 아빠의 저런 모습, 나도 엄마도 처음이다. 물론 오빠도 처음이다.

하지만 오빠는 차분했다.

"죄송해요."

오빠는 조용히 일어서 자기 방으로 들어가 버렸다.

그걸로 충분했다. 아빠는 핏발 선 눈으로 오빠를 노려보았지만 더 이상 어쩌지 못했다. 그건 불의의 기습이었고 최후의 일격이었다. 오빠는 여태 한 번도 아빠에게 대든 적이 없었다. 수

많은 아빠의 요구를 묵묵히 해내었다. 그러다 불의의 일격으로 아빠를 단번에 쓰러뜨린 것이다. 나는 오빠가 좀 무섭다는 생각이 들었다. 그러고 보니 이제 오빠는 아빠보다 키도, 몸집도 더 커졌다.

오빠는 조용히 책가방을 챙겨서 나왔다. 독서실에서 늦게까지 공부하고 오겠단다. 아빠는 거실 소파에 앉아 꺼진 텔레비전 모니터만 쏘아보고 있었다. 오빠가 인사했지만 눈길도 주지 않았다. 오빠도 대답을 기다리지 않고 나가 버렸다. 아빠는 그런 뒤에도 꼼짝없이 앉아 있었다.

"여보, 얘기 좀 해."

엄마가 아빠 옆에 앉았다. 낡은 소파가 찌그덕 소리를 냈다.

이제, 내가 나가야 할 때였다. 나는 이것저것 대충 가방에 쑤셔 넣고 무작정 집을 나섰다. 곧 엄마에게 문자가 왔다.

미안한데 가서 노래방 문 좀 열어라. 노준이한테 연락해서 오늘 아르바이트 되도록 빨리 오라고 해. 노준이 오면 넌 집으로 들어와.

엄마가 미안해할 일이 아니다. 내 쪽에서 고마워할 일이다. 마루도, 현지도, 태진이도 모두 전주에 가고 없는 지금, 노래방이 아니면 달리 갈 데도 없다. 지윤이와 연재는 방학 중에도 학원이다 과외다 바쁘기만 한 것 같고, 그리 마음 편하지 않은 친구를 만날 기분도 아니다.

번호 키를 누르고 텅 빈 노래방으로 들어가자 퀴퀴한 기운과 담배 냄새 그리고 후텁지근한 공기가 훅 끼쳐 왔다. 에어컨과 환풍기를 틀고 한참 동안 문도 열어 놓았는데, 공기는 쉽사리 상쾌해지지 않았다.

내가 두 살 때부터니까 무려 십오 년 동안 아빠 엄마는 이 노래방을 운영해 왔다. 엄마는 점심때부터 여덟 시까지, 그리고 아빠는 그 이후부터 문 닫을 때까지. 엄마 아빠의 그 모든 시간이 십오 년에 걸쳐 켜켜이 쌓여 있는 곳이다. 환풍기로도 쉬이 가시지 않는 이 냄새는, 어쩌면 그 세월의 혹은 그 세월을 지내 온 엄마 아빠의 냄새인지도 모른다.

한때는 대한민국 육군 장교를 꿈꾸었던 아빠, 한때는 잘나가는 여자 변호사를 꿈꾸었던 엄마. 그런 아빠와 엄마는 이 변두리 노래방에서 십오 년을 보내며 무슨 생각을 했을까. 아마도 오빠가 육군사관학교에 입학하는 그 순간만을 꿈꾸었을 것이다. 다른 그 누가 아닌 우리 오빠가 꿈을 이루어 주기를.

그렇다면 난 뭘까? 나는 자유로웠던 걸까. 아빠 엄마의 꿈이 아니었던 걸까.

아, 머리가 복잡해진다. 이런 건 딱 질색이다. 단순하고 분명하고 쉬운 것, 그런 것들만 생각하며 살고 싶다. 이럴 땐 머릿속을 싹 비워 줄 노래가 필요한데, 오늘은 정말이지 혼자 노래 부를 기분이 아니다.

나는 카운터에서 제일 가까운 1번 방으로 들어갔다. 2411번. 평소에는 크라잉넛 버전을 즐겨 부르지만 지금 내가 듣고 싶은 것은 들국화의 오래된 리듬이다. 나는 똑같은 곡 번호를 몇십 번이나 눌러 놓고 카운터로 나왔다. 싸구려 스피커에서 넋두리하는 듯한 반주가 흘러나왔다. "살다 보면 언젠가는 좋은 날도 오겠지." 내 마음의 어느 곳에선가 그 노랫말이 들려오는 듯했다. 서글픈 기분이 들어 카운터에 팔을 대고 엎드려 눈을 감았다.

띠링. 고맙게도 문자가 왔다. 태진이다.

지금 휴게소에서 출발. 다섯 시쯤이면 도착할 것 같다. 어디냐? 이박삼일 동안 청명한 공기에 시달렸더니 노래방의 퀴퀴한 공기가 그립구나.

카운터에서 대기 중이다. 나 참을성 없는 거 알지? 지금부터 달려라. 달려.

정말로 달려온 것처럼 마루와 현지와 태진이가 헉헉거리며 도착했을 때, 하마터면 와락 끌어안아 줄 뻔했다. 노준 오빠가 늦는다고 하는 바람에 한 사람씩 번갈아 카운터를 지켜야 했지만, 그래도 우리의 예술적 화음은 완벽했다. 84358번. 우리 집 사정을 알고 있는 마루가 딴에는 위로인지, 놀리는 건지 "석봉아"를 목 놓아 부르짖었다. "다시 산으로 가"라고 울부짖는 아빠와 이제 산은 지겹다는 우리 오빠. 그렇다면 나는 대체 어디에 서 있는 것인지 궁금했지만, 생각 따위 털어 버리고 나도 마이 크를 집어삼킬 듯 노래를 불러 댔다. 그래, 노래는 노래일 뿐. 노랫말에 지나치게 몰입해서야 어찌 노래방 예술을 즐길 수 있 겠는가. 그렇게 손님도 거의 없는 노래방에서 삼각김밥에 사발 면을 먹어 가며 시간이 어떻게 흐르는지도 몰랐다.

"야, 나금영. 너 여태 여기 있으면 어떡해?"

노준 오빠는 노래방에 들어서자마자 소스라치게 놀랐다. 어 느덧 아홉 시가 넘었다.

"그럴 수도 있지. 오빠가 늦게 와서 이렇게 된 건데 뭘 그래?"

내가 싱글거리며 대꾸했지만 노준 오빠는 영 초조한 얼굴이 다.

"미안해. 사정이 그렇게 됐어. 그나저나 얼른 들어가. 사장님 아시면 난리 난다. 난 또 사모님 계시는 줄 알고 늑장 부렸지. 가, 어서 가."

그러고 있는데 얼근하게 취한 아저씨 셋이 노래방으로 들어 섰다.

"방 있지?"

"네, 그럼요. 세 분이세요? 그럼 5번 방으로 들어가세요."

노준 오빠가 친절하게 말했다. 그러고는 어서 가라는 듯 다시 눈치를 줬다. 쳇. 자기가 뭐 우리 아빠가? 불만스럽긴 했지만 어차피 놀 만큼 놀았다. 우리는 주섬주섬 짐을 챙겨 들었다. 그런데 신용카드로 계산을 하던 아저씨 하나가 우리를 쓱 훑어보고는 노준 오빠에게 물었다.

"보아하니 여고생 같은데, 혹시……."

노준 오빠가 당황한 표정을 지으며 얼른 말했다.

"사장님 딸이에요."

"오, 그래? 그러고 보니 닮았네."

술 취한 눈에도 닮긴 닮은 모양이다. 절망이다.

우리는 쉬어 버린 목소리로 인사를 나누고 헤어졌다. 혼자가 되자 집에 가야 한다는 사실이 다시금 무겁게 느껴졌다.

집안 분위기는 예상대로였다. 아빠는 집에 없었고 엄마는 아빠가 어디에 있는지 모른다고 했다. 전화를 걸어 보니 아빠 휴대전화는 꺼져 있었다. 이런 적은 한 번도 없었는데. 엄마도 나도 걱정으로 꽉 찬 마음을 드러내지 않으려 애쓰며 눈에 들어오지 않는 드라마만 보고 있었다.

자정 무렵 오빠가 돌아왔다. 합격자 발표 이전에 그랬던 것처럼, 종일 공부에 지친 모습으로. 한 시간도 지나지 않아 아빠가 돌아왔다. 완전히 술에 취해 있었다.

"그만 들어가서 자. 응? 내일 얘기하고."

엄마가 아빠를 부축했다. 나도 반대편 팔을 붙잡았다.

"놔!"

아빠는 우리를 뿌리쳤다. 그 기세가 어찌나 사나운지 엄마도, 나도 휘청거리다 자빠질 뻔했다.

아빠는 우리를 본체만체하고 오빠 방문을 벌컥 열었다. 오빠는 스탠드만 켜 둔 채 책상에 앉아 공부를 하고 있었다. 대단한 정신세계다. 이 와중에 공부를 하다니, 의지가 강하다고 해야 할지, 피도 눈물도 없다고 해야 할지.

"나금호. 너 정말 포기하겠다는 거냐? 할아버지와 아비가 그렇게 간절하게 바라던 일인데, 이렇게 쉽게 포기하겠다는 거냐?"

오빠가 의자에서 일어섰다. 조금도 아빠를 겁내지 않는 모습이었고, 전혀 마음이 흔들리지 않는 것 같았다.

"쉽게 포기하는 거 아니에요. 말씀드렸잖아요. 할 만큼 했다고. 이게 제 한계예요. 육사를 가겠다고 부러 재수를 하는 일은 없어요. 솔직히 말해서, 아빠나 할아버지 때문에 육사 가려고 한 건 아니에요. 그게 할아버지와 아빠한테는 간절한 소원인지 모르지만, 나한테는 육사도 그저 대학이에요. 졸업하면 취직이 보장되는 대학이요. 그 이상도 이하도 아니에요. 그런데 육사에 떨어졌으니 다른 대안을 찾으면 돼요. 법대도 생각하고 있고, 회계학과도 생각하고 있고……."

"그렇다면!"

아빠가 오빠의 말을 자르며 소리쳤다. 오빠는 입술을 달싹하려다가 다시 다물었다. 아빠는 부릅뜬 눈으로 오빠를 노려보았다.

"그렇다면 넌 할아버지나 네 아비와 아무 상관 없는 인간이란 말이냐? 우리 집안 장남으로서의 책임감 따위 네 알 바 아니라는 거냐?"

아빠는 한마디 한마디 힘주어 말했다. 그렇게 두드리고 두드리면 성벽처럼 닫힌 오빠의 가슴을 허물어뜨릴 수 있다고 믿는 것 같았다.

하지만 오빠는 좀 황당하다는 얼굴로 이렇게 대꾸했다.

"대체 무슨 말씀 하시는 거예요? 대학이랑 장남으로서의 책임감이랑 무슨 상관이에요? 그리고 네, 그래요. 난 아빠 아들이지만, 사실 할아버지 얼굴도 몰라요. 아빠 엄마를 실망시키고 싶진 않지만, 할아버지의 일까지 제가 책임질 이유는 없는 거잖아요. 그렇게 부담스럽게 살고 싶지도 않고요."

"뭐, 부담? 부담이라고?"

아빠는 아마도, 다시 소리를 지르고 싶었던 것 같았다. 그러나 아빠의 목소리는 김빠진 풍선처럼 맥 빠져 있었다.

"너, 인마. 나금호…… 네가…… 너……."

아빠는 잠시 더듬거리다 베란다 창 쪽으로 고개를 돌렸다. 아빠의 눈이 젖어 있었다. 아빠는 성긴 머리카락을 쓸어 넘기는 척하며 눈가를 닦아 냈다. 그러고는 비틀거리는 걸음으로 안방으로 들어가 버렸다. 안방에서는 아무 소리도 들려오지 않았지만 나는 알 수 있었다. 아빠가, 울고 있었다. 엄마도, 오빠도 나와 똑같이 느끼고 있을 터였다.

잠시 바닥만 바라보고 있던 오빠가 고개를 들었다.

"죄송해요, 엄마."

오빠는 다시 책상에 앉았고 영어 문제집을 펼쳤다. 더 이상의 어떤 이야기도 오빠의 마음을 되돌리지 못할 것 같았다. 아니, 처음부터 오빠는 이랬던 것인지도 모른다. 아빠 혼자서 동상이몽에 행복해했을 뿐.

아빠의 눈물은 무의미했다. 그리고 무의미한 울음은 비참했다. 공감은커녕 동정도 얻지 못하는 그런 눈물.

나는 엄마 손을 잡아끌어 거실로 나왔다. 엄마는 말없이 안방으로 들어갔다. 열린 문틈으로 보니 아빠는 엄마 화장대 의자에 우두커니 앉아 있었다.

낯선 이들의 우연한 동거처럼 각자의 방문이 닫히고 내가 책상 앞에 앉았을 때, 현지에게 문자가 왔다.

오정우가 나더러 다음 주에 있을 전국 고등학생 동아리 경연대회에 오란다. '부끄럽지 않아요!' 가 출전한다고 응원해 달라는 거야. 그 정도는 여친의 의무라면서. 미친 새끼.

지나치게 바른 말 고운 말을 쓰는 것이 흠인 현지가 어쩐 일로 문자에 욕을 다 섞었다. 이쯤 되면 전화를 걸어 이야기를 들어 주거나 답장이라도 보내야겠지만, 그럴 기분이 나지 않았다.

어려서부터 지금까지, 나는 늘 자유롭게 지냈다. 오빠는 나를 부러워했고 나는 오빠를 딱하게 여겼다. 적어도 나는 그렇게 생각해 왔다.

그런데 진짜 딱한 사람은 나였다는 생각이 드는 이유는 뭘까.

마루는 여름방학 내내 전주에서 궁중 떡을 배웠다. 태진이는 일본 대학으로 진학하고 싶다며 일본어 공부를 시작했고, 현지는 일단 자격증부터 따 놓겠다면서 지난달에 한식조리사 필기시험에 합격했다.

나금영. 넌 대체 무슨 생각을 하면서 사는 거냐?

낯설고도 어려운 질문이다.

07 오정우

현지가 여자애들을 헤치고 쑥쑥 앞으로 나아갔다.
마루와 나는 현지 뒤를 바싹 쫓았다. 말릴 틈도 없었다.
현지는 남자 탈의실 문을 벌컥 열었다.
정우는 체육복 상의를 벗다 말고 그대로 얼어붙었다.
현지가 욕지거리를 내뱉었다.
"이 좆만아. 여자랑 자는 게 뭔지나 알고 그러냐?"

초등학교 일 학년 일 학기 때부터 따지자면 벌써 스무 번째로 맞이하는 새 학기다. 그런데도 지금까지 줄곧, 늘 새 학기에는 뭔가 좀 달라질 거라는 기대를 품곤 한다. 매번 속았다고 실망했으면서도.

하지만 고등학교에서도 두 번째로 새 학기를 맞고 보니 기대감도 바닥을 쳤나 보다. 교문 옆 게시판의 낯선 공고문에도 그저 코웃음만 난다. 이제 학교에서 체벌을 완전히 금지하겠다는, 딴에는 엄청난 선언인데도 불구하고 "정말?"이라는 의구심만 들 따름이다. 서울시 교육감이 장담한다는 것이지만, 몽둥이가 없는 학교라, 그런 허풍을 누가 믿겠는가.

거기다 교문 앞에서 펄럭이고 있는 현수막을 보자 첫걸음부터 짜증이 치밀었다.

전국 고등학생 동아리 경연대회 대상!
서경 생활과학 고등학교 락 밴드
'부끄럽지 않아요!'의 수상을 축하합니다.

개학 첫날부터 오정우가 얼마나 설치고 다닐지 벌써부터 눈꼴이 사납다. 메인 보컬은 아니지만 어쨌거나 마이크를 잡고 무대에 오른다고 했으니 마치 제 독무대이기라도 했던 듯 잘난 척을 해 대겠지. 현지를 끌어다 붙일 것도 뻔한 일이고.

내키지 않는 발걸음을 재촉하는데, 본관으로 오르는 계단 입구에 완 오빠가 서 있었다. 나도 모르게 움찔하고 발걸음을 멈추었다. 어쩐지 아니, 보나 마나 나를 기다리고 있는 것이겠지. 나는 얼른 왼편으로 몸을 틀어 빠른 걸음으로 본관 뒤로 돌아갔다. 그리고 쓰레기장으로 통하는 작은 쪽문을 통해 본관으로 들어섰다.

"금영아!"

현지가 정문으로 당당히 들어서며 알은체를 했다.

"왜 쪽문에서 들어와? 아, 알았다."

현지는 정문 쪽을 힐긋 돌아보았다. 완 오빠가 현지에게 과도

하게 친근한 인사를 건넨 모양이다.

"속만 끓이지 말고 딱 부러지게 이야기를 해."

"내가 뭐 얘기 안 해 봤냐? 이제 얘기하는 나도 지겹다. 너도 잘 알면서 그러냐? 오정우 그 녀석이 딱 부러지게 얘기한다고 떨어지냐?"

오정우라는 이름 석 자에 현지는 오만상을 찌푸렸다.

"그래도, 완 오빠는 오정우처럼 저질은 아니잖아."

"저질인지 고질인지는 모르겠지만, 끈덕지기는 매일반이다."

현지와 내가 한탄을 늘어놓으며 교실로 들어서자 마루가 호들갑을 떨며 우리를 맞이했다.

"들었어? 오정우가 메인 보컬이었대! 재하 선배가 급성 기관지염으로 쓰러지는 바람에 오정우가 그 자리를 꿰찼다는 거야. 재하 선배도 그렇고 '부끄럽지 않아요!' 회장인 호인 언니도 그렇고 다들 재하 선배 보이스만 한 건 정우밖에 없다 그랬대. 그래서 이틀 연습하고 메인 보컬이 됐는데 그대로 대상까지 거머쥔 거지! 오정우가 진짜 한 건 했다. '부끄럽지 않아요!' 역사상 실용음악과 아닌 다른 과 학생이 메인 보컬을 맡은 것도 처음이고, 대상을 받은 것도 처음이란다."

"그래서 뭐?"

현지가 썰렁한 말투로 찬물을 끼얹었지만 마루의 흥분은 가시지 않았다.

"뭐라니? 대단하잖아. 그뿐인 줄 아니? 정우, JM 엔터테인먼트에 연습생으로 들어갈지도 모른단다. 경연대회 끝나고 연락이 왔대. 오정우가 인물은 좀 달리지만 스타일은 괜찮잖아? 이거, 우리 반에서 스타 하나 나오는 거 아니야?"

그러게. 나도 그런 생각을 하지 않을 수 없었다. 오정우는 못돼 먹은 녀석이지만 노래를 잘하는 건 사실이다. 평소에는 영 거슬리는 그 거친 음색이 노래를 부를 때는 꽤 매력적이다. 스타……. 선천적으로 시건방진 오정우와 꽤 잘 어울리는 그림이다.

"관심 없거든."

현지는 딱 잘라 말했지만, 일은 그렇게 돌아가지 않았다.

애들은 교실에 들어서자마자 정우를 찾았다. 그러나 정우는 오늘도 조회가 시작되고서야 들어올 모양이다. 그러면 애들은 현지를 찾았다. 비아냥거리는 건지 장난을 치는 건지, "축하한다."고 호들갑을 떨면서.

"왜 나한테 그래애! 내가 걔랑 무슨 상관이라고!"

현지가 짜증을 부려 봤자 분위기는 달라지지 않았다.

백현지는 내 거다. 오정우는 일 학기 내내 그렇게 선언하고 다녔다. 현지는 눈곱만큼도 관심 없지만 혼자서 자신만만했다. 처음에는 다들 그게 오정우의 단독 드리블이라는 사실을 잘 알았다. 하지만 시간이 흐를수록 분위기가 이상하게 돌아갔다.

다른 반 애들은 그게 정설이라고 믿어 마지않았고, 우리 반 애들도 어느새 그 말을 믿고 있었다. 당장은 아니라도 언젠가 백현지는 오정우의 여자 친구가 되고 말 거라고.

말이라는 게 참. 가는 눈발이 사락사락 흩날리나 보다 하고 방심하고 있는데 어느 결엔가 세상을 온통 뒤덮어 버리는 흰 눈처럼, 소리 없이 진실의 색깔이 바뀌어 버린다.

"이거, 어째 내 책임 같다."

태진이가 현지의 눈치를 살피며 말했다. 따지고 보면 어느 정도 책임이 없지는 않다. 마루를 도와주려다 단단히 찍혀 버린 태진이를 보호하려고 현지가 대놓고 정우를 잘라 내지 못한 건 사실이니까. 하지만 대놓고 거절했다고 정우가 쉽사리 물러서지는 않았을 것이다.

"여름방학 동안 좋은 소식이 둘이나 있었다. '부끄럽지 않아요!'가 고등학생 동아리 경연대회에서 대상을 받았는데 오정우가 메인 보컬로 활약해 주었어. '떡실신'은 궁중 떡 무형문화재 안강녀 선생님과 여름 연수를 무사히 마쳤는데, 마루가 큰 역할을 해 주었고. 그 좋은 소식의 주인공들이 모두 조리과이고 그중에서도 우리 일 학년 삼 반이다. 이쯤 되면 박수라도 한번 쳐 주어야 하지 않을까?"

한상진 선생의 말이 채 끝나기도 전에 박수 소리가 터졌다. 마루는 입을 귀에 걸고 벌떡 일어나 사방으로 브이 자를 그려 보였다. 그리고 또 다른 주인공인 정우가 기다렸다는 듯 문을 열고 들어섰다. 녀석은 어리둥절한 표정을 지었지만 곧 으스대는 얼굴로 어깨를 으쓱해 보였다.

마루에 대한 찬사는 그것으로 끝이었지만, 오정우는 하루 종일 스포트라이트를 받았다. 그럴 만한 일이었고, 그런 일에 잘 어울리는 녀석이었다. 뭐랄까, 스타의 몸가짐을 타고난 것 같다고나 할까.

그런 분위기에 지나치게 고무된 탓인지, 오늘따라 정우는 더 끈덕지게 들이댔다. 급식실에 들어서자마자 능글맞은 웃음을 흘리며 현지에게 다가왔다.

"축하한다."

마루가 말했다. 퉁명스럽게 말하려고 애쓰는 것 같았다.

정우는 이미 스타의 반열에 오른 듯한 눈길로 마루를 쓰윽 보고는 현지에게 눈길을 돌렸다.

"현지야. 비록 네가 응원을 오지는 않았지만 그래도 이 서방님은 대상을 먹었다. 장하지 않냐? 이쯤 되면 뽀뽀라도 해 줘야 되는 거 아니냐?"

얘가 오늘 돌았나? 현지의 남자 친구 행세를 한 건 하루 이틀이 아니지만, 오늘은 넘쳐도 한참 넘쳤다.

정우의 목소리가 들릴 만한 자리에 있던 애들이 휘둥그런 눈으로 현지를 힐금거렸다. 뭐야, 쟤들 벌써? 그런 눈빛이었다. 오정우의 등장만으로 주목을 끌기에 충분한 때에, 오정우의 연인이라는 지독한 오해를 사고 있는 백현지가 함께 있는 데다가 그 묘한 느낌의 대사까지.

현지는 완전히 당황해 버렸지만, 정우는 외려 애들의 시선을 즐기는 듯했다. 주위를 쓱 둘러보더니 좀 더 목소리를 돋우어서 말했다.

"아, 사람 많은 데서 부끄러운 거구나? 뭐, 부끄럽지 않아요! 라고 말해 주고 싶지만 그래, 이해하마. 그럼 이따 단둘이 조용히, 응?"

"응?" 하고 말하는 순간 정우는 손바닥을 펼쳐 현지의 머리칼을 쓱 들어 올렸다가 툭 내려놓았다. 현지의 길고 가는 머리카락이 하얀 반팔 교복 셔츠 어깨 위로 흩날리듯 떨어져 내렸다.

"야!"

현지가 발딱 일어났다.

오정우는 현지의 분노가 몹시 의외라는 듯 눈을 동그랗게 떴다. 애들은 숟가락질을 멈추고 오정우와 현지의 사랑싸움일지도 모를 상황에 눈길을 보내고 있었다.

현지가 식탁을 와락 밀어내며 오정우 앞으로 다가섰다.

"오정우! 마지막으로 딱 한 번만 더 말할 테니까 잘 들어. 나, 너 진짜 싫거든. 너 같은 남자애 진짜 제대로 밥맛이야. 머리끝부터 발끝까지 다 싫어."

현지는 소리를 지르지도 않았고, 욕지거리를 하지도 않았지만, 그걸로 충분했다. 오정우의 코앞에 바싹 붙어 서서 또박또박 쏘아붙이는 그 한마디 한마디와 태도가 모든 걸 설명했다. 오정우는 백현지에게 집적거리다가 전교생 앞에서 따귀를 얻어맞은 셈이었다. 우당탕탕! 누군가 의자에서 넘어지며 급식실의 침묵을 뒤흔들었다. 그런데도 다들 그쪽으로는 눈길 한번 주지 않고 현지만 쳐다보았다.

입술을 바르르 떠는 오정우를 똑바로 쳐다보며 현지가 이어 말했다.

"다시 한 번 말하는데, 난 네 여자 친구가 아니야. 앞으로도 그럴 거고. 영원히 너랑 엮일 일 없어. 알았어? 그러니까 두 번 다시 그런 소리 입에 담지 마. 헛소문이라도 너랑 엮이는 거, 진짜 기분 나쁘고 밥맛 떨어지거든. 그러니까 나한테 지분거리지 마."

현지는 말을 마치고 다시 꼿꼿한 자세로 앉아 밥을 먹었다. 새콤달콤한 오징어무침에 감자샐러드와 파김치. 현지를 위한 특별한 상차림인 듯 입에 맞는 반찬들이었지만 현지는 젓가락도 대지 않았다. 한마디도 하지 않고 사골국에 밥을 말아 우적우적 입에 넣었다.

현지가 밥 한 그릇을 다 먹는 동안, 정우는 꼼짝 않고 서서 현지를 노려보았다. 그러다 식판을 들고 주방 쪽으로 가는 현지 앞을 가로막고 섰다.

"비켜."

"오정우. 그만해."

태진이가 현지와 정우 사이로 끼어들었다. 현지는 입술을 꼭 깨물고 얼른 주방 쪽으로 걸음을 옮겼다.

그 순간 정우가 태진이에게 주먹을 날렸다. 와장창! 태진이가 우리 식탁으로 쓰러졌다. 나와 마루와 태진이의 식판이 바닥으로 나뒹굴었다. 정우는 넘어진 의자 위에 쓰러진 태진이의 멱살을 잡아 일으켰다. 정우가 다시 주먹을 날렸다. 픽! 태진이의 코에서 피가 뿜어져 나왔다.

"야! 오정우! 너 뭐 해? 뭐 하는 거야?"

마루가 소리치며 발을 동동 굴렀다. 나도, 현지도 당장 달려가 태진이를 돕고 싶었지만 정우의 무지막지한 주먹질 앞에서 그만 몸이 굳어 버렸다.

"너 죽을래? 좆만 한 놈이 겁대가리 없이 개겨? 눈감아 줄 때 국으로 엎어져 있을 것이지, 감히 어디서 끼어들어?"

오정우는 쓰러진 태진이를 다시 잡아 일으켰고 이번에는 아랫배에 주먹을 날렸다. 하나, 둘, 셋! 아, 잊고 있었다. 오정우는 노래 실력만큼이나 주먹질로 학년 최고를 자랑하는 애다. 태진이는 물론이고 우리 학년의 그 누구도 맞짱 뜰 수 없다. 다들 난데없는 난투극을 놀란 눈으로 쳐다보고만 있었다.

그런데 쫙 가라앉은 목소리가 들려왔다.

"오정우!"

종현 오빠다. 이 학년들은 우리보다 먼저 밥을 먹고 나갔는데, 어쩐 일로 다시 돌아온 모양이다. 종현 오빠는 큰 걸음으로 정우와 태진이에게 다가왔다. 정우는 태진이의 멱살을 잡고 있던 손을 풀었다. 종현 오빠는 정우의 어깨를 잡아 마주 세웠고 그대로 따귀를 때렸다. 짝! 정우는 곧장 고개를 바로 세워 종현 오빠를 노려보았다.

"눈 깔아."

종현 오빠가 입술을 일그러뜨리며 말했다. 그러고는 다시 짝! 짝! 짝! 짝! 네 대를 잇달아 갈겼다. 오정우는 핏줄이 무섭게 꿈틀거리는 목을 옆으로 한껏 꺾은 채 꼼짝도 하지 않았다.

"최강태진은 내 밑에 있는 애다. 내 밑에 있는 애를 밟겠다는 건 나를 밟겠다는 거지. 오정우, 경고한다. 우리 애들한테 두 번 다시 손대지 마."

"네."

"네, 선배님."

종현 오빠가 바로잡았다.

"네, 선배님. 죄송합니다."

정우가 말했다.

종현 오빠는 태진이를 쏘아보며 말했다.

"최강태진. 일어나."

태진이가 일어났다. 종현 오빠가 태진이의 뺨을 때렸다.

"맞고 다니지 마. 쪽팔리니까."

종현 오빠는 안쪽으로 걸어 들어가서 의자에 걸려 있던 점퍼를 집어 들었다. 그러고는 지구를 구한 영웅의 표정을 지으며 급식실에서 사라졌다.

오정우는 후다닥 급식실에서 뛰쳐나갔다. 아침의 스타가 반나절도 지나지 않아 현지와 종현 오빠에게 연거푸 뺨을 맞은 꼴이었다. 폭풍이 휩쓸고 간 급식실은 잠시 침묵에 휩싸였지만 곧 수군거리는 소리가 퍼져 나가기 시작했고 이내 여느 때의 소음을 되찾았다.

"아 씨. 내 밑에 있는 애 좋아하네. 나 최강태진이거든. 난 남의 밑에 있는 사람 아니거든. 뭐야, 그 말투는. 재수 없게."

태진이가 종현 오빠에게 맞은 뺨을 매만지며 투덜거렸다.

"그럼 이름값을 하든가. 최강태진 씨."

마루가 딱한 눈길을 하고서 핀잔을 주었다.

"말했잖아. 난 싸움 무서워. 피만 보면 가슴 벌렁거린단 말이야. 그래도 누구 밑에 있는 놈 소리 듣는 건 싫다고. 누구 위에 있는 놈 소리도 듣기 싫고. 난 그냥 최강태진일 뿐이라고."

"네가 덜 맞았구나."

마루가 혀를 끌끌 차며 탁자 위에 놓인 냅킨으로 태진이의 코피를 닦아 주었다. 그러고는 문득 걱정스러운 표정으로 현지를 바라보았다.

"그나저나 오정우, 제대로 성질났을 텐데 어쩌냐? 그 자식 성질머리가 여간 더러운 게 아닐 텐데."

현지는 말없이 식탁만 쏘아보았다.

"성질나면 어쩔 건데? 어쩌면 잘된 건지도 몰라. 이제 현지한테 껄떡대지도 않을 거고, 또 종현 오빠 무서워서 태진이도 안 건드릴 테고."

내가 말했다. 어쨌거나 한 학기 내내 현지에게 빠져 있던 녀석이다. 조금만 괜찮은 구석이 있는 녀석이었다면, 내가 나서서 도왔을지도 모른다. 끝맛이 씁쓸하다고 해도 사랑은 사랑이다.

적어도 내가 아는 사랑은, 그런 것이다.

오정우는 현지를 철저하게 무시했다. 아마도 이틀쯤, 어쩌면 사흘쯤.

그러다 어쩐 일로 학교에 일찍 와서는 교실로 들어서는 현지에게 말을 걸었다.

"백현지."

현지는 들은 척도 않고 제 자리로 와서 앉았다.

정우는 맨 뒤 자기 자리에 앉아 목소리를 돋우어 물었다.

"너, 중학교 어디 나왔다 그랬지?"

현지는 묵묵히 가방에서 영어 단어장을 꺼내고 있었지만, 긴 장한 얼굴이었다. 못 들은 척 무시하는 것, 그건 어쩌면 정면으로 싸우는 일보다 더 어려운지도 모른다.

마루가 현지의 낯빛을 살피고는 정우에게 쏘아붙였다.

"검정고시 출신이다, 어쩌라고."

"아닐걸. 한길중학교 아닌가? 일산에 있는."

정우 짝인 영기가 빙글빙글 웃으며 말했다.

"백현지, 너 조현철 알지? 삼 학년 때 너랑 같은 반이었다던데. 요번에 동아리 경연대회에서 만났지 뭐냐. 나더러 네 소식을 묻더라. 요새도 중학교 때처럼 잘나가냐고."

정우가 말했다.

"와우! 얼마나 잘나갔기에? 가만, 근데 잘나갔다는 건 또 무슨 뜻이지?"

영기가 몹시 궁금하다는 말투로, 그러나 이미 다 알고 있다는 목소리로 말했다.

우리도 그러니까 나와 마루와 태진이도, 현지가 일산에 있는 한길중학교를 나왔다는 사실은 알고 있다. 고등학교 입학 무렵에 학교 근처로 이사 왔다는 사실도. 우리 반의 다른 애들은 그런 사실마저도 잘 몰랐다. 현지는 말수가 적고, 눈에 띄게 예쁘다는 사실만 제외하면 그다지 튀는 애도 아니다. 현지가 어느 중학교를 나왔든, 어디서 살다 왔든, 그리 관심을 갖는 애는 없다.

그런데 영기와 정우의 그 묘한 말투는, 우리가 모르는 뭔가를 알고 있다는 걸 의미했다. 그건 몹시 흥미롭고 또 은밀한 이야기라는 분위기까지.

그날부터 우리는 뭔가 보이지 않는 장막에 갇혀 버린 기분이 들었다. 우리 넷과 아이들 사이를 갈라 놓은 장벽이라고 해도 좋겠고. 아침에 교실에 들어오면 몇몇이 숙덕거리다가 입을 다물었고, 급식실에 들어서면 여기저기서 호기심 어린 시선이 쏟아졌다.

현지는 아무 일도 없는 것처럼 굴었다. 평소와 다름없이 모범생에 가까운 학교생활을 했고, 싱거운 농담에 깔깔거리고 웃기도 했다. 그러나 결정적으로 달라진 게 있었다. 며칠째 우리를 따돌리고 혼자 서둘러 집으로 돌아가는 것이다. "몸이 좋지 않아서."라는 진부한 핑계를 대면서.

우리는 부리나케 현지를 쫓아갔지만 소용없었다. 현지는 축지법이라도 쓰는지 벌써 사라져 버렸다.

"얘들아, 우리 잠깐 얘기 좀 하자."

태진이가 말했다.

"우리가 뭐, 언제는 얘기 안 했냐? 새삼스럽게. 몰라, 나도 집에 갈래. 다 귀찮아."

마루가 시무룩하게 대꾸했다.

말은 그렇게 했지만 마루가 나보다 먼저 태진이를 따라 걸었다. 태진이는 우리를 운동장 가장자리를 따라 둘러선 은행나무 아래로 데려갔다. 날씨는 여름 못지않게 후텁지근했고 은행잎은 여전히 푸르렀다. 그래도 은행잎은 조금씩 빛이 바래고 있었고 나무 그늘은 꽤 선선했다. 현지가 학교에서 제일 좋아하는 자리인데. 가을이 되면 여기서 사진을 찍기로 했는데.

"현지 말이야. 일이 좀 심각해."

태진이가 말 그대로 심각한 얼굴을 하고 말했다. 태진이의 저런 얼굴은 처음이다. 마루와 나는 긴장하지 않을 수 없었다.

"아까 만화과에 책 팔러 갔다가 중학교 동창 녀석을 만났거든. 그런데 그 녀석이 이상한 소리를 하는 거야."

"뜸 들이지 말고 빨리 말해!"

마루는 태진이를 한 대 칠 기세였다.

"뜸 들이는 게 아니라 나도 입이 안 떨어져서 그래. 그게……현지가 중학교 때 심하게 놀았다고 소문이 자자한가 봐."

현지가 중학교 때 심하게 놀았다. 그 말에 대해 우리가 상상할 수 있는 건, 수업 시간에 만화책을 읽는다거나 학원 빠지고 노래방에서 놀았다거나, 뭐 그 정도다. 그만한 미모면 남자애들에게 꽤나 인기를 끌 테지만, 현지는 이상할 정도로 남자애들에게 쌀쌀맞다. 오죽하면 남자애들은 현지를 얼음공주라고 부른다.

"일산에서 모르는 애가 없었다고…… 그러니까, 남자애들 사이에서 백현지 모르는 애가 없었다는 거야, 과장이겠지만."

"우리 학교에서도 백현지 모르는 남자애는 없잖아."

내가 말했다. 태진이는 운동장 바닥을 툭툭 찼다.

"그런 뜻이 아니고. 현지가 헤프다고…… 아무 남자하고나 막 자고 그런다고…… 줄담배에 소주도 병나발이고……."

"넌 지금 그걸 말이라고 하냐? 친구라면서 그딴 말을 옮기고 다니고 싶냐!"

마루가 버럭 화를 냈다.

"나도 안 믿어. 헛소문인 건 알지만, 그래도…… 아무튼 우리라도 알아야 할 거 아니야. 정우가 소문을 내고 다니나 봐. 난 현지랑 친하고 또 남자애들 사이에서는 좀 왕따잖아. 그런데 내 귀에까지 들어왔으면 소문이 이미 돌 만큼 돈 거야. 만화과에 다니는 그 녀석 말로는, 모르는 애들이 없대. 남자애들은 다 안대."

여자애들 사이에서도 소문은 도는 모양이었다. 혜미가 내게 은근슬쩍 이렇게 물었다.

"백현지 말이야. 너랑 친하지? 현지에 대해서 잘 알아?"

그렇게 묻는다면, 물론 나는 백현지에 대해 잘 안다. 그게 얼마나 터무니없는 헛소문인지에 대해 현지에게 물어볼 필요도 없다. 그따위 헛소문에 대해 왈가왈부하는 것 자체가 현지에 대한 모욕 같아서 입 다물고 있을 뿐이다.

"너보다는 잘 알거든."

나는 그저 이렇게 쏘아붙였다.

현지는 그런 분위기에 대해 우리에게 한마디도 하지 않았다. 우리도 마찬가지였다. 입을 열자니 현지에게 상처가 될까 두려웠고 입을 다물고 있자니 우리까지 숙덕거리는 애들과 한패가 된 것 같아 불편했다. 그냥 이대로 헛소문이 사그라지는 것이 유일한 희망이었다. 그러나 유일한 희망이라는 건 그만큼 실현 가능성이 낮은 것인지도 몰랐다. 그나마 현실적인 희망은, 여느 때보다 이른 추석 연휴 동안 헛소문도 긴 휴식에 들어가는 것이었다.

추석 연휴에도 마루와 태진이와 나는 노래방에서 두 번 뭉쳤지만, 현지는 나오지 않았다. 몸이 좀 좋지 않다고 하는데, 목소리는 그보다 더 심각하게 가라앉아 있었다.

그래도 연휴 동안 잘 쉬었는지 현지는 얼굴이 밝아졌다. 체육 시간이 되어 운동장으로 나가면서 "친척만 아니라면 십 분도 같이 있기 힘든 사람."이라고 고모 흉을 보기도 했고, "대체 저런 건 어디서 사는 건지 오늘은 꼭 물어보고 말겠"다며 고진아 선생의 새로운 연보라색 추리닝을 탐내기도 했다.

"추석 연휴라고 실컷 먹고 자고 뒹굴고 연휴 끝나면 체중계에 올라가 후회하고. 여학생들은 대충 이런 기분 아닌가? 아, 요새는 남학생들도 몸매 관리에 열심이지? 좋아. 그럼 오늘은 제대로 칼로리 소모해 보자. 각오해."

고진아 선생이 장난스러운 눈빛을 하고 팔짱을 척 꼈다. 왼손 약지에 얇은 금반지가 반짝거렸다. 액세서리는 절대 안 하더니, 결혼반지만큼은 어쩔 수 없나 보다.

"칼로리 소모가 많은 운동으로는 수영이나 테니스가 딱 좋지만, 어쩌겠니. 수영장도 없고 테니스장도 없고. 이럴 땐 그냥 달리는 게 최고다. 일단 체조로 몸 풀고 단거리로 분위기 잡고 장거리로 화끈하게 마무리, 알았지?"

다들 투덜거리며 일어났다. 추석이 지났는데도 여전히 태양은 뜨겁다. 어제 비가 왔는데도 운동장 여기저기서 먼지가 뽀얗게 피어오르고 있었다.

고진아 선생 혼자 신이 났다. 우리가 적당한 간격을 두고 늘어서자 뒤로 돌아서고는 활기차게 소리쳤다.

"자, 시작!"

고진아 선생은 박수를 치고 자세를 잡았다. 두 다리를 어깨 넓이로 벌리고 양팔을 아래로 내렸다. 역시, 추리닝만 입어도 자태가 빛난다.

"고진아 선생, 결혼하더니 몸매가 좀 달라지지 않았냐? 우리 형이 그러는데, 여자는 남자랑 자고 나면 엉덩이 모양이 달라진대. 처녀인지 아닌지 구별하려면 엉덩이를 보면 된다는데?"

들으려면 들으라는 듯 정우가 꽤 높은 목소리로 말했다. 그게 뭐 우습다고, 남자애들이 키득거렸다.

여자애들은 짜증스러운 눈길을 어깨 너머로 던졌다. 마루는 아예 콧김을 내뿜으며 뒤를 노려보았다. 내가 가만있으라고 눈치를 주지 않았으면 당장에 싸움이라도 붙을 기세였다.

하지만 고진아 선생은 오로지 체조에 몰두해서 열심히 목을 돌리고 있었다. 남자애들이 하는 소리가 제대로 들리지는 않겠지만, 분위기까지 모르지는 않을 거다. 그런데도 늘 저렇게 담백하게 무시했다. 맨 앞줄에 선 현지도 아무것도 안 들리는 것처럼 입을 야무지게 다물고 체조만 따라 했다.

그래서 김이 샌 건지 뭔지 남자애들은 잠시 조용했다. 하지만 얼마 지나지 않아 정우가 기어이 현지를 걸고넘어졌다.

"그러고 보니까 백현지도 뒤태가 예사롭지 않네. 우리 반 순진한 여자애들하고는 어딘가 다르지? 고진아 선생처럼 성숙한 느낌이랄까?"

"그러게. 하긴 아니 땐 굴뚝에 연기 날 리 없잖아?"

영기가 짐짓 신중한 평가라도 내리듯 말했다.

남자애들은 음흉한 신음 소리를 내기도 하고 은밀하게 키득거리기도 하고 목소리를 낮추어 숙덕거리기도 했다.

여자애들은 다시 한 번 어깨 너머로 불만스러운 시선을 쏘아 보냈지만, 현지를 힐금거리는 것도 잊지 않았다. 모락모락 피어

나는 수상쩍은 연기의 정체를 확인하고 싶어 견딜 수가 없는 것이었다. 솔직히 말하자면, 현지가 관련되지 않았다면 나도 그렇게 그저 궁금하기만 했을지도 모른다. 아마도 그랬을 것이다.

그러나 지금 이 순간, 나는 녀석들을 그냥 두고 봐야 한다는 게 견디기 힘들었다. 특히 오정우, 당장에라도 돌아서서 녀석에게 따귀라도 날려 주고 싶었다. 최소한 닥치라고 소리쳐 주고 싶었다. 하지만 그럴 수가 없었다. 그건 곧, 현지에 관한 헛소문을 내가 공개적으로 들추는 게 될 테니까. 나는 울분을 삼키며 인류의 절반에 대해 말없이 절망했다.

"자, 일단 50미터부터 시작하자. 그리고 100미터, 200미터, 죽죽 늘려 보는 거야. 50미터 스타트 할 사람, 남녀 각각 한 명씩!"

고진아 선생이 말했다.

"저요!"

현지가 손을 번쩍 들어 올리며 신 나는 목소리로 소리쳤다.

백현지, 백현지, 백현지……. 발밑의 뽀얀 먼지처럼 음흉한 기운을 피워 올리던 남자애들이 뜨악한 표정을 지었다. 여자애들도 뜻밖인 모양이었다. 나와 마루도 그랬다. 현지는 정말 아무것도 못 들은 걸까.

"좋아, 백현지! 그럼 남자 대표는 누구?"

고진아 선생이 물었다.

"저요."

태진이가 머뭇머뭇 나섰다.

현지와 태진이를 선두로 우리는 달리기 시작했다. 추석 동안 급성장한 군살을 제거하기 위해 평소보다 운동량이 많았다는 사실뿐, 체육 시간은 겉으로 봐서는 여느 때와 다름없이 진행되었다. 마침내 수업이 끝나고 다들 패잔병처럼 터덜터덜 걸어 본관으로 들어갔다. 남자 탈의실은 일 층이고, 여자 탈의실은 그 앞을 지나쳐 이 층으로 올라가야 한다. 남자애들이 앞서서 차례로 탈의실로 들어갔다.

그런데 현지가 갑자기 걸음을 재촉했다. 어깨를 늘어뜨리고 걷는 여자애들을 헤치고 쑥쑥 앞으로 나아갔다. 어쩐지 불안해졌다. 마루와 나는 현지 뒤를 바싹 쫓았다. 말릴 틈도 없었다. 현지는 남자 탈의실 문을 벌컥 열었다.

"뭐야!"

웃통을 벗고 있던 영기가 화들짝 놀라며 두 손으로 몸을 가렸다. 다른 남자애들도 당황해서 벽으로 바싹 붙어 섰다. 팬티 바람인 녀석 둘은 체육복 바지로 다급하게 아래를 가렸다. 정우는 체육복 상의를 벗다 말고 그대로 얼어붙었다.

바삐 지나가던 우리 반 여자애들도 놀라서 모두 멈추어 섰다. 앞서 갔던 애들이며 뒤처졌던 애들까지 종종걸음으로 몰려왔다.

"현지야. 왜 이래. 가자."

내가 현지의 팔을 잡아끌었다. 현지는 내 손을 부드럽게 뿌리치고는 남자 탈의실 안으로 성큼 걸어 들어갔다. 오정우가 움찔하며 뒤로 한 발 물러섰고 현지는 정확히 크게 세 걸음을 내딛어 오정우 앞에 섰다.

"씨발, 좆도!"

현지가 욕지거리를 내뱉었다.

"뭐, 뭐야, 너……!"

정우가 더듬거리며 말문을 열었다. 현지가 정우의 맨가슴을 손바닥으로 와락 떠밀었다. 정우는 벽에 등을 세게 부딪혔다.

"오정우. 내가 그만하라고 했지? 좋게 말하니까 사람 말이 말 같지 않아? 야, 내가 너랑 상대 안 하는 게 그렇게 죽을죄야? 왜, 너랑은 안 해 줘서 서운해? 그래, 나 걸레다, 어쩔래? 그래도 너랑은 안 자. 너 같은 놈은 상대 안 해, 이 좆만아. 여자랑 자는 게 뭔지나 알고 그러냐? 젖비린내 나는 놈이 얻다 대고……. 침 닦고 정신 차려!"

"너, 너, 뭐야?"

정우는 인상을 험악하게 일그러뜨리려고 애쓰는 것 같았다. 하지만 그건 겁에 질린 표정 이상도 이하도 아니었다.

현지는 정우를 싹 무시하고 돌아섰다. 그러고는 완전히 졸아 있는 남자애들을 하나씩 쳐다보며 말했다.

"씨발, 곱게 살려고 마음먹고 있는데 니들이 이렇게 협조를 안 하는구나. 이 찌질한 놈들아, 귓구멍 열고 잘 들어. 니들이 밤마다 딸딸이를 치든 야동을 보고 침을 흘리든 내 알 바 아니다. 하지만 한 번만 더 나를 걸고넘어졌다가는 두 번 다시 여자 생각 안 나게 해 줄 테니까 그런 줄 알아. 내 말 허투루 듣지 마라. 평생 후회하고 싶지 않으면."

현지는 휙 돌아서 탈의실에서 나왔다. 모세가 홍해의 기적을 일으킨 것처럼, 탈의실 앞에 모여 서 있던 애들이 단숨에 양쪽으로 갈라섰다. 그렇게 훤히 길이 열리고 보니 고진아 선생이 놀란 얼굴을 하고 서 있었다. 현지는 태연한 얼굴로 고진아 선생에게 목례를 하고 이 층으로 올라갔다.

고진아 선생은 현지의 뒷모습을 멍하니 바라보다가 탈의실로 눈길을 돌렸다.

"꼴좋다."

고진아 선생은 그렇게 말하고 콧노래가 흘러나올 것 같은 걸음걸이로 교무실을 향해 사라졌다.

"무, 문 닫아!"

정우가 소리쳤다. 영기가 후다닥 달려와 문을 닫았다.

수업이 끝날 때까지 누구도 현지에게 말을 걸지 않았다. 남자애고, 여자애고 현지 이름을 입에 올리는 것은 물론이고 쳐다보는 것도 삼갔다.

정우는 조퇴해 버렸다. 가방도 제대로 싸지 못했는지 표지가 반쯤 뜯어진 공책 하나가 책상에 덩그러니 놓여 있었다. 그 추레한 꼬락서니가 주인의 처지를 대신 드러내고 있었다.

만약 정우가 탈의실의 일에 앙심을 품고 현지를 더욱 괴롭혔다면 악랄한 놈일 테고, 깔끔하게 사과했다면 멋진 놈일 텐데, 오정우는 그냥 도망쳤다. 녀석은 그저 시시한 놈이었다. 생각보다 훨씬 시시했다. 미워하기에도 김이 빠질 만큼.

그리고 현지는 낯설었다. 저 애가 한 학기 동안 내내 붙어 지냈던 바로 그 백현지라는 게 믿기지 않았다. 남자 탈의실에서 있었던 일이 동영상처럼 머릿속에서 되풀이되어 떠올랐다. 자연스럽게 입에 착착 달라붙던 그 욕설과 우리끼리도 차마 입에 담을 수 없는 이야기들이 속사포처럼 쏟아져 나오던 그 얼굴과 그리고 또…… 모르겠다. 내가 지금까지 누구를 알고 있었던 것인지. 마루도 시무룩한 표정으로 말이 없었고, 태진이도 눈치만 슬슬 살폈다.

현지는 무심한 얼굴로 수업을 들었다. 쉬는 시간이면 가방에서 소설책을 꺼내서 읽었다. 점심시간이 시작되자마자 어디론가 사라졌다가 끝내 급식실에 나타나지 않은 것만 제외하면, 현지는 조금 우울해 보일 뿐이었다.

"오늘은 진짜 현지랑 얘기 좀 하자."

마루가 히말라야 등정이라도 각오한 얼굴로 말했다.

그러나 현지는 수업이 끝나자마자 연기처럼 사라져 버렸다. 종례가 끝나고 애들이 요란하게 자리에서 일어나는 그 잠깐의 순간에 가방과 함께 사라져 버린 것이다.

마루와 태진이와 나는 맥 빠진 기분을 느끼며 '떡실신' 실습을 하러 동아리 방으로 갔다. 팥시루떡이나 만들 기분은 아니었지만, 딱히 빠질 이유도 없었다.

"현지는?"

우리가 들어서자마자 종현 오빠가 물었다.

"뒤에 오는데요."

내가 말했다.

종현 오빠가 찔끔하고 입을 다물었다. 소문이 빠르긴 참 빠른 모양이다. 뒤미처 들어온 다른 애들도, 선배들도 조리실습실을 두리번거리다가 모두 똑같이 물었다. 현지는? 그러나 그 누구도 함부로 입방아를 찧지는 않았다. 현지의 친구들 앞에서라도 입을 잘못 놀렸다가는 어떤 봉변을 당할지 모른다고 생각하는 모양이다.

"현지한테 내가 진짜 왕팬 됐다고 전해라. 그 장면을 봤어야 하는 건데. 십 년 묵은 아니 최소한 서경 생과고에서 보낸 이 년 반 동안 묵은 체증은 싹 가셨다! 생각만 해도 아깝네. 그 꼴을 봤어야 하는 건데!"

왕숙 언니는 정말로 속이 시원한 듯 꺽 트림까지 했다.

다른 누군가의 일이었다면 나도 그렇게 말했을지 모른다. 속이 시원하다고, 남자애들은 더한 꼴을 당해도 싸다고. 그러나 내게는 정우를 비롯한 그 인류의 절반을 합친 것보다 현지가 중요하다. 오정우가 개망신을 당하거나 말았거나, 남자애들이 뜨거운 맛을 보거나 말았거나, 지금 이 순간 현지가 어디서 무슨 생각을 하는지를 모르고서는 속 시원하다고 말할 수 없다.

그러나 현지와 연락이 되지 않았다. 휴대전화는 꺼져 있고 집에도 오지 않았단다. 마루와 태진이와 나는 버스 정류장에 서서 내 휴대전화로 문자를 보냈다.

백현지. 의리 없이 혼자 그러기냐?

"이만하면 제 잘못을 알겠지?"

마루가 걱정이 가득한 얼굴로 물었다.

"당연하지. 정신이 번쩍 들걸."

태진이가 장담했다.

"그래. 그럼 일단 집에 가자. 기다려 보지, 뭐."

내가 그렇게 말하는 순간, 누군가 내 어깨를 툭 쳤다.

완 오빠다.

"실습 끝나는 시간 맞춰서 갔는데 놓치고 말았네. 오늘은 빨리 끝난 모양이다."

"왜요?"

나도 모르게 목소리가 날카로워졌다. 버스 정류장에 서 있던 삼 학년들이 나를 힐금거리는 게 느껴졌다.

완 오빠는 내게 검은 비닐 봉투를 내밀었다.

"둥굴레차야. 개학했다고 또 자판기 커피 마시고 그러지 말라고. 진작 주려고 했는데 자꾸 어긋나고 말았네. 공부하느라 힘들어도 건강 챙기는 거 잊지 마, 응?"

나는 비닐 봉투를 와락 움켜잡아서 완 오빠의 가슴팍에 던지듯 밀어냈다.

"제발 이러지 마세요. 나, 둥굴레차 싫어해요. 건강에 좋든 말든 내가 알아서 한다고요. 난 자판기 커피 마실 거라고요. 칼로리 높고 위에 안 좋아도 상관없어요. 몸에 나쁜 자판기 커피 잔뜩 마시고 위궤양으로 쓰러지는 게 내 장래 희망이거든요! 대체 오빠가 무슨 상관이에요? 제발 내 앞에 나타나지 마요. 알았어요?"

끼익— 소리를 내며 마을버스가 도착했다. 고맙게도, 우리 집으로 가는 버스다. 나는 그대로 버스에 올라탔다. 버스는 이게 다 무슨 일이냐는 듯 갸우뚱거리며 출발했다.

짜증이 나서 머리털이 다 곤두서는 것 같다. 그나마 위안이 되는 건, 이걸로 끝날 것이라는 사실이다. 버스 정류장에 서 있던 사람들은 대부분 우리 학교 삼 학년 진학반이나 유학반들이다. 교장이 사랑하는 유망주 선우완이 일 학년 계집애한테 망신을 당했다. 이쯤이면 완 오빠도 질리지 않을 수 없을 것이다.

그렇게 마음을 달래 보아도 기분은 영 더러웠다. 내 잘못도 아닌데 나도 꼴이 우스워졌다. 억울하고 분하지만 어디다 하소연할 데조차 없다. 고작 그만한 일로 내 기분이 이런데, 현지는 어떨까.

저녁 내내 우울한 기분으로 텔레비전만 보고 있는데, 여덟 시가 넘어서 현지에게 전화가 왔다.

"나금영. 우리 노래방 가자!"

평소와는 확실히 다른 말투. 이건, 아무래도 거나하게 취한 우리 아빠의 말투와 닮았다.

나는 벌떡 일어나 앉았다.

"너 어디야?"

"여기? '한마음 노래방' 바로 앞인데. 나 먼저 들어가 있을까?"

"야! 너 미쳤어? 안 돼! 여덟 시 이후 나금영 노래방 출입 금지 몰라? 너, 그런 꼴로 우리 아빠 앞에 나타났다가는 두 번 다시 공짜 노래방은 없을 거다."

"아, 그건 곤란하지. 그럼 어떡하지?"

아무래도 나의 노래방 무한 자유의 시절이 끝나 가는 모양이다. 완 오빠에 이어 두 번째로 내게 노래방에 돈을 쓰게 만드는 사람이 생겼다.

나는 현지에게 건너편 햄버거 가게에 가 있으라고 말하고 전화를 끊었다. 마루와 태진이에게 긴급 문자를 날렸지만 둘 다 지금은 나올 수가 없단다. 나 혼자라고 생각하니 어깨가 더 무거워졌다. 나는 책상 깊숙이 숨겨 둔 비상금을 다 챙겨서 집을 나섰다.

현지는 햄버거 가게 앞에 쪼그리고 앉아 있었다. 한 손에는 담배를 들고 몸을 좌우로 흔들면서.

"백현지. 무슨 짓이야? 여기 우리 학교 애들 많단 말이야. 선생들도 자주 다니고."

나는 현지 손에서 담배를 빼앗아 황급히 바닥에 던지고 발로 비벼 껐다.

"아, 그거 딱 하나 남은 건데."

현지가 입맛을 쩝 다셨다. 그러고는 애교가 잔뜩 담긴 눈으로 내게 조르듯 말했다.

"노래방 가자. 금영아. 나 노래방 가고 싶어."

나는 현지를 부축해서 일으켰다. 혹시라도 아빠 눈에 띌까 주위를 살피며 재빨리 모퉁이를 돌아 다음 골목으로 들어섰다. '신바람 노래방'이라는 노란 간판이 어둠을 밝히고 있었다.

"들어가자."

묻고 싶은 말은 많지만 지금 현지가 원하는 건 아마도 그저 함께 노래해 주는 것일 터. 나 역시 지금 현지에게 뭔가를 꼭 들고 싶은 건 아니다. 그저 현지가 괜찮다는 걸 확인하고 싶을 뿐. 내가 이렇게 함께 있을 거라는 걸 알려 주고 싶을 뿐.

여덟 시가 넘은 노래방에서는 학생 할인도, 주간 할인도 되지 않았다. 아빠는 용돈 절감 차원에서 노래방 통금 시간을 여덟 시로 정해 준 건지도 모르겠다. 비상금을 다 털어 돈을 내고 있는데 카운터 바로 옆에 있는 '봄바람'이라는 어이없는 이름의 방문이 벌컥 열렸다.

"언니. 여기 맥주 더 줘."

뽀글거리는 긴 파마머리에 짧은 치마, 짙은 화장에 스무 살 언저리로 보일 만한 옷차림을 하고 있지만 얼굴은 글쎄, 적어도 서른은 훌쩍 넘겼겠다. 9904번. 방 안에서 트로트 메들리가 흘러나오고 있었고 세 명의 아저씨들과 긴 생머리를 틀어 올린 여자 하나가 막춤을 추고 있었다. 와이셔츠 차림에 넥타이를 이마에 두른 아저씨가 애써 젊게 차려입은 생머리 여자 바로 뒤에 딱 붙어 서서 민망한 춤을 추고 있었다.

뽀글머리 여자는 맥주를 받아 들고 카운터 벽면에 걸린 시계를 힐긋 보았다.

"언니, 한 시간 채웠다. 지금부터 두 시간째니까 계산 잘 해."

"알았어. 걱정 마. 맥주나 좀 더 먹여. 다들 덩치는 산만 해 가지고 왜 이렇게 술들을 못 마셔?"

주인아줌마가 봄바람 방에 대고 눈살을 찌푸렸다.

"그거야 언니 입장이고, 나야 적당히 마셔 주는 게 좋지. 그래야 2차……."

뽀글머리 여자는 현지를 보고서 입을 다물었다. 현지는 아직 교복 차림이다. 주인아줌마도 나를 힐금 보고는 뽀글머리 여자에게 턱짓했다. 여자가 문을 닫고 들어갔다..

계산을 마치고 '가을바람' 방에 들어갔을 때, 나는 9904번에 이어 9905번으로 다시 트로트 메들리에 도전하고 있는 봄바람 방의 정체를 깨달았다. 말로만 듣던 노래방 도우미. 갑자기 기분이 확 상했고 그만 나가 버리고 싶었다. 마이크고 리모컨이고 만지기도 찝찝했다.

하지만 현지는 그런 걸 따질 상태가 아니었다.

"금영아. 노래책 뒤질 기운도 없다. 네가 눌러 줘. 〈낭만 고양이〉."

현지는 혀가 꼬인 발음으로 노래 제목을 댔다. 62666번. 고음 불가인 현지로서는 절대로 소화하지 못할 노래다. 하물며 술에 취해 흐느적거리는 상태로는 폐활량이 역부족일 게 뻔하다. 하지만 나는 말없이 곡 번호를 눌러 주었다. 현지와 나 단둘, 노래방의 세상에 눈치 볼 게 뭐 있겠는가. 실력을 따져 가며 불러서야 그게 실용이지 어디 예술이겠는가.

나는 다음 곡으로 46679번을 눌렀다. 파워풀한 속사포 랩을 구사하는 내 친구 백현지. 나는 현지가 여전히 현지라는 걸 확인하고 싶은 건지도 몰랐다. 현지는 내가 눌러 주는 대로 노래하고 또 노래했다. 조금씩 술이 깨면서 기운을 되찾았다. 하지만 아직도 그 미적지근한 백현지 표 미소는 돌아오지 않았다. 나는 그 웃음을 위한 마지막 노래를 알고 있었다. 아슬아슬하게 남은 일 분을 허비하지 않도록 서둘러 곡 번호를 눌렀다. 7463번. 제목이 뜨자 현지가 웃음을 터트렸다. 이 노래는 태진이가 느끼한 눈빛을 흘리며 불러 주어야 제격인데. 아쉬운 대로 현지와 내가 함께 불렀다. "혼자서는 이 밤이 너무너무 길"테지만, 우리는 함께였다.

"집에 갈 수 있겠어?"

내가 묻자 현지는 씩 웃으며 고개를 끄덕였다. 괜찮다. 정말로 괜찮다. 내 친구 백현지는 약한 애가 아니다. 나는 눈시울이 뜨거워져서 콧물을 훌쩍 들이켜고 일어섰다. 그리고 현지에게 가만히 손을 내밀었다.

"기집애. 또 이런 꼴 보였단 봐."

현지가 내 손을 잡고 일어났다.

"걱정 마. 술, 담배, 다 끊었는데 오늘 딱 하루만 과거의 백현지로 돌아갔다. 오늘 딱 하루만."

과거의 백현지. 그 두 마디가 귀에 걸렸다. 그렇다면 오정우가 퍼뜨린 그 이야기는 헛소문이 아닌 걸까? 뭐, 어떻든 그건 중요하지 않다. 그건 현지를 이루고 있는 많은 것들 가운데 하나일 뿐이고, 그것이 설사 나를 불편하게 하는 것이라 해도 나는 내 친구 백현지를 좋아하니까.

나는 현지에게 장난스레 눈을 흘겼다.

"정말 딱 하루?"

"그건 뭐, 또 모르지."

현지가 씩 웃었다. 내가 현지의 등짝을 세게 때렸다. 현지는 이제 소리 내어 웃었다. 우리는 함께 웃으며 노래방을 나섰다. 돈을 내고 노래방에 오는 기분, 그리 나쁘지 않았다.

현지는 버스 정류장 앞 인도 턱에 걸터앉았다. 내가 나란히 앉자 내 어깨에 머리를 기대고 가만히 입을 열었다.

"그냥…… 밖에 나와서 흥청대는 오빠들하고 어울리는 게 좋았다. 겁 없이 돈 쓰고 욕을 입에 달고 다니는 그 선배는 더 좋았고. 처음엔 그냥 그랬어. 다른 남자애들이 그 선배한테 다들 벌벌 기는 걸 보면 괜히 나까지 으쓱해지고. 그러다가 그렇게 된 거지 뭐. 나도 자고 싶었던 건 아니야. 하지만 거절하면 오빠가 날 싫어하게 될까 봐 겁이 났어. 하자는 대로 다 했어. 같이 자자고 하면 같이 자고. 그러다 그 선배가 졸업하고 나한테 연락을 끊었어. 그러고는 우리 학년 남자애들…… 그 선배랑 같이 어울리던 애들이 나한테 미친 듯이 들이대더라. 난 걔들이 날 좋아하는 줄 알았어. 내가 예뻐서 그러는 줄 알았다. 그게 사랑인 줄 알고, 걔가 날 싫어할까 봐 또 바보 같은 짓을 하고. 여름방학 때, 나랑 유치원 때부터 주일학교 같이 다녔던 남자애가 찾아왔어. 소주를 먹고 와서 울면서 그러더라. 그 선배가 소문을 다 퍼뜨렸고, 그다음에 나랑 잤던 애들도 그랬다고, 그래서 남자애들 사이에 소문이 퍼졌다고, 백현지랑 못 자면 병신이라고, 사랑한다고 한마디만 하면 된다고. 그러고 보면 그 녀석은 날 진짜 좋아했던 것 같기도 하고…… 에이, 모르겠다. 아무튼 다 지나간 얘기야. 금영아."

현지가 내게 고개를 돌렸다. 현지의 얼굴을 똑바로 보아야 하는데, 쉽지 않았다. 현지는 내 무릎을 톡톡 치며 말했다.

"근데 오정우 그 찌질이가 겁도 없이 날 건드렸다. 그런 자식 쯤이야, 껌이지."

껌이라고 말하는 현지의 얼굴이 쓸쓸했다. 이럴 땐 대체 어떤 말을 해 줘야 할지 모르겠다. 문득, 진심으로 조금은 궁금했던 현지의 그 말이 떠올랐다. 남자 탈의실에서 마지막 일갈처럼 내뱉었던 그 말. 지금 상황에서 적절한 질문인지 아닌지 모르겠지만, 아무튼 지금은 그 말밖에 생각나지 않았다.

"야, 현지야. 근데…… 두 번 다시 여자 생각 나지 않게 해 주겠다는 건, 어떻게 한다는 거였어?"

현지가 나를 빤히 보았다. 그러더니 큰 소리로 웃음을 터트렸다. 이게 진짜 웃음인지 혹은 내가 뭔가 실언을 한 건지 헷갈리는 참인데, 현지가 내 어깨를 툭 치며 말했다.

"내가 그런 걸 어떻게 알아? 그냥 나오는 대로 지껄인 거지."

버스가 도착했다. 현지는 해쓱한 얼굴이지만 활짝 웃으며 버스에 올라탔다. 비로소 나도 여느 때처럼 웃으며 현지에게 손을 흔들어 주었다. 내가 탈 버스도 도착했다. 나는 버스 맨 뒷자리 바로 앞에 앉았다.

현지는 왜 그랬을까. 나는 가을의 기운이 완연한 차창에 이마를 살며시 기대었다. '왜'라는 질문에 대한 답이 없으니 현지의 이야기는 그저 놀랍기만 할 뿐, 노랫말 없는 음악처럼 난해했다. 그런데도 캐묻고 싶지는 않았다. 들춰내고 싶지도 않았다. 언젠가, 현지 스스로 뭔가 말하고 싶어진다면, 그때 그 자리에 있어 주고 싶을 뿐. 나와 현지는, 그리고 마루와 태진이까지, 우리는 정말 친구가 되어 버린 모양이다.

마루와 태진이에게 연거푸 문자가 왔다. 현지가 괜찮냐고 묻는 것이다.

니들, 백현지 모르냐? 걱정 마.

그건 나의 진심이었다. 어떻게 아느냐고 물으면 할 말은 없지만, 느낄 수 있었다. 집에 돌아와서 엄마에게 잔소리를 몇 바가지나 얻어먹고 체할 정도였지만, 마음은 홀가분했다.

그러나 완 오빠의 메일이 나를 기다리고 있었다.

미안하다. 오빠가 생각이 짧았어. 그렇게 너무 드러내는 건 부담스러웠던 모양이구나. 내 마음은 그 누구에게도 뒤지지 않지만 방법은 미숙한 것 같아. 나한테 그렇게 말하고서 네 마음이 얼마나 괴로웠을까 생각하니, 미안해서 견딜 수가 없네.

금영아. 철없는 오빠를 조금만 더 기다려 주겠니? 너에게 떳떳한 남자가, 좀 더 너를 따스하게 감쌀 수 있는 남자가 될게. 너를 지켜 주려면 오빠는 한참 더 자라야 할 것 같다.

사랑은 미안하다고 말하지 않는 거라는 말도 있지만, 난 그렇게 생각하지 않는다. 미안해. 그리고 오늘 일은 너무 마음 쓰지 마. 난 괜찮아.

으악! 대체 더 이상 뭘 어떻게 말해야 하냐고. 얼마나 더 모질게 굴어야 내 말을 믿어 줄 거냐고요!

정말이지 인류의 절반에 대한 절망감이 사무치는 밤이다.

08　나성웅

노래방 딸 주제에.
고은이가 조소를 머금고 말했다. 나는 화가 나진 않았다.
그때까지만 해도 노래방 딸이라는 걸
부러워하는 애들만 보아 왔기 때문이다.
시간이 흐른 뒤 그 의미를 깨달았다.
노래방 주인이라는 게 사회적으로 존경받는 직업도,
때돈을 버는 것도 아니고,
고학력을 의미하는 것도 아니라는 사실.

　안강녀 선생님은 '떡실신'이 꽤 마음에 든 모양이다. '떡실신'
에게 궁중 떡 비법을 전수해 주겠다고 허락했다. 마루는 바야
흐로 "우리 떡 세계화에 이바지"할 수 있는 지름길에 들어선 감
격에 거의 제정신이 아니었다. 어쩌면 마루보다 더 감격에 겨운
건 교장인지도 모르겠고.

　그래 봤자 한 달에 한 번 주말을 이용한 일박이일, 연휴가 된
다면 이박삼일이다. 구월은 추석 때문에 어영부영 넘어갔고,
시월에 이르러서야 일정이 잡혔다. 중간고사가 끝난 뒤인 시월
넷째 주 토, 일요일.

　"아빠. 나 이번에는 전주 꼭 가고 싶은데."

내가 참가 신청서를 슬며시 내밀었다.

아빠는 혼자 식탁에서 밥을 먹고 있었다. 온갖 약재를 넣은 영계백숙에 빨간 양념이 먹음직스러운 북어구이도 있다. 엄마가 출근하기 전에 저녁 반찬을 준비해 둔 것이다. 아빠가 통 기운이 없어 보인다고 걱정을 하더니, 오늘따라 유난히 화려한 식탁이다. 딱히 뜨거운 사랑을 나누는 사이도 아닌 것 같은데, 엄마 요리의 주인공은 늘 우리 아빠다. 부부란 참.

그러나 아빠는 영 입맛이 없는 듯 백숙 국물만 홀짝홀짝 떠먹고 닭고기에는 손도 대지 않았다. 신청서에도 시큰둥한 눈길을 힐금 던지고서 성의 없는 대답을 했다.

"뭐, 그래라. 그럼."

"토요일부터 일요일까지. 일박이일이야."

아빠는 신청서를 다시 한 번 힐긋 보고는 고개를 끄덕했다.

"알아. 조심해서 갔다 와."

이건 쉽다. 쉬워도 너무 쉽다. 안 된다는 거절이나 생각해 보겠다는 고문보다 뭔가 더 불안하다.

그러고 있는데 오빠가 돌아왔다.

"어, 이렇게 일찍 어쩐 일이야?"

내가 물었다. 주말도 아닌데 아빠가 출근하기도 전에 오빠가 돌아오는 건 흔한 일이 아니다.

"시험 기간이잖아."

아, 그렇다. 그러고 보니 나도 다음 주면 중간고사다.

어쨌거나 시험 기간이라고 오빠가 이렇게 집에 일찍 온 적은 없었다. 학원 가기 전까지 독서실에서 공부하곤 했다. 아마도 오빠는 집보다 독서실이 편한 모양이라고, 지금까지는 그렇게 생각해 왔다. 그런데 요즘 저렇게 저녁을 맛나게 먹고 음악을 틀어 놓은 채 제 방에서 공부하는 걸 보니, 꼭 그런 것만도 아니었던 모양이다.

재수를 하지 않겠다고 선언한 다음 오빠는 좀 편안해 보인다. 언제나 투철한 군인 정신으로 무장하고 군 생활에 충실한 것처럼 보였는데, 이제야 비로소 집이 만만해진 것 같기도 하고. 아니, 아빠가 만만해진 것이라고 해야 하나. 아빠는 그런 오빠를 대하는 게 영 불편한 모양이다. 아직 교대 시간이 한참 남았는데 밥을 먹자마자 서둘러 집을 나섰다. 부자 사이의 일을 두고 이렇게 표현하는 건 좀 그렇지만, 그야말로 '전세가 역전'되었다는 생각을 하지 않을 수 없다.

언젠가 아프리카 사자에 대한 다큐멘터리를 본 적 있다. 무리의 우두머리 수사자가 나이를 먹으면, 인근을 떠돌던 젊은 수사자가 공격해 온다. 단 한 번의 치명적인 공격. 그 싸움에서 패배하면 늙은 수사자는 무리에서 쫓겨나 떠돌이 신세가 된다. 젊은 수사자처럼 다음 기회가 있는 것도 아니고, 그냥 그렇게 드넓은 초원을 떠돌다가 목숨을 다한다. 운 나쁘면 하이에나에게 치욕적인 꼴을 당하기도 하고.

아빠는, 오빠가 절대로 넘어설 수 없는 거대한 성벽이었다. 그런데 생각보다 허술했다. 딱할 만큼 허술하게 성문이 열렸고, 그걸로 상황 종료. 오빠는 승자의 여유를 누릴 뿐, 패자에 대해서는 무관심하다.

그렇다면 이건 어부지리일까. 나는 아빠의 서명이 또렷한 전주 연수 참가 신청서를 물끄러미 내려다보았다. 웃어야 할지 울어야 할지 모르겠다. 그래도 굳이 하나를 골라야 한다면, 좀 서글프다.

나올래?

현지에게 문자가 왔다. 우리 '한마음 노래방' 건물 사 층에 있는 피시방이란다. 이 시간에 왜 혼자 피시방에 있단 말인가. 안 하던 짓을 하기로 작정들을 했나, 다들 두루두루 나를 헷갈리게 만든다.

나는 나날이 인생이 복잡해져 간다는 생각을 하며 집을 나섰다. 이미 아홉 시가 다 됐다. 엄마는 못마땅한 표정으로 넘어갔지만 아빠에게 걸리면 시끄러워질 게 뻔하다. 요즘 기세로 봐서는 안 그럴 수도 있겠지만, 그래도.

학교 오가는 길에 늘 지나치는 동네지만, 늦은 밤에 오니 분위기가 몹시 달랐다. 취객들이 왁자하게 떠들며 지나가고 네온 사인이 삼류 에로 영화 같은 표정으로 번쩍거렸다. 나는 미행에 나선 탐정처럼 노래방 건물 입구의 동정을 살피다가 잽싸게 안으로 뛰어들었다. 엘리베이터가 '한마음 노래방'이 있는 삼층에 멈춰 서 있었다. 엘리베이터는 위험하다. 외길이다. 나는 계단을 통해 올라가기 시작했다. 일 층, 이 층, 그리고 이제 반층만 올라가면 삼 층, 거기서 오른편으로 꺾어지면 바로 노래방이다. 아빠와 나의 거리는 오 미터 아니 삼 미터? 어느 방에선가 5453번이 흘러나오고 있었다. 〈세상이 그대를 속일지라도〉, 거창한 제목이지만 징징거리는 사랑 타령이다. 그 노래를 배경으로 삼아 잔뜩 긴장한 채 사 층으로 올라가고 있는데 노래방 쪽에서 누군가 불쑥 튀어나왔다.

뽀글뽀글한 긴 머리를 하나로 질끈 묶고 짝 달라붙는 레깅스에 짧은 원피스를 입은 여자다. 뽀글머리 여자의 차림새는 스무 살 언저리지만 얼굴은 서른을 훌쩍 넘겼다. 가만, 얼굴이 눈에 익다. 어디서 봤더라? 아무튼 중요한 건 그 여자가 우리 아빠는 아니라는 사실이다. 여자는 엘리베이터에 탔고 노래방 쪽에서는 더 이상 인기척이 없었다. 나는 빠른 걸음으로 사 층으로 올라가 피시방에 들어섰다.

"아, 담배 냄새."

내가 인상을 찌푸리며 옆에 앉자 현지가 피식 웃었다.

"내가 피운 거 아니거든."

은근히 그런 의미를 담아 말한 건데 눈치도 빠르다. 나 역시 현지의 속을 읽어 내는 일이라면 꽤 숙달되었다. 뭔가 표정이 좋지 않다.

"배고프다. 먹을 거 좀 사 줘. 나 돈 하나도 없어."

현지가 말했다.

"나한테 돈 맡겨 놨냐?"

현지는 45025번 같은 표정을 지으며 뻔뻔하게 웃어 보였다. "뜨거운 의리로 갚아" 주겠다면 믿어 줄 만하지만 순순히 넘어가기는 억울했다.

"돈 없으면 집에 있을 것이지, 민폐도 이만저만이 아니다, 너."

현지는 그래도 여전히 배시시. 나는 그 웃음에 넘어가지 않을 재간이 없다는 듯 김밥과 사발면 그리고 내가 먹을 핫초코를 샀다. 일종의 휴게실이랄까, 피시방 한쪽 구석 유리 칸막이 안에 테이블 두 개가 놓여 있었다. 현지와 나는 유리문을 닫고 안쪽 테이블에 자리 잡았다.

"아빠가 나더러 북경으로 유학 가랜다."

사발면이 채 불기도 전이었다. 사발면 사 먹을 돈도 없는 현지 입에서 유학이라니, 참으로 어울리지 않는 소리였다. 현지는 농담이라는 듯 어깨를 으쓱하고는 사발면과 김밥 두 줄을 눈 깜빡할 사이에 먹어 치웠다. 그러고는 사이다까지 하나 얻어먹고서야 입을 열었다.

"서경 생과고에 온 것도 그 때문이었어. 아빠가 나를 딴 동네로 보내고 싶어 했던 거야. 멀리, 아주 멀—리. 우리 아빠의 선한 양떼들이 없는 곳으로."

현지 아빠는 목사다. 그리 큰 교회는 아니지만, 일산에서는 제법 명망 있는 목사란다. 어울리지 않게 교회에 착실히 나가는 마루의 말에 따르면, 케이블 TV 기독교 방송에도 종종 출연하신단다. 그쪽 지역의 외국인 이주 노동자들을 돕는 활동도 하고 아무튼 훌륭한 분이라는 거다.

"공인까지는 아니지만 명색이 목사 딸이라 이래저래 여러 사람들이 나한테 관심을 가졌어. 특히 우리 아빠를 성인처럼 떠받드는 신도들. 엄청난 스캔들이었지. 백 목사 외동딸이 한길중학교 날라리라더라. 나는 우리 아빠 인생의 유일한 오점인지도 몰라. 그럴 생각은 아니었는데. 어렸을 때는 말이야, 백 목사님 외동딸답게 착한 애가 되려고 얼마나 애썼는지 모른다. 주일학교도 정말 싫었지만 누구보다 열심히 나가고, 하나님이 뭔지도 모르는데 새벽부터 밤까지 틈만 나면 기도하고……. 삼 학년 땐가? 내가 엄마 지갑에서 오천 원을 훔쳤거든."

나도 노래방 카운터에서 돈을 훔친 적이 있다. 그때 엄마한테 정말로 무지막지하게 맞았다. 아빠는 그런 엄마를 무식하다고 욕하면서 내 용돈을 올려 주었다.

"착한 목자인 우리 아빠는 너무 검소했고, 아빠 딸도 당연히 그런 줄 알고 용돈이라고는 준 적이 없었어. 아빠는 가난하다는 사실에 자부심을 느끼는 사람이거든. 하지만 난 아빠랑 달라. 검소한 건 내 취향이 아니고 가난도 싫어. 아무튼 돈을 훔쳤어. 그날 아빠는 나랑 같이 밤새 성전에 무릎 꿇고 기도했어. 모든 게 아빠 잘못이라고, 아빠를 벌해 달라고……. 늘 그랬어. 내가 속을 썩일 때마다 아빠는 나를 앉혀 놓고 자책하며 기도했어. 차가운 교회 바닥에 무릎을 꿇고 밤을 꼬박 새우면서……. 금영아, 그런 게 날 얼마나 미치게 했는지 알겠니?"

잘은 모르겠지만, 밤새 기도해야 한다면 나는 정말 미쳐 버렸을 것이다. 현지의 말은 그 이상의 무언가를 의미했지만, 더 이상 와 닿지는 않았다. 그래도 고개를 끄덕였다. 현지가 내게 바라는 건 그렇게 고개를 주억거리는 것이지, 그 의미를 다 알아주는 건 아닐 테니까.

"결국 아빠가 백일 금식 기도까지 하게 되었을 때, 고모가 그런 제안을 한 거야. 우리 고모가 빵집 하거든. 나더러 조리과에 가라고 하더라고. 멀리, 일산이 아니라 멀—리 있는 학교에 가라는 거지. 백 목사님에게 누가 되지 않도록. 나도 싫지 않았어. 모든 일에 지쳐 있었거든. 어딜 가도 애들 눈길이 따라다니는 거."

그 일에 대해 말하고 있는 것이다. 중학교 때의 낯선 백현지.

나는 가슴이 덜컥 내려앉았다. 대체 눈을 어디다 둬야 할지 모르겠다. 현지는 그런 나를 쳐다보며 피식 웃었다. 막내 동생이라도 보는 눈길로.

"그래도 내가 내신은 좀 괜찮았거든. 수학 빼면 쓸 만하잖아. 덕분에 합격했지. 이 동네로 왔더니 뭐, 괜찮더라고. 아빠 교회랑 뚝 떨어져서, 그러니까 여기서는 누구도 나를 백 목사님 딸이라고 부르지 않잖아."

"그런데 중국은 또 왜?"

"아, 그게, 교회라는 게 진짜 무서운 조직이다. 저기, 전철역 옆에 있는 큰 교회 있지? 거기 담임 목사가 우리 아빠 신학교 동창인데, 흥, 거기서 또 내 얘기가 나왔나 봐. 지난번 탈의실에서 있었던 그 일, 그게 그 목사님을 통해서 우리 아빠한테 들어간 거지. 아빠는 앗 뜨거워라 한 거고. 이번엔 기도하자고도 안 하더라. 더 멀리…… 그럴 수만 있다면 미국이나 호주로 보내고 싶겠지만, 우리 형편에 그건 안 되고, 우리 외삼촌이 북경 사니까 그리로 가라는 거지. 근데 나, 이번엔 가기 싫다."

현지가 눈을 빠르게 깜빡였다. 긴 속눈썹이 촉촉했다.

"그래……서?"

"안 갈 거야. 안 간다고 했어. 억지로 보내진 않겠지. 그래도 집에는 못 있겠더라. 엄마는 자꾸 울고 아빠는 기도하자고 덤빌 기세고. 그래서 도망친 거지, 뭐."

현지는 빈 사이다 캔을 입에 대고 톡톡 털었다.

"하나 더 먹을래?"

"응."

뻔뻔한 기집애. 그래도 다행이다. 현지가 뻔뻔할 수 있어서. 그보다 더 다행인 건, 나한테 가진 돈이 더 없다는 사실이다.

나는 좀 더 있겠다는 현지를 두고 피시방을 나섰다. 입학식 때 보았던 현지 아빠가 떠올랐다. 몇 달 전에 딱 한 번 본 건데도 얼굴이 눈에 선했다. 현지랑 비슷해 보일 정도로 키가 작고 몸집이 왜소했으며 깐깐해 보이는 얼굴이었다. 어딘가 다른 아빠들하고는 확실히 달라서 인상적이었다. 마루는 나중에 현지더러 "너희 아빠 초등학교 선생님이지?"라고 물었고, 나는 "아냐. 조폭 두목 같아. 왜, 주먹 쓰는 두목 말고 뒤에서 모든 걸 조종하는 진짜 두목 있잖아. 까만 자가용에서 클래식 음악을 들으면서 살인을 지시하는."이라고 말했다. 현지는 씩 웃으며 "둘 다 비슷해."라고 말했다.

그런 생각에 잠겨 있느라 내가 어디에 있는지를 잠시 잊었다. 위험하게도, 그만 엘리베이터를 타고 만 것이다. 띵! 하고 삼 층에서 문이 열리고서야 정신이 번뜩 들었다.

"빨리 와!"

하도 파마를 자주 해서 노랗게 녹아 내린 머리칼을 길게 늘어뜨린 여자가 노래방 쪽을 쳐다보면서 소리쳤다. 닫힘 버튼을 눌러 버리고 싶었지만, 여자는 엘리베이터에 한 발을 들여놓았다. 또각거리는 발소리가 빠르게 다가왔다. 아빠가 아니었다.

아까 계단을 올라가다가 보았던 그 뽀글머리 여자. 그리고, 현지와 함께 '신바람 노래방'에 갔을 때 보았던 그 뽀글머리 여자. 봄바람 방에서 나와 맥주를 더 시키던, 노래방 도우미.

"아, 배고프다. 우리 감자탕에 소주나 한잔하러 갈래?"

뽀글머리 여자가 엘리베이터에 올라타며 말했다.

"아직도 술이 모자라냐? 아유, 난 술이라면 넌더리가 난다."

노란 머리 여자가 말했다.

"그래도 한마음 사장님은 좀 낫다. 맥주 덜 팔아도 눈치 덜 주잖아. 신바람 주인여자는 같은 여자끼리 너무하지 않니?"

"거기서 거기야. 한마음 사장은 우리한테 끈적대지 않는 건 좋긴 하지. 사거리 '홍콩 노래방' 알지? 그 사장은 글쎄, 위층에서 둘이 놀지 않겠냐고, 매번 그런다. 돈 한 푼 낼 생각도 없으면서."

"모텔 이 층에다 딱 차려 놓은 거 보면 모르겠냐? 아, 전화 왔다."

뽀글머리 여자가 핸드백에서 휴대전화를 꺼내 받았다.

"응, 삼촌. 왜? 한마음? 지금? 우리 방금 거기서 한 타임 뛰고 나온 건데. 배고파. 감자탕 먹으러 가는 길이란 말야. 다른 언니들 없어? 그래, 알아보고 다시 전화해."

뽀글머리 여자는 전화를 끊고 노란 머리 여자의 팔을 잡아끌었다.

"감자탕은 텄고 뼈해장국이나 한 그릇 먹고 일어나자."

띠리링— 종소리와 함께 활기찬 남자 목소리가 들려왔다.

"어서 오세요!"

주황색 앞치마를 입은 청년이었다.

그제야 내가 감자탕집 앞까지 그 여자들을 따라왔다는 사실을 깨달았다. '오형제 감자탕'. 주황색 간판도, 정겨운 상호도 눈에 익었다. 분명 익숙한 거리인데, 도무지 어딘지 알 수가 없었다. 다만 확실한 것은 지금 내가 〈잘 모르는 동네〉에 와 있다는 사실이었다. 그게 몇 번이더라……. 분명 외우고 있는 곡 번호인데 숫자들은 제멋대로 머릿속을 헤집고 다녔다. 어쩌다 여길 왔을까, 낯설기만 한 이곳. 이 순간을 위해 준비된 것 같은 노랫말이 잇달아 떠올랐지만 곡 번호만은 한사코 기억나지 않았다. 길을 잃었다. 분명 길을 잃었다. 다시는 집을 찾지 못할 것 같아 두려워졌다. 나는 그만 울음을 터트렸다.

초등학교 오 학년 때 우리 반에 변호사 딸이 있었다. 황고은이라는 이름처럼 예쁘장하게 생겼고 세련되게 차려입고 다니는 애였다. 같은 반이 되자마자 고은이랑 나는 단짝이 되었다. 그 무렵 나도 꽤 공부를 잘했고 나름대로 귀여운 구석도 있었다.

최신가요를 줄줄 외고 다니는 것도 애들한테는 멋져 보였던 것 같다. 오 학년 일 학기 때 나는 여자 회장으로 뽑혔다. 고은이 가 내게 밀려서 떨어졌는데, 나중에 알고 보니 선거에서 떨어진 건 처음이었단다.

그 뒤로 고은이랑 조금씩 멀어지다가 사이가 틀어졌다. 그러다 모둠 숙제로 마을 조사를 하던 중에 무슨 일인가로 크게 말다툼을 하게 되었다. 고은이가 어린애 같지 않은 조소를 머금고 말했다.

노래방 딸 주제에.

지금 생각해 보면, 고은이는 워낙 몰렸던 것 같다. 그날도 그렇고 그 전에도 그렇고 우리 반 여자애들 분위기는 대체로 내 편이었다. 그 와중에 제 딴에는 내 약점이라고 찾아낸 게 그거였다.

그날, 내 친구들은 고은이를 성토하느라 핏대를 세웠다. 제 아빠가 변호사면 변호사지, 어떻게 친구한테 그런 말을 할 수 있느냐는 것이었다.

정작 나는 화가 나진 않았다. 단지 의아했다. 대체 노래방 딸이라는 게 왜 비웃음거리가 되는지 이해할 수 없었다. 그때까지만 해도 노래방 딸이라는 걸 부러워하는 애들만 보아 왔기 때문이다. 시간이 흐른 뒤, 그 의미를 깨달았다. 노래방 주인이라는 게 사회적으로 존경받는 직업도, 떼돈을 버는 것도 아니고,

고학력을 의미하는 것도 아니라는 사실. 그리고 사람들은 그런 직업을 하찮게 여긴다는 사실.

하지만 단 한 번도 내 아버지의 직업을 부끄럽게 여긴 적이 없다. 초등학교 때처럼 공짜 노래방을 앞세워 자랑하고 다니지는 않았지만.

"나금영. 며칠째 노래방에도 안 오고, 바빠? 뭘 하다가 이제야 와?"

엄마가 내게 물었다. 아빠와 마주치지 않으려고 떠돌다 보니 여덟 시가 넘어서야 들어왔다.

"시험 기간이잖아."

"살다 살다 별일이 다 있다. 네가 시험 기간이라고 노래방에 발을 끊고. 우리 딸, 잘하면 명문대도 가시겠다."

엄마의 싱거운 농담을 흘려들으며 방으로 들어왔다. 곧 달그락거리는 소리가 들렸다.

"나금영. 빨리 나와. 엄마, 배고파."

엄마는 밥을 먹지 않고 나를 기다린 것이다. 원치 않은 친절은 정말이지 사람을 짜증스럽게 만든다. 잘 알지도 못하면서 멋대로 넘겨짚는 건 더더욱.

"금영아. 너무 부담 갖지 마. 성적 그거 별거 아니다. 대학도 그래. 좋은 대학 나오면 잘 살 것처럼 말하지만 그렇지도 않더라니까. 마음 편히 먹어. 너무 스트레스 받지 말고. 공부는 때가 있지만, 그때가 한 번밖에 없는 건 아니야. 언제고……."

"그런 거 아냐."

내가 말을 잘랐다. 얼른 먹고 들어가고 싶은데 밥이 안 준다. 허기에 허리가 꺾일 것 같은데 밥이 목에 걸려 잘 넘어가지 않는다. 나는 북엇국에 밥을 말았다.

"너희 오빠는 어려서부터 공부는 잘했잖아. 공부도 재능 있는 사람이 있더라. 금영아. 그런 거야. 오빠는 오빠고 너는 너야."

오빠는 수시를 준비하고 있는데 꽤 좋은 대학을 노리는 모양이다. 잘됐다고 생각하고 있고 조금 부럽기도 하지만, 딱히 기가 죽은 적은 없다.

"오빠 때문에 기죽을 필요 없어."

엄마가 말했다.

"짜증 나게 왜 그래? 누가 기죽는다고!"

결국 신경질을 내고 말았다. 숟가락을 쾅 소리 나게 내려놓고 의자를 뒤로 확 밀며 일어섰다.

"앉아!"

엄마가 소리쳤다.

아빠는 우리에게 한 번도 손찌검을 한 적이 없다. 하지만 엄마는 때때로 우리를 앉혀 놓고 손바닥을 때렸는데, 군인 정신으로 무장한 오빠마저도 육 학년 때까지 울었다. 무지막지하게 때리는 것도 아닌데, 엄마에게는 뭔가 우리를 질리게 하는 데가 있었다. 그런 엄마다. 여전히 그런 우리 엄마.

그러나 어쩌면, 엄마는 내가 알고 있던 그런 엄마가 아닐지도 모른다. 나는 엄마를 똑바로 쏘아보며 받아쳤다.

"뭐!"

"앉아, 당장! 앉아서 엄마한테 사과하고 밥 먹어!"

조금도 거리낄 것 없이 당당한 이 태도. 이것 때문에 오빠와 내가 엄마에게 끝까지 개개지 못하는지도 모른다. 그래, 어쩌면 엄마는 아무것도 모르는 걸 수도 있다. 저녁 여덟 시 이후의 노래방은 아빠의 세계다. 엄마가 그 시간 이후에 노래방에 가는 걸 본 적이 없다. 엄마까지 한패로 모는 건 부당한 일인지도 모른다.

그러나 그렇지 않을지도 모른다.

"엄마, 알아?"

내가 물었다. 묻고야 말았다.

"밤에, 엄마 퇴근한 다음에, 우리 노래방에서 무슨 일이 일어나는지 아냐고."

"애가 무슨 소리를 하는 거야?"

엄마는 여전히 건방진 딸내미의 버르장머리를 고치겠다는 태도를 고수하고 있지만, 눈빛은 달라졌다. 내가 인정하고 싶지 않은 그런 눈빛. 이제 와서 모른 척하고 넘어가기에는, 난 이미 너무 많은 걸 알아 버렸다.

"몰라서 물어? 정말로? 노래방 도우미. 우리 노래방에도 그런 여자들 오지? 남자 손님들한테 돈 받고 여자 대 주는 거. 엄마도 알지?"

아니라고, 너 대체 미쳤냐고 말해 주면 좋겠다. 얻다 대고 부모에게 그런 욕을 보이냐고 등짝을 때려 주면 좋겠다. 따귀를 맞아도 좋다. 머리채를 휘어잡고 개 패듯이 때려 줘도 괜찮다.

그러나 엄마는 나를 망연히 바라보기만 했다. 엄마의 당황한 눈동자에 내 모습이 비쳤다. 여덟 시 통금. 그냥 아빠 말을 들었으면 좋았을 텐데. 여덟 시 이후의 세계에 대해서는 아무것도 몰랐으면 좋았을 텐데.

"더러워, 정말."

내가 엄마를 똑바로 쳐다보며 말했다. 엄마는 아랫입술을 꽉 깨물며 고개를 돌렸다.

나는 소파에 팽개쳐 두었던 점퍼를 입으려 했다. 자꾸만 팔이 어긋나서 결국 점퍼를 손에 들고 현관으로 나섰다. 엄마가 다급히 달려왔다.

"아빠한테는 아무 말 하지 마. 금영아, 너한테 그런 꼴 보인 거 알면, 아빠 죽고 싶을 거야."

적어도 그 순간은, 죽고 싶으면 죽어 버리라는 생각이 들었다.

또한 그 말만 하지 않았더라면, 적어도 엄마는 어쩔 수 없었던 거라고 믿을 수 있었을 것이다. 인질처럼 마지못해 묵인하고 있었던 거라고, 흔히 말하듯이 자식들 때문에 참고 산 가여운 여자라고. 그러나 엄마는 인질도, 가여운 여자도 아니었다. 엄마는 공범이었다.

대체 누구를 더 미워해야 할지 모르는 채로 걷다 보니 '오형제 감자탕' 앞이었다. 그날, 주황색 앞치마를 두른 청년이 나와서 "괜찮아, 학생?"이라고 물을 때까지 내내 울고 있던 내 모습이 환영처럼 그곳에 머물러 있었다. 그런데도 그곳은 여전히 "잘 모르는 동네" 같았다. 외로웠다.

나는 맞은편 공원에 앉아서 휴대전화를 꺼냈다. 현지를 떠올렸지만 나까지 고민을 얹어 줄 수는 없었다. 태진이의 마냥 밝은 얼굴을 마주하는 것도 피곤하게 느껴졌다. 나는 마루에게 전화를 걸었다.

"지금?"

"어, 빨리 와. 택시 타고."

나는 말도 안 되는 억지를 부렸다. 어리광을 부리고 싶었던 것인지도 모르겠다. 물론 마루가 정말로 택시를 타고 와 주리라고는 생각하지 않았다.

그런데 마루는 놀랍게도, 정말로 택시를 타고 달려왔다.

"너 미쳤냐?"

"너야말로 미쳤냐? 우리 집이 어디라고 나를 오라 가라 하냐? 그런 목소리로 전화를 해서는. 아, 정말, 초등학교처럼 주소지별로 대학 배정하면 난 딱 서울댄데. 근데 너 뭐야, 가출이라도 한 거야? 그렇게 보기에는 옷차림이 허술하다. 어휴, 추워!"

마루가 어깨를 움츠리고 내 팔짱을 꼈다.

"어디 들어갈 데 없나? 아, 진짜 밤에는 이렇다니까. 이래 놓고 청소년 탈선이 어쩌고저쩌고. 제대로 밤을 즐길 데를 만들어 놓고 잔소리를 해야 할 거 아냐. 어디 노래방이라도 들어갈까? 노래도 부르고 얘기도 하고."

"됐어. 노래방 싫어."

마루는 그제야 심각한 표정을 지었다. 하긴, 나도 나 자신에게 놀라고 있다.

"그럼 카페에 들어가서 뭐 따뜻한 거라도 마실래?"

나는 이번에도 고개를 저었다. 저녁 공기가 꽤 쌀쌀했지만 텅 빈 공원이 좋았다. 결국 편의점에서 따뜻한 캔 커피를 사서 공원으로 돌아와 앉았다. 마루는 캔 커피를 뺨에 부비며 살 것 같다고 호들갑을 떨었다.

"마루야. 나, 전주 안 갈래."

"뭐? 네 아빠 또 변덕이시냐? 이번엔 좀 너무하신데."

"그런 거 아니야."

"뭐야, 그럼. 완 오빠도 안 간다고 했고, 네 아빠도 허락했고. 그럼 또 뭐가 남았는데?"

대체 뭐라고 말을 한단 말인가. 우리 아빠가 노래방 도우미나 불러서 장사하는 사람이라고? 우리 엄마가 그런 걸 모른 척하고 고상을 떠는 사람이라고? 내가 바로 그런 사람들의 딸이라고? 그런 돈으로 여태 먹고 자고 입고 학교에 다닌 거라고?

"뭔가 인생 쓴맛을 다 본 얼굴이다. 너, 왜 그래? 집안에 부도라도 났냐? 아빠가 빚보증을 잘못 서서 집이고 노래방이고 다 날리고 길바닥에 나앉는다거나 그런."

"그런 일은 애저녁에 다 지나갔다. 나 아기 때."

"어라? 농담이었는데. 아무튼 너, 농담 아닌가 보다, 지금. 뭐야, 왜 그래?"

'오형제 감자탕' 문이 열리고 화려한 옷차림의 여자 셋이 나왔다. 오랜만에 동창을 만난 아줌마들일 수도 있다. 그럴 가능성이 더 많을 거다. 그런데도 나는 그들을 미행하고 싶어졌다. 그들은 '한마음 노래방'으로 들어갈 것이고, 우리 아빠는 그들을 어느 방으로 안내할 것이고. 어쩌면 그건 내가 즐겨 가는 8번 방인지도 모르겠다.

토악질이 일었다. 나는 헛구역질을 하다가 사레가 들려 눈물이 쏙 빠지도록 기침을 했다. 마루가 놀라 내 등을 쓸어내렸다. 따뜻하고 보드라운 손길에 가슴에 꽉 차 있던 말들이 제멋대로 튀어나왔다.

"우리 노래방에 도우미 들락거리더라. 노래방 도우미."

마루가 잠시 침묵했다. 그러더니 몹시 퉁명스러운 말투로 이렇게 말했다.

"그게 뭐."

나는 허벅지에 딱 붙여 엎드려 있던 상체를 일으켰다. 마루가 나를 빤히 쳐다보았다.

"그게 뭐? 그럼 노래방 하면서 그런 일 없을 줄 알았냐? 1호선 전철역 근처 변두리 동네 노래방. 그것도 십 년도 넘은 낡은 인테리어잖아. 근처에 조그만 대학이 있대 봤자 대학생들이 이 동네에서 놀겠어? 시내 나가지. 너희 노래방, 손님도 별로 없잖아. 그럼 어떻게 그 가게를 유지한다고 생각했어? 너 순진한 거냐, 멍청한 거냐? 설마 아직도 세상이 밝고 희망찬 거라고 생각하는 거야?"

그렇게 생각해 본 적은 없다. 딱히 어둡고 절망적이라고 생각한 적도 없지만. 그러나 적어도 마루에 대해서는 그렇게 생각해 왔다. 내 눈에 비친 은마루는 분명 그런 애였다. 우리 떡의 세계화에 이바지하고자 열정을 불태우는 밝고 희망찬 청소년.

"너무 그러지 마라. 그런 식으로 따지자면, 대한민국의 모든 아들딸은 제 아빠 때문에 헛구역질하며 살아야 될 거다. 너희 아빠가 노래방에서 도우미를 쓴다고? 그래서 뭐? 그럼 그 도우미를 부르는 사람들은 뭔데? 너희 노래방에서 도우미 불러 달라고 신용카드 내미는 아저씨들은 아들딸 없을 거 같아? 그런 아저씨들은 특별히 이상한 사람들인 줄 알아? 다들 그냥 직장 다니고 뭐 그런 사람들이야. 누구네 아빠, 누구네 삼촌. 이렇게 말하면 억울한 사람도 있겠지. 세상에 왜 착한 아저씨들이 없겠니? 하지만 난 그런 가능성은 접어 두기로 했다. 괜히 그런 기대하면 실망만 커지잖아."

마루의 의기양양하던 말투가 시무룩했다. 무엇에 실망했던 걸까. 얼마나 실망하고서 저런 말을 하게 된 걸까. 나는 가슴으로 아픔이 번지는 걸 느꼈다. 나의 아픔인지 마루의 아픔인지 알 수 없었다.

"나, 게이 사건 이후로 한상진 선생 좋아졌거든. 그전에는 완전 재수 없었다고. 그렇게 까칠한 성격……. 그런데 게이라고 생각해 보니까, 적어도 여자를 돈 주고 산 적은 없겠다 싶더라고. 이제는 게이 아니라고 하면 실망할 것만 같다니까."

마루가 나를 돌아보았다. 그 눈빛이 좀 슬플 줄 알았는데, 그저 담담했다. 그러나 눈동자 깊은 곳에는 더 이상 슬플 수도 없는 뭔가가 고여 있는 것 같았다.

"좋아. 우정의 총량은 비밀의 총량과 같다! 감추고 싶은 치부라면 효과는 두 배! 이 언니도 한 건 털어놓으마. 난 스무 살만 되면, 집에서 나올 거야. 그 개자식 돈은 십 원도 안 쓸 거고, 죽을 때까지 얼굴도 안 볼 거야. 그 자식이랑 같이 사는 한, 우리 엄마도 안 볼 거야. 그래서 중1 때 할머니 찾아간 거야. 스무 살 때 독립하려면 이래저래 마음이 급했거든."

그 개자식이란, 마루 엄마의 남편인 것 같다. 그렇다면 아빠
일 텐데, 마루 아빠가 새아빠였나?

"게다가 우리 할머니는 미래를 내다보는 안목도 있잖아. 그런
자식을 처음부터 반대했으니까. 요번에 가서 봐. 우리 할머니
신기가 있어 보인다니까. 떡이 아니었다면 무당이 됐을걸."

새아빠가 아니라는 얘기다. 마루 엄마가 마루를 임신하고 집
을 나가게 만들었던 그 "멀쩡한 허우대로 계집 신세 조지기 딱
좋은 놈"이 바로 마루가 말하는 그 자식이니까.

"하긴 뭐, 우리 할머니 예언이 다 맞은 건 아니다. 할머니는
그 자식이 돈을 못 벌까 봐 걱정했던 거거든. 긴 머리를 질끈
묶고 도예가랍시고 나타났으니 그런 걱정이 왜 안 됐겠냐? 그
런데 그 자식이 보란 듯이 성공한 거지. 너, '예로'라고 아냐?"

나는 고개 저었다. '예로'는 물론, 마루의 모든 말이 수수께끼
같았다.

"모르는 게 당연하지. 그거 완전 부자들만 쓰는 도자기 브랜
드야. 그 자식이 만든 거지. 우리 교장이랑 손발이 잘 맞을 거
야. 그 자식이 비즈니스 마인드가 있거든. 아트가 아니라 사업
에 소질이 있는 거지. 우리 집 부자야. '예로'는 강남 부자 아줌
마들이 가장 선호하는 도자기 브랜드라더라. 우리 엄마는 수영
장 갔다가 백화점 갔다가 피부 관리 받고. 뭐, 그러고 살아. 왜,

부럽냐?"

솔직히, 부러웠다. 내가 꿈꾸는 이상적인 삶이 아니던가.

"흥. 부러울 수도 있겠지. 하긴 나도 그때까지는 우리 엄마가 세상에서 제일 복 터진 아줌만 줄 알았다. 나도 그렇고. 그런데 말이다, 이 순진한 것아, 생각해 봐. 그 자식이 그렇게 번 돈으로 우리 엄마만 호강을 시켰겠냐? 저는 더하지. 너, 텐 프로가 뭔지 아냐?"

텐 프로라면 십 프로? 그건 내신 몇 등급이나 되는 걸까?

"대한민국 십 프로라는 뜻이란다. 대한민국에서 상위 십 프로의 미인들. 그런 여자들이 다 어디 있는 줄 알아? 룸―살롱."

마루는 "룸"을 길게 늘여 발음했다. 부드럽게 늘어지는 그 미음 발음이 내 등줄기를 서늘하게 훑어 내렸다.

"그 자식이 그런 데 좋아해. 나도 어렸을 땐 몰랐지. 내 눈에 우리 집은 완벽한 스위트 홈 같았거든. 나랑 남동생이랑 엄마랑 아빠랑. 근데, 내가 육 학년 때 일이 터진 거야. 그 자식이 미성년자 성매매로 걸렸다. 흥. 우리 엄마 그때 딱 한 번 울고불고 소리치고 싸우고. 빈말이지만 이혼 소리도 나오고 그랬지. 되게 웃긴 게 말이야. 난 그때 그 자식이 감옥에 갈까 봐 무섭더라. 우리 집이 끝장날 줄 알았어. 근데 안 그래. 그냥 심한 감기처럼 지나갔어. 그 자식은 여전히 잘 먹고 잘 살고. 툭하면 외박을 하는 걸로 봐서 요새도 제대로 즐기시나 봐. 나금영, 세상은 이런 거야."

마루가 내 턱을 잡고 제 앞으로 바싹 끌어당겼다. 나는 마루의 손길을 쳐 내고 물러앉았다.

도망치고 싶다. 24시간 불을 밝히고 있는 '오형제 감자탕'의 주황색 간판 뒤에도 내가 알고 싶지 않은 뭔가가 도사리고 있는 것만 같다. 당장에라도 나를 덮칠 작정을 하고 웅크리고 있는 것 같다.

"가출할까 생각도 했는데, 내가 돌았냐? 그 자식 때문에 내 인생을 망치게. 그러니까 나금영, 감기 걸리기 전에 집에 가자, 응?"

마루가 일어섰다. 나는 말없이 '오형제 감자탕' 간판만 노려보았다.

"어서 일어나라고. 가서 푹 자, 이틀만 참으면 전주 가잖아. 전주 가서 신 나게 놀자. 떡도 배우고. 그러고 나면 기분 풀어질 거야. 우리 나이 열일곱, 벌써 시월이다. 이제 이 년만 참으면 대한민국이 공인하는 성인이 된다는 말씀."

나도 일어났다. 입안이 바싹 말라서 말 한마디 나오지 않을 것 같았다. 얼마 남지 않은 커피를 마저 들이켰는데도 내 목소리는 완전히 갈라져 나왔다.

"말했잖아. 전주 안 가. 다음에 갈게."

"나금영. 너 파파걸이냐? 아니면 초딩?"

230

마루가 비아냥거렸다. 한쪽 입술을 비뚜름하게 추켜올리는 웃음은 분명 조소다.

"그런 거 아니야. 그냥 기분이 안 좋아서 그래."

"그게 그거지. 너, 아빠 때문에 못 가고 아빠 때문에 안 가고…… 그게 파파걸이나 초딩이지, 뭐야? 관둬. 아빠한테 어리광이나 피울 거면 눈감고 입 닥치고 살아. 아니라면 정신적으로라도 독립선언을 하든가. 양손에 떡을 쥘 수는 없다. 하나를 얻으려면 하나를 내놔야지. 아, 내가 지금 무슨 소리를 하는 거냐?"

마루는 머리를 후두두 털었다. 그러고는 "아직은 내 돈이 아니라 그 자식 돈이니까 펑펑 쓸 거야."라며 다시 택시를 타고 돌아갔다.

세상은 이런 거야.

알 수 없는 목소리가 내 귓가에 대고 자꾸만 비아냥거렸다. 귀를 틀어막고 싶기도 하고, 그 소리가 내 깊은 곳을 다 뒤집어엎도록 내버려 두고 싶기도 했다.

나금영. 세상은 이런 거야.

나는 엄마 아빠의 그런 모습에 마음 놓고 징징거릴 만큼 어리지도 않고, 엄마 아빠의 삶과 나는 무관하다고 큰소리칠 만큼 자라지도 않았다. 나는 혼란스러운 교차로에 서 있었다. 집으로 돌아가는 길을 잃은 채, 잘 모르는 동네에서.

청색 기와지붕의 전주 톨게이트는 과연 전주다웠다. '전통의 향기로 은은한 문화도시 전주'라는 현수막도 자신만만했다.

"아, 배고파. 언제 도착하는 거야?"

태진이가 앞자리 의자를 붙잡고 엉덩이를 들썩였다. 오는 내내 간식을 먹어 놓고도 참 어지간했다. "먹는 게 다 어디로 가는지 모르겠어. 성장기라 그런가?"라고 하지만, 성장기라고 하기에는 성과가 너무도 미미하다.

"멀미약이나 좀 떼라. 다 왔어. 남자애가 쪽팔리지도 않냐?"

태진이는 빼앗길까 겁이라도 나는 것처럼 귀밑에 붙여 둔 반창고형 멀미약을 얼른 손으로 감쌌다.

"안 돼. 톨게이트에서 한참 더 들어간다고 했잖아. 쪽팔리기는 뭐가 쪽팔리냐? 키미테는 인류의 위대한 발명품이다."

태진이는 목소리를 낮추어 내 귓가에 대고 속삭였다.

"아까 종현이 형 휴게소에서 다 토하는 거 봤지? 멀미가 남녀 차별하냐? 괜히 폼 잡다가 그게 무슨 꼴이야? 우리 엄마가 그랬다. 난 남자다, 그런 생각 하면서 살면 인생이 불행해질 거라고. 그 말이 딱 맞잖아?"

태진이가 행복해 보이는 건 사실이다. 나 또한 기분이 나쁘지 않았다. 서울에서 멀어질수록 잊고 싶은 기억들이 흐릿해졌다. 태진이가 주는 대로 받아먹은 탓에 속이 느글거리는 것만 제외하면 모든 게 좋다. 마루의 말 때문에 온 건 아니지만, 마루 말을 듣길 잘했다.

'안강녀 궁중 떡 연구소'.

세로로 쓴 나무 간판이 내걸린 기와집은 주변 경치부터 운치 있었다. "여름에 왔을 때는 사방이 초록 천지"였다는 태진이의 말이 아니더라도, 능히 그런 풍경을 짐작할 수 있었다. 추수를 막 끝낸 들판은 황량했고 맞은편 야산은 붉은 단풍 대신 스산한 낙엽으로 그늘져 있었지만 그것으로도 충분했다.

그런 풍광을 내려다보는 언덕에 자리 잡은 기와집은, 기와를 인 담장에 둘러싸여 있었다. 비바람에 시달린 듯 거칠거칠한 대문은 심술궂은 노인처럼 끽― 하고 못마땅한 소리를 내며 힘 겹게 열렸다. 안마당은 넉넉하게 넓었고 정면에는 기역 자 모양의 제법 큰 기와집이, 그리고 왼편으로는 일자 모양의 좀 더 작은 기와집이 있고 뒤편에는 대숲이 우거졌다. 작은 기와집에는 널찍한 부엌이 딸렸는데, 싱크대며 가스오븐레인지며 김치냉장고며 양문형 냉장고가 있는가 하면, 아궁이에 가마솥이 걸려 있고 절구와 절굿공이, 맷돌, 시루, 체와 쳇다리도 보였다. 우리 학교 조리실습실에서는 어색하게 겉돌던 것들이 여기서는 번듯하게 자리 잡았다.

"할머니!"

마루가 소리쳤다.

곧 큰 기와집 안방 문이 열리고 대청마루로 안강녀 선생님이 나타났다. 옥색 저고리에 짙은 청색 치마가 단아하고, 짧게 쳐파마한 하얀 머리칼도 어딘가 예스러워 보였다. 금방이라도 "오메, 내 새끼 왔능가. 친구들도 데꼬 왔능가. 언능 들어오소. 안 그래도 한 상 딱 부러지게 차려 놓고 있었네이."라고 말씀하실 것 같았지만, 안강녀 선생님은 서울말로 이렇게 말했다.

"늦었구나. 나주댁이 점심상 준비해 놨다."

안강녀 선생님은 그대로 안방으로 들어가 버렸다.

나처럼 처음 온 애들은 좀 당황한 얼굴이었다. 마루가 내 귓가에 대고 속닥거렸다.

"우리 할머니 캐릭터가 좀 삐뚤어진 스타일이야."

그렇다면 우리 할머니와 비슷한 성격인 건가? 그 쌀쌀맞은 말투가 좀 친숙해졌다.

"우리 집안 여자들이 대대로 남자 복이 없나 봐. 우리 할아버지는 판소리 명인이었는데 알코올중독으로 일찍 가셨댄다. 그러고 하나밖에 없는 딸이랑 절연했고. 떡 체인 사업하다가 쫄딱 망해서 가진 돈도 다 날렸대. 이 집도 지방자치단체에서 살게 해 준 거래. 알고 보면 개털이야. 그러다 보니 성격이 점점 삐뚤어지는 것 같아. 꼬인 성격으로도 무형문화재급이다."

끽 하고 대문이 앓는 소리를 내며 열렸다. 안강녀 선생님 댁 집안일을 돕는 나주댁 아주머니였다.

"오메. 인자 왔는갑소이. 배고파서 어찌요? 아이고, 우리 선상님은 인물이 더 훤해지셨소이. 암만 해도 장개가셔야 쓰것소야. 내 정신 좀 보소이. 폴세 두 시 다 되었구만이. 언능 오소. 점심이라고 간단허니 차렸는디 어떨랑가 모르것네이."

"간단허니" 차렸다고 하기에는 밥상에 반찬이 그득했다. 차지게 씹히는 칼국수는 손맛이 분명했고, 진한 육수도 혀에 착착 감겼다. 짜고 맵고 단 장아찌들은 본래 내가 좋아하는 것들이 아니지만, 그것들마저도 맛있었다. 짭짤하게 간을 한 부침개는 말할 것도 없었다.

"그래. 배는 든든히 채웠고?"

안강녀 선생님이 물었다.

우리 동아리 회원 열다섯과 한상진 선생은 대청마루에 무릎을 꿇었고, 안강녀 선생님은 안방 보료에 앉았다. 이거야 원, 중전마마 배알하는 풍경이다.

"네. 잘 먹었습니다, 선생님."

한상진 선생이 공손히 말했다.

"오늘은 웃지지떡일세. 간단해 보이지만 반죽의 기본이 안 되어 있으면 장거리 음식만도 못한 게 웃지지떡이지. 어떤가? 해볼 텐가?"

안강녀 선생님이 물었다. 그토록 작고 야윈 체구에서 뜨거운 무언가가 새어 나왔다. 대숲에서 불어오는 시월의 바람이 꽤 차가웠지만 대청마루까지 이르는 안강녀 선생님의 눈빛은 뜨겁기만 했다.

"열심히 하겠습니다!"

왕숙 언니가 우렁우렁한 목소리로 소리쳤다. 어지간한 사람
은 움찔하게 마련이지만, 안강녀 선생님은 움푹 꺼진 눈꺼풀을
조용히 깜빡거리기만 했다.

"성에 안 차실 겁니다. 하지만 열심히 하겠습니다."

겸손한 한상진이라니, 정말로 뜻밖이다. 기가 죽어 괜히 겸손
한 척하는 게 아니라 진심에서 우러나는 겸손이다.

"가서 찹쌀과 팥부터 고르게."

안강녀 선생님이 말했다.

그렇게 나의 첫 궁중 떡 연수가 시작되었다. 학교에서 하는
실습이라면 두 시간에 끝날 일이었지만, 전주에서의 시간은 그
리 간단히 흘러가지 않았다. 찹쌀과 팥에서 잡티나 돌을 고르
는 일에서부터, 적당하게 불리는 일까지. 불린 찹쌀을 일일이
맷돌로 갈고 삶은 팥을 절구에 찧었다. 찹쌀가루에 소금과 끓
는 물을 섞어 반죽하고, 절구에 찧은 팥에 소금과 설탕을 넣어
조그맣게 뭉쳤다.

"찹쌀 반죽한 꼴을 보니 영 기본도 안 된 건 아니로구나. 하
지만 이걸 어디 사람이 먹겠느냐. 나주댁, 내다 버리게. 내일 새
벽에 다시 시작하고."

안강녀 선생님은 그렇게 말하고 안방으로 들어가 버렸다.

"정말…… 버려요?"

내가 놀라 물었다. 이럴 수는 없다. 이걸 만드는 동안 밤이 깊어졌고 팔이 떨어져 나갈 것 같은데.

"어따 어따, 버리다니! 먹는 걸 버리면 벌 받네이! 선상님도 괜히 그러는갑제. 요것은 나가 동네 사람들허고 노놔 먹을 텡게 걱정 마소이. 그래도 선상님께서 학생들이 쪼까 마음에 차시는갑네. 그라나믄 밤으로다 내쫓았을 것이네."

쏴아아아— 파도치는 소리를 내며 어둔 대숲이 머리채를 흔들었다. 이대로 쫓겨나기에는 사위는 너무 어두웠고 삭신이 쑤셨다.

"이만 씻고 자자. 내일 새벽 여섯 시 기상이다. 자, 오늘 일정은 이것으로 끝."

한상진 선생이 말했다.

"아, 그럴 순 없죠! 여기까지 왔는데. 샘, 아까 보니까 저 대숲에 앉을 만한 데가 있던데 거기서 좀만 놀아요, 네? 맥주라도 한잔하면 딱 좋은데. 아니다, 이런 데서는 막걸린가?"

종현 오빠가 말했다.

"자식이!"

한상진 선생이 주먹으로 을렀다. 그러나 싫지 않은 표정이다. 이 학기 들어서는 어쩨 분위기가 다르다. 게이 사건 이전과도 다르고, 그 이후와도 다르다. 체벌 금지라고는 해도 몽둥이를 손에서 놓지 못하는 선생들이 많은데, 한상진 선생은 요즘 초록 몽둥이와도 결별했다.

"술찬히 허기질 것인디 죽이나 한 사발 할랑가."

나주댁 아주머니가 커다란 양은 쟁반에 팥칼국수 열다섯 그릇을 담아서 들고 왔다.

마루와 현지가 얼른 달려가 받았다. 종현 오빠가 나서서 쟁반을 넘겨받았다. 오후부터 저녁까지 내내 팥에 시달려서 넌더리가 날 줄 알았는데, 냄새가 여간 좋지 않았다. 달짝지근한 팥 냄새에 침이 가득 고였다.

바람이 꽤 쌀쌀했지만 우리는 종현 오빠가 말한 그 대숲 입구의 평상에 앉아서 팥칼국수를 먹었다. 팥죽에 새알 대신 칼국수라니, 낯설었지만 기막히게 맛있었다. 그렇게 배를 채우고 다들 늘어진 얼굴로 고개를 들었다. 하얗게 쏟아져 내린 별빛이 밤바람을 타고 대숲을 휘감으며 우리 곁을 휘돌았다.

"하─늘의 별마저 의심할 줄이─야 나의 꿈이었─는데 탐스런 딸─기를 의심할 줄이─이야 제일 좋아─했─는데……."

종현 오빠가 노래를 흥얼거렸다. 지난 어느 봄날, 텅 빈 조리 실습실에 나란히 앉아 이어폰을 나눠 꽂고 들었던 노래다. 제목은 〈고향에 살어리랏다〉. '금영 노래방'에 없는 노래다.

별 따러 우주로 간다고 매일 꿈꿨는데

딸기 꽃 피는 봄이면 참 많이 설레었는데
장미를 의심할 줄이야 내 사랑이었는데
정겨운 골목을 의심할 줄이야 어린 날의 기억을
도시의 밤은 너무 밝고 골목은 무서운데
내가 변해서 그런 건지 세상이 변한 건지
가만히 보고만 있을 줄이야 그렇게 믿었는데
흰 구름 사이로 숨을 줄이야
나의 별들을 나의 사랑을 나에게 돌려줘요.

　노래가 끝나도록 우리 모두 고개를 젖히고 하늘을 바라보았다. 종현 오빠는 노래를 썩 잘하는 편은 아니지만, 멋지게 부를 줄 알았다. 노래방 반주기가 없어도 노래가 나를 울렸다. 곡 번호를 몰라도, 괜찮았다.

　시골집은 춥다. 잘 때 이불 단단히 덮고 자.

　아빠한테 문자가 왔다. 그러지 않았다면, 이 밤이 좀 더 행복했을 텐데.
　그러나 아빠의 그 문자는 나를 그리 흔들지 못했다. 이 순간, 내가 가진 힘을 모두 쏟아 내고 노곤하게 늘어지는 육신과 내게 쌓인 것을 모두 씻어 내리는 대숲의 바람과 그 바람 소리를 반주로 삼은 노래, 그리고 그것으로 조금씩 비워져 가는 내 마음. 그것만으로 충분하다.

이 순간, 나는 그냥 나다.

09 변 모 씨

"몇 시간 안 되지만 여행 동반잔데 통성명은 해야지."
"나금영이에요."
아저씨는 내게 명함을 주었다.
president, Daniel Byun.
"프레지던트 다니엘 변. 아저씨, 대통령이세요?"

아빠는 내게 "우리 딸은 사춘기가 이제사 오나 보다."라고 말했다. 그러면서 덧붙이기를, 막둥이라 역시 늦되는 모양이란다. 엄마는 그런 아빠와 나 사이에서 아슬아슬한 눈빛으로 억지웃음을 지었다.

그렇게 내 속을 모르거나 혹은 알거나, 엄마 아빠는 나를 좀 조심스럽게 대하고 있다. 불편하지만 편안한 느낌.

내가 사 학년 때까지 우리 식구들은 한방에서 같이 잤다. 24평 아파트지만 방이 세 개라서 오빠 방, 내 방이 따로 있는데도 밤에는 안방에서 다 같이 잔 것이다. 그러다 오빠가 중학교에 가면서 각자 방으로 쫓겨났는데, 나는 그때 밤마다 울었다. 아무렇지 않아 보이는 오빠 앞에서 징징거리는 꼴을 보이기 싫어서 안 그런 척했지만. 그러다 시간이 지나자 내 방에서 자는 게 더 편해졌다.

지금 이 상태도 시간이 흐르면 편안해질까. 아빠 엄마의 삶을 남의 일처럼 여길 수 있게 될까. 마루처럼 집 떠날 날을 손꼽아 기다리며 들뜨게 될까.

"이번 달에는 일정이 하루 늘어났다. 이박삼일이야. 개교기념일까지 더해서 금, 토, 일이다."

한상진 선생이 말했다. 가만히 있어도 콧노래를 부르고 있는 것 같은 표정이다.

"다들 괜찮지?"

물론이요. 나도 얼른 대답했다. 아빠한테 물어본 건 아니지만, 아마 괜찮을 것이다. 괜찮지 않다면 괜찮게 만들면 되고.

"나 핸드폰 좀. 요금 다 썼어."

태진이가 내게 손바닥을 불쑥 내밀었다.

"집에 놓고 왔어."

나는 그렇게 대답하고 동아리 방에서 나왔다. 태진이가 옆으로 따라붙으며 투덜거렸다.

"아, 좀! 잠깐만 쓸게. 빌려 줘."

"진짜라니까. 없어. 놓고 왔다고."

"아 씨. 치사하게."

태진이는 뭐라고 투덜거리며 뒤처진 현지에게 갔다. 나 원 참, 가방 검사라도 해 보라고 해야 하나? 정말 놓고 왔다니까!

억울한 누명을 씌운 것으로도 모자라 태진이는 노래방에 가자고 보채기까지 했다. 안 간다고 딱 잘라 거절하자 짜증까지 부렸다.

"진짜 치사하게! 너 요새 왜 그러냐?"

"진짜라고. 치사한 게 아니라 진짜야. 노래방 끊었어. 지겨워."

"그게 말이 되냐? 나금영이 노래방 끊고 도서관 다닌다고 해 봐라. 그걸 누가 믿겠냐?"

"난 믿어."

마루가 태진이의 어깨에 팔을 척 걸쳤다.

"나도 못 믿겠는데."

현지가 말했다.

"믿어라, 제발. 믿는 자에게 복이 있나니."

간절하게 부탁하고 학교에서 나와 구립도서관으로 갔다. 혹시라도 완 오빠와 마주칠까 봐 태진이를 시켜 뒷조사를 했는데, 다행히 요새는 안 온단다. 마음 편히 열람실에 가방을 놓고 서가로 올라가 책 몇 권을 고르고 소파에 앉았다. 소설, 만화, 디브이디, 인터넷. 도서관에서 저녁 여덟 시까지 시간을 보내는 건 그리 어려운 일이 아니다. 정 배가 고프면 지하 식당에서 싸게 먹을 수도 있고. 아빠랑 안 마주치려고 도서관을 찾기 시작했는데, 나도 모르게 시간이 훌쩍 흘러 아홉 시가 넘기 일쑤였다.

그런데 오늘은 휴대전화가 없으니 영 불안했다. 중독이라는 생각마저 들었지만 어쩔 수 없었다. 겨우 일곱 시 반까지 버티고 서둘러 집으로 돌아갔다. 여덟 시 오 분. 아빠는 지금쯤 노래방에 도착했을 것이다.

삐삐삐삐. 내 생일 숫자를 조합한 비밀번호를 누르고 현관문을 열었다. 아빠가 진입 금지 표지판 같은 얼굴로 버티고 서 있었다.

"너, 이거 뭐야?"

아빠가 내 휴대전화를 내밀었다.

"놓고 갔는데, 왜?"

"이게 뭐냐고!"

아빠가 소리를 버럭 질렀다. 사춘기 딸을 조심하던 태도는 찾아볼 수 없었다. 대체 왜 이러는 건지 알 수 없는 채로 휴대전화를 넘겨받았다. 휴대전화 화면에 문자메시지가 열려 있었다.

너와 전주의 그 밤을 함께할 수 없다고 생각하니 십일월의 바람보다 더 마음이 스산하다. 네가 머무는 모든 곳에 내가 함께 있다는 걸 알면서도……. 내가 없는 그 밤에 너 역시 나처럼 허전할 거라 생각하면 마음이 아프다. 네가 아프면, 나도 아프다. 하지만 이제 남은 밤들은 늘 함께하게 될 거야. 우리의 밤을 약속해.

완 오빠의 문자였다. 아니, 이 정도면 스토커의 문자라고 해
도 좋겠다.

"미친놈이야. 신경 쓰지 마."

내가 삭제를 누르려는데 아빠가 내 손에서 휴대전화를 낚아
채 갔다.

"미친놈? 이게 미친놈이 쓴 걸로 보여? 너, 아빠가 바본 줄
알아? 얘, 누구야? 엉? 완옵? 이게 뭐야?"

완옵. 완 오빠의 정신 상태를 몰랐던 시절에 저장해 둔 이름
이다. 진작 바꿀걸. 사이코나 스토커나 변태나 뭐 그런 걸로.
하지만 이미 늦어 버렸고, 대체 어디서부터 어떻게 설명을 해야
한단 말인가. 그리고 대체 내가 왜 그런 설명을 일일이 해야 한
단 말인가. 아빠는, 엄마는, 내게 아무 설명도 하지 않는데.

"신경 쓰지 말라고. 미친놈이라잖아. 혼자 저러는 거라고. 근
데 왜 소리를 질러? 남의 핸드폰은 왜 뒤져?"

나는 아빠 손에서 다시 휴대전화를 빼앗아 왔다.

"너 요즘 왜 이래? 아빠한테 왜 이러는 거야? 뭐가 불만이야,
응? 이 자식은 누구야? 우리의…… 밤? 너 밖에서 어쩌고 다
니기에 남자애가 이런 문자를 보내?"

"맘대로 상상해. 저질이야."

나는 아빠를 지나쳐 내 방으로 들어가 방문을 잠갔다. 아빠
는 문을 두드리며 소리를 질렀다. 문을 열지 않으면 열쇠로 열

고 들어오겠단다.

"열쇠로 열기만 해 봐. 집 나가 버릴 거니까."

나는 문에 바싹 붙어 서서 이죽거리듯 말했다. 쾅! 아빠가 주먹으로 방문을 쳤다.

"정말 믿을 수가 없다. 네가 정말 내 딸 나금영 맞니?"

아빠가 소리쳤다. 곧 현관문이 열렸다가 세게 닫히는 소리가 났다. 아빠는 하고 싶은 말을 하고 나가 버렸다. 나 역시 묻고 싶었다. 아빠가 정말 내 아빠 나성웅 씨 맞냐고.

다음 날 아침 아빠는 내게 앙갚음이라도 하겠다는 듯 이렇게 선언했다.

"전주 연수는 빠져. 이제 못 가."

"갈 거야."

"가지 마. 안 된다고 했어."

"치사하게 왜 이래?"

"금영아. 아빠한테 잘못했다고 해. 그리고 당신도 그만해. 보내 주기로 해 놓고 갑자기 왜 이래?"

엄마가 나섰지만 아빠도, 나도 조금도 물러서지 않았다.

그렇게 며칠이 흘러 연수 전날이 되었을 때, 한상진 선생이 종례 끝나고 나를 불렀다.

"아버님한테 전화 받았다. 집안에 일이 생겨서 못 간다면서? 네가 직접 말하면 되지, 그게 뭐가 미안하다고 아버님한테 부탁을 했어? 어린애같이."

"아뇨. 저 가요. 갈 거예요!"

교실을 나서던 애들이 나를 힐금거렸다. 한상진 선생도 당황한 얼굴이었다.

"정말이에요. 갈 거예요. 아빠가…… 잘못 아신 거예요."

나도 모르게 울먹이고 말았다. 서러웠다. 세상 모두가 나를 몰아세우는 것 같았다. 누구 하나 내 편이 되어 주지 않는 것 같았다.

한상진 선생이 곤혹스러운 표정으로 나를 바라보았다. 그대로 기대어서 울고 싶었다. 어쩐지 한상진 선생은 괜찮다고, 네 잘못이 아니라고 말해 줄 것만 같았다.

그러나 교실의 수많은 눈동자가 지켜보고 있었다.

"죄송해요. 내일 아침에 봬요."

나는 꾸벅 인사하고 뛰쳐나왔다. 마루와 현지와 태진이가 소리치며 따라왔지만, 고진아 선생에게 칭찬을 들을 법한 속력으로 학교에서 빠져나왔다.

곧장 집으로 가자 아빠는 소파에 앉아 텔레비전을 보면서 내게 눈길도 주지 않았다. 나도 모른 척하고 통장만 챙겨서 은행으로 갔다. 오후 네 시까지 가려니 급했다. 엄마가 현금카드를 만들어 주지 않아서다. 겨우 시간에 맞춰 돈을 찾았다. 어쩌려는 작정은 없었다. 그냥 무작정 돈부터 찾았다. 그래 봤자

170,520원. 제법 돈을 모았는데 고등학교 올라오면서 컴퓨터를 바꾸는 데 보태느라 잔고가 한심했다. 나는 돈을 지갑에 잘 넣고 구립도서관으로 갔다. 마루와 현지와 태진이의 문자와 전화가 빗발치는 휴대전화를 끄고 제대로 웃겨 보이는 만화책을 골라 소파에 자리를 잡았다. 전혀 웃기지 않았지만, 여덟 시까지 버티기에는 충분했다.

집으로 돌아가 일찍 잠자리에 들었고 알람이 울리기도 전에 잠이 깼다. 여섯 시 십 분 전. 엄마가 깰까 봐 세수도 못 하고 집에서 나왔다. 전철을 타고 고속버스 터미널에 도착해서 화장실에서 세수를 하고 이를 닦았다.

"학생. 부모님 걱정하시는데 이러는 거 아니야."

점잖게 차려입은 중년의 아줌마가 말을 걸었다. 이른 아침 터미널 화장실치고는 너무 차려입었다는 생각이 들었다. 결혼식에라도 가는 건가? 그런 사정이야 내 알 바 아니다.

"뭐가요?"

적의 동지는 나의 적이다. 내 부모님을 걱정해 준다면 나의 적일 게 틀림없다.

"기분 나쁘게 생각하지 마. 나도 학생 같은 딸이 있어서 그래. 물론 부모님과 말이 안 통한다고 생각하겠지. 나도 그랬어. 우리 딸은 대학생인데, 고등학교 때 나랑 많이 다퉜어. 지금 생각하면 내가 왜 그랬는지 모르겠어."

헷갈린다. 적의 동지인지, 적의 적인지, 혹은 정말로 중립지
대에 있는 사람인지. 아줌마가 내 손을 가만히 잡았다. 보드랍
고 따뜻한 손길이다.

"학생."

"네."

나도 모르게 다소곳해지고 말았다.

"우리 마음이라는 게 뜻대로 되는 게 아니잖아. 가출을 한다
고 해결되는 것도 아니고."

"저 가출한 거 아닌데요. 학교에서 연수 가는 건데 아홉 시
되면 선생님 오실 거예요. 제가 좀 일찍 와서."

"그래. 괜찮아. 아줌마는 다 이해해. 마음이라는 게 그렇다.
참 다스리기 어려운 거지만, 한번 가닥을 잡으면 그렇게 쉬운
게 없어. 도를 알게 되면 새로운 세상이 열리는 거지. 도에 대해
서 들어 본 적 있니?"

물론이다.

"됐거든요!"

나는 아줌마의 손을 뿌리치고 화장실에서 나왔다. "학생! 학
생!" 아줌마는 내가 소매치기라도 되는 것처럼 결사적으로 따
라왔다. 나는 인적이 드문 고속버스 터미널 대합실에서 질주를
시작했다. 겨드랑이에 땀이 흥건하도록 뛰고서야 아줌마를 떼
어 냈다. 정말이지 세상은 지뢰밭이다.

그렇게 천신만고 끝에 아홉 시가 되었다. 마루와 현지와 태진이는 나를 보고 이산가족 상봉이라도 하는 것처럼 폴짝거리고 뛰었다.

그러나 한상진 선생은 난감한 얼굴로 말했다.

"미안하다. 아버님이 안 된다고 전화를 하셨는데, 널 데려갈 순 없어."

한상진 선생은 정말로 미안한 표정을 지었고, 그래서 화풀이조차 할 수 없었다. 아홉 시 삼십 분발 전주행 고속버스가 출발하기 전에, 나는 터미널을 빠져나왔다.

나는 아빠에게 상처를 입히고 싶었다. 치명상을, 그것도 깊은 흉터가 남을 치명상을.

아빠는 나를 더 이상 물러설 곳 없는 절벽으로 내몰았고 떠밀었다. 그래 놓고도 자신이 무슨 짓을 저질렀는지 조금도 모르고 있다. 아빠에게는 완전범죄를 돕는 공범자도 있다. 아빠는 대가를 치러 마땅하다.

나는 '한마음 노래방'과 '스피드 피시방' 사이, 그러니까 삼층과 사 층 사이 계단참에 쪼그려 앉아 기회를 기다렸다. 아빠는 여전히 나보다 강하다. 강한 적에게 치명상을 입히려면 적절한 기회를 노리는 수밖에 없다. 그리고 나는 그 기회가 어느 때인지 알고 있었고, 그때가 다가오고 있다는 사실을 확신했다.

열 시가 다 되었을 때 드디어 기회가 왔다. 뽀글머리 여자가 또 다른 낯선 여자와 함께 엘리베이터에서 내렸다. 여자들은 노래방으로 들어갔다. 나는 발꿈치를 들고 계단을 내려와 노래방으로 들어섰다.

"왜 이렇게 늦었어? 손님이 정 양 아니면 안 된다고 목 빠져라 기다리고 있는데."

아빠가 말했다.

"그럼 돈이라도 더 주든가. 시간당 몇만 원 뻔한걸……."

뽀글머리 여자가 문득 말을 멈추고 뒤를 돌아보았다. 내 눈길이 느껴졌나 보았다.

그리고 아빠도, 나를 보았다. 어느 방에서 목이 터져라 무슨 노래인가를 부르고 있었다. 귀에 익은 노래인데, 제목도 곡 번호도 생각나지 않았다. 다만 분명히 알 수 있는 것은, 이 순간 아빠는 치명적인 내상을 입었다는 사실이다. 나만큼이나 피를 흘리고 있을 테고 영원히 흉터가 남을 것이다.

나는 돌아섰다. 계단을 밟아 일 층으로 내려갔다. 다리가 후들거려서 벽을 짚고서야 겨우 내려왔다. 일 층에 도착하자 아빠가 기다리고 있었다.

"이거였어? 그래서 네가 요즘 아빠를 그렇게 대했던 거야?"

아빠는 생각보다 머리가 나쁘지 않았다. 치명상을 입으면 두뇌 회전이 빨라진다. 살아야 하니까. 내가 겪어 봐서 잘 안다.

그렇다고 동병상련을 느낄 것까지는 없는데, 자꾸만 눈이 시큰거렸다.

"금영아, 아빠 말 좀 들어 봐. 아빠는……."

그럴 마음도 없지 않았다. 그러나 아빠는 더 이상 아무 말도 하지 않았다. 아니, 하지 못했다.

나는 그대로 아빠를 스쳐 지나갔다. 아빠가 내 이름을 부르는 소리가 들렸다. 하지만 소리는 점점 멀어졌다. 아빠는 나를 따라오지도 못하는 것 같았다. 마을버스가 도착했다. 나는 아무런 제지도 받지 않고 버스에 올라탔다. 이 마지막 장면은 나의 예상과는 조금 달랐다.

모든 일들이 오래된 기억처럼 흑백의 사진으로 떠올랐다. 술에 취해 햄버거 가게 앞에 쪼그리고 앉아 있던 현지의 긴 머리카락. '신바람 노래방' 주인아줌마에게 푸념하던 뽀글머리 여자의 매니큐어가 벗겨진 손톱. 아빠의 서명이 문신처럼 또렷하던 전주 연수 참가 신청서. '오형제 감자탕' 앞에 놓여 있던 커다란 화분. 봄바람 방 문틈으로 보이던 양복 차림의 아저씨. 아홉 시 삼십 분발 전주행 고속버스. 삼 층과 사 층 사이 계단참에 드리워진 나의 그림자, 일 층에서 나를 기다리고 있던 아빠의 주름진 이마. 그리고 손님이라고는 단 한 팀밖에 없던 그 초라한 노래방 카운터.

그 모든 것들이 짝이 맞지 않는 퍼즐처럼 제멋대로 떠돌며

모서리로 나를 찔러 댔다. 아빠에게 치명상을 입히고 나면 내 상처는 거짓말처럼 나을지도 모른다고 생각했다. 인어공주가 왕자의 가슴을 찔렀다면 모든 것을 처음으로 되돌릴 수 있었던 것처럼. 그러나 인어공주는 그렇게 하지 않았고, 나는 그렇게 했지만 달라질 건 없었다. 어쩌면 인어공주는 미리 알았던 건지도 모르겠다. 이미 돌이킬 수 없는 일이라는 사실을.

문득 정신을 차리자 주변이 어수선했다. 고속버스 터미널 매표소 앞이었다. 오늘 아침 복잡한 마음으로 서 있던 바로 그 자리. 나는 당연한 일처럼 전주행 고속버스 시간을 확인했다. 열한 시 사십 분 버스 출발까지 십 분이 남아 있었다. 다음 버스는 자정에 출발했다. 이 특별한 여행에 걸맞은 건 자정 버스다.

나는 매표소로 다가갔다.

"전주행, 열두 시요."

신분증이나 보호자 확인서, 그런 게 필요하지 않을까 조마조마했다.

"19,600원이요."

스물대여섯 살이나 되었을까, 여자는 내 얼굴도 쳐다보지 않았다. 나는 이만 원을 냈고 여자는 티켓과 400원을 건네주었다. 나는 잔돈과 티켓을 집어 들고서 잠시 머뭇거렸다.

"왜요?"

여자가 내게 물었다.

"아, 아니에요. 저기, 안녕히 계세요."

나는 깊이 머리 숙여 인사했다. 별스럽게 예의 바른 성격은 아니지만, 어쩐지 그러고 싶었다.

막상 혼자가 되자 혼자라는 사실이 사무쳤다. 한밤의 고속버스 터미널에서 나는 외롭고 또 두려웠다. 누군가와 마음 놓고 눈이라도 마주치고 싶었다. 매표소 언니라면 안심해도 좋을 것 같았다.

조금 긴장이 풀리자 배가 고팠다. 터미널 밖으로 나가기는 겁이 났고, 승강장 앞에 있는 식당들은 내키지 않았다. 난 교복 차림도 아니고 점퍼 모자까지 뒤집어썼다. 그런데도 당장에라도 누군가 내 뒷덜미를 잡고 "경찰서로 가자."고 할 것만 같았다. 내가 무슨 죄를 지은 것도 아닌데.

한참을 헤매다가 가게 안쪽에서 어묵을 파는 슈퍼를 발견했다. 수증기를 피워 올리는 네모난 냄비를 보자 눈물이 나도록 고마웠다. 참으로 안 어울리는 조합이지만, 호빵 두 개와 어묵 네 개를 먹고 나니 출발 시간이 되었다.

금요일 심야 고속버스는 원래 그런 건지, 좌석이 꽉 찼다. 내 자리는 13B. 붙어 있는 옆 좌석에는 허름한 옷차림의 아저씨가 앉아 있었는데, 통로까지 술 냄새가 훅 끼쳤다. 내가 다가서자 아저씨는 게슴츠레 눈을 뜨고 씩 웃었다. 소름이 쫙 끼쳤다. 당장 버스에서 내려 집으로 돌아가고 싶었다. 그러나 이미 전철도

끊겼을 테고, 이런 꼴로 돌아갈 순 없었다. 그렇다고 술 취한 아저씨 옆에 앉아서 세 시간 가까이 가자니 기가 막혔다. 나는 의자 등받이를 붙잡고 서서 주위를 둘러보았다. 다들 벌써부터 머리를 기대고 잠을 청하거나 피엠피를 들여다보거나 일행과 얘기 중이었다. 누구도 내게 눈길을 주지 않았다. 맨 뒷자리를 제외하고는 빈자리도 없었다. 남자 둘과 남자 하나 사이에 앉아야 하는 맨 뒷자리도 내키지 않기는 마찬가지였다. 그 밖에는 내 자리와 바로 뒤의 창가 자리밖에 없었다.

그렇게 난감한 얼굴로 눈길을 돌리다가 바로 뒷자리에 앉은 아저씨와 눈이 마주쳤다. 엠피스리 플레이어에 이어폰을 꽂고 노래를 듣던 아저씨는 나를 보고 희미한 미소를 지어 보였다. 이어폰 사이로 노래가 흘러나오고 있었다. 3366번. "고독한 남자의 불타는 영혼"이라니, 참으로 어울리지 않지만 아빠는 자못 "킬리만자로의 표범"이라도 된 양 고독한 표정으로 부르곤 한다. 아빠의 애창곡을 들으니 씁쓸했다. 그러면서도 그 노래에 어쩐지 마음이 놓이는 기분은 또 뭔지.

내가 너무 아저씨를 빤히 쳐다보았나 보다. 아저씨가 나에게 묻는 눈길을 던졌다. 아무것도 아니라고 고개 저으려는데 아저씨는 뭔가 깨달은 표정으로 이어폰 한쪽을 빼면서 말했다.

"아, 내가 안쪽으로 당겨 앉을까?"

"네? 아……."

아저씨가 창가 자리로 당겨 앉았다. 내가 아저씨 때문에 안쪽으로 들어가지 못하고 망설이는 줄 안 모양이다.

"출발합니다."

기사 아저씨가 그렇게 말하며 출입문을 닫았다. 그렇다면 이건 빈자리라는 뜻이다.

나는 비로소 안도하며 자리에 앉았다.

이어폰에서는 이제 1454번이 흘러나왔다. 아저씨도 조용필 팬인가 보다. 우리 엄마는 참으로 "그 겨울의 찻집"에 앉은 표정으로 이 노래를 잘 부르곤 하는데.

"학생인 것 같은데…… 늦은 밤에 혼자?"

아저씨가 말을 걸었다. "웃고 있어도 눈물이 난다"는 대목이 배경음악처럼 흘러나왔다. 나는 딱 그런 심정으로 웃으며 말했다.

"아, 네……. 전주에서 학교 연수가 있는데 집안에 일이 생겨서 저만 늦게 출발하게 됐어요."

"그래? 학교 연수라니, 어떤?"

나는 이런저런 이야기를 들려주었다. 어느 학교에 다니고 전공은 뭐고 동아리 활동은 어떤 것인지. 그는 '떡실신'이라는 이름에 크게 웃음을 터트렸다.

"정말 재밌다. 그게 무슨 뜻이야?"

"원래 뜻은 아시죠? 술 먹고 완전히 뻗는 거."

"그래? 몰라. 그런 말은 처음 들어 봤어."

"아무튼 그런 말 있어요. 사전에 없는 말 같긴 하지만. 우리 동아리 이름은 그런 뜻은 아니고요, 먹고 실신할 만큼 맛있는 떡을 만들겠다 뭐 그런 뜻이래요. 선배들이 지은 거지만."

"요즘 젊은 친구들은 참 좋다. 자유롭고 재치 있고."

젊은 친구들. 그런 말은 처음 들어 봤다. 어린애들이나 학생들 정도면 모를까. 그 말은 경쾌한 노래 제목 같았다.

"몇 시간 안 되지만 여행 동반잔데 통성명은 해야지."

"나금영이에요."

아저씨는 내게 명함을 주었다.

president. Daniel Byun.

"프레지던트 다니엘 변……. 아저씨, 대통령이세요?"

나도 모르게 느닷없이 튀어나온 말이었다.

"하하하. 정말 농담 잘하네. 영어라는 게 참 재밌어. 대통령과 사장이 같은 단어라니. 우리나라는 대통령이라고 아주 특별한 호칭을 붙여 놓잖아. 예전에는 각하라고 했고. 그래서 우리나라 정치인들이 그렇게 거만한 건가?"

아, 생각났다. 프레지던트. 대문자로 쓰면 대통령, 소문자로 쓰면 사장. 명색이 고1인데 창피해서, 원! 그걸 농담으로 받아들여 주는 아저씨야말로 재치가 놀랍다. 배려심이라고 해야 하나?

"주로 외국 바이어들하고 상대하다 보니까 영어 이름도 필요해서 말이야. 아무튼 그건 이리 줘. 한글로 된 명함 줄게."

나는 프레지던트 씨에게 명함을 돌려주었다. 아저씨는 명함을 도로 받아 명함 지갑에 넣고 주머니를 뒤졌다.

"이런, 한글 명함이 없네. 솔직히 내 한국 이름이 좀 촌스러워서 되도록 영어 명함을 쓰고 싶긴 하지. 그러니까 그냥 다니엘 아저씨로 기억해 주는 게 나을 것 같은데?"

아저씨와 나는 키득거리며 웃었다. 거기까지가 끝이었다. 통성명까지 하고 나니 이야기가 궁했다. 다행히 프레지던트 씨는 어색하게 말을 붙이지 않고 이어폰을 다시 귀에 꽂았다. 심야 고속버스에서 음악을 듣는 중년의 남자라. 무릎에 잘 놓아둔 바바리코트도 세련됐고 옆머리가 희끗희끗한 헤어스타일도 멋스럽다. 이어폰에서 새어 나오는 노래는 계속 조용필이다. 엄마가 중학교 때부터 사랑해 왔다는 조용필.

나는 등받이에 머리를 기대고서 희미하게 흘러나오는 조용필의 노래를 들었다. 그러다가 깜빡 잠이 들어 버렸다.

"금영아."

프레지던트 씨가 내 어깨를 톡톡 쳤다. 사람들이 일어나 버스에서 내리고 있었다.

"휴게소예요?"

"전주다."

프레지던트 씨가 웃으며 말했다.

"어? 전주요? 어, 어떻게 벌써 전주지?"

"되게 피곤했나 보다. 휴게소에 도착한 줄도 모르고 자더라. 덕분에 나까지 꼼짝없이 갇혔다. 어서 내리자. 화장실 급해."

"죄송해요."

나는 벌떡 일어나서 허둥지둥 버스에서 내렸다.

프레지던트 씨와 내가 마지막이었다. 터미널은 유령도시처럼 썰렁했다. 지난달에 왔을 때는 낮이라 그런지 그토록 혼잡하더니만. 그 많던 사람들이 어디로 갔는지 원망스러울 뿐이었다.

"선생님은 어디서 기다리셔?"

"네? 아, 네…… 저기……."

나는 막연히 입구를 가리켰다.

"그래. 그럼 즐거운 여행."

프레지던트 씨는 내 어깨를 툭 치고 화장실로 들어갔다.

새벽 두 시 사십 분의 전주 고속버스 터미널. 조금 전 버스에서 내린 사람들은 다 어디론가 사라지고 거리는 어두컴컴했다. 건너편의 네온사인도 딴 세계처럼 아득하게 멀어 보였다. 이럴 줄은 몰랐다. 터미널 근처에 찜질방이 있던 게 기억났고, 그래서 찜질방에서 밤을 보내고 아침 일찍 안강녀 선생님 댁으로 가면 될 줄 알았다. 그런데 한 발자국도 움직일 수 없었다. 밖으로 나가자니 인간이 무서웠고, 터미널 안에서는 귀신이라도 나올 것 같았다.

"뭐 해? 아직 안 갔어? 선생님 못 만났어?"

프레지던트 씨가 다가와 물었다. 아, 창피해. 정말이지 어디론가 숨어 버리고 싶지만, 창피한 게 무서운 거보다는 낫다.

"네. 실은…… 선생님은 아침에 나오시기로……. 그런데 제가 마음이 급해서 그만 이렇게 일찍 도착한 거예요. 괜찮아요. 근처 찜질방에 가 있으면 돼요."

"안 되지. 밤이 늦었는데. 터미널 근처라도 얼마나 한산한지 몰라. 서울이랑은 달라. 이를 어쩐다……. 그래, 저기, 24시간 하는 콩나물국밥집이 있어. 너, 전주 콩나물국밥 먹어 봤지?"

"아뇨."

"그렇다면 지난달에는 헛걸음했네. 콩나물국밥도 안 먹어 보고 전주에 다녀갔다고 할 순 없지. 가자. 아저씨가 콩나물국밥 한 그릇 사 줄게."

염치가 있다면 사양해야겠지만, 염치를 가릴 상황이 아니었다. 그래도 마냥 빌붙을 정도는 아니었다.

"그냥 데려다 주시기만 하면 제가 사 먹을게요. 식당에서 날 밝을 때까지 기다리죠, 뭐."

프레지던트 씨가 장난스레 눈을 흘겼다.

"딸 같은 학생이랑 국밥 값 더치페이 할 만큼 궁한 사람 아니다. 가자, 좀 멀긴 한데, 전주에서 제일 유명한 집이야. 사십 년

된 국밥집. 좀 멀지만 후회하지 않을걸."

하긴, 명함에 프레지던트라고 새긴 사람이니까.

프레지던트 씨와 나는 터미널에서 나왔다. 원형으로 생긴 터미널을 따라 뒤편으로 갔고 길을 건너 골목길로 들어섰다. 프레지던트 씨는 전주가 고향이라고 하더니 이쪽저쪽 꺾어져 길을 찾아들어 갔다. 계속 말없이 걷기에는 어색했다.

"조용필 좋아하시나 봐요."

입에서 희미하게 입김이 새어 나왔다. 날씨가 꽤 추워졌다.

"응. 요즘 학생들도 조용필을 아나?"

"우리 엄마가 팬이에요. 열렬한."

"아, 그래? 이거 무턱대고 반가운데."

프레지던트 씨는 그렇게 말하고서 휘파람으로 조용필의 노래를 흥얼거렸다. 1466번.

언젠가 엄마와 둘이서 작정을 하고 조용필 노래만 불러 본 적이 있다. 세 시간을 불렀는데도 끝나지 않아 포기했다. "용필이 오빠는 천재야."라고 엄마는 지친 얼굴로 말했다. 그때 마지막으로 불렀던 노래가 바로 1466번이었다. 〈못 찾겠다 꾀꼬리〉.

프레지던트 씨가 문득 걸음을 멈추었다. 길을 잃은 듯 두리번거렸다. 길을 잃기에는 적당한 장소가 아니었다. 허름한 건물 뒤편 막다른 골목길에는 음산한 공기가 고여 있었다.

"왜요?"

프레지던트 씨가 씩 웃었다. 아니, 웃는 것처럼 하얀 이를 보였다. 어두워서 그 표정을 읽을 수가 없었다. 다만, 웃고 있는 거라고 믿고 싶었다. 그러나 내 다리는 조금씩 후들거리고 있었다.

"식당이…… 어디……?"

"교복 입고 오지 그랬어?"

"네?"

"난 교복 입은 여자애들한테 미치는데."

나는 조금씩 뒷걸음질 쳤다. 그러나 막다른 골목이었다. 프레지던트 씨 아니, 변태 놈이 좁은 골목길 출구를 막고 차츰 다가왔다.

"까불지 말고 이리 와. 말 잘 들으면 오늘 밤 따뜻한 방에서 재워 줄 테니까. 집 나와서 떠도는 계집애가 하룻밤 편하게 자려면 이 정도는 각오해야지. 날도 추운데 이런 데서는 나도 싫거든."

"집 나온 거 아니에요. 아까 말했잖아요. 학교 연수……."

"오호라? 연수? 차라리 친구 할머니 댁에 놀러 간다고 하지 그러냐?"

"맞아요. 진짜예요. 내 친구 은마루, 마루네 할머니 안강녀 선생님 댁에…… 이러지 마세요. 지금 다들 날 기다리고 있어요. 내가 안 오면 당장 찾아 나설 거라고요. 아저씨, 정말이에요. 날 보내 주세요. 보내 주면 아무 말도 안 할게요. 보내 주세요."

그는 나를 담장으로 밀어붙였다. 억센 손길이 내 턱을 움켜잡았다. 단내 나는 숨결이 코앞에서 느껴졌다.

"여기서 할래? 들어가서 할래? 공짜라는 건 아니다. 재워 줄 거고, 내일 아침 콩나물국밥 먹을 돈도 줄게. 까짓, 말 잘 들으면 좀 더 줄 수도 있고."

그는 손으로 자기 가슴께를 툭툭 쳤다. 나는 그를 와락 떠밀었다. 그는 잠시, 정말로 아주 잠시 주춤했을 뿐, 내 턱을 더 억세게 움켜쥐었다. 그의 왼손이 내 뒷목을 휘감았다.

나는 꼼짝도 할 수 없었다. 그의 억센 두 손이, 그리고 공포심이 나를 완전히 사로잡았다. 움직일 수 있는 건 눈동자뿐이었다. 주변은 완전히 어두웠고 아무도 없었다. 스산한 바람이 먼지를 일으키며 옷깃을 파고들었다. 이런 곳이 인간이 사는 세상일 리가 없다. 난 혹시 죽어 버린 걸까. 서울 전주 사이의 고속도로에서 잠이 든 사이에 죽어 버린 걸까.

"여긴…… 어디……?"

얼어붙은 혀가 조각조각 바스러지며 도무지 내 것 같지 않은 목소리가 도막도막 새어 나왔다.

그 순간 골목 저편의 차도에서 쏜살같은 빛이 내달렸다. 자동차가 지나쳐 갔다. 변태는 갑작스러운 빛에 잠시 눈길을 어깨 너머로 돌렸다.

나는 그를 와락 떠밀었다. 그는 조금도 비틀거리지 않고 외려 내 머리채를 더 단단히 움켜잡았다.

"이 쌍년이! 죽으려고……!"

그는 내 머리통을 왼편으로 확 잡아 꺾었다. 그렇게 내 목을 부러뜨려 버릴 것만 같았다.

그럴 수는 없다. 이따위 변태의 손에 죽어 버릴 수는 없다. 그럴 리가 없다. 엄마, 아빠, 오빠, 마루, 현지, 태진이. 내가 사랑하는 이들이 함께 웃는 순간들. 그래. 내가 이대로, 이렇게 처참하게 죽을 리가 없다. 뭔가 할 수 있을 것이다. 뭔가 해야 한다. 이렇게 망가진 인형처럼 놈의 손아귀에 죽어 갈 순 없다.

갑자기 그 어떤 힘이 내 안에서 폭발했다. 나는 급발진하는 자동차처럼 느닷없이 무릎을 꺾어 그의 사타구니를 걷어찼다.

"악!"

그가 휘청거렸다. 내 머리채를 움켜쥐고 있던 손아귀에서 힘이 풀렸다. 나는 놈을 떠밀고 비명을 지르며 앞으로 튀어 나갔다.

"이년이!"

그가 고통스러운 목소리로 욕지거리를 하며 내 점퍼 모자를 낚아챘다. 나는 그대로 엉덩방아를 찧었다. 날카로운 무언가에 손바닥이 찢기는 것 같았다. 나는 뭔지도 모르는 채 그걸 움켜쥐었고 있는 힘껏 그의 머리통을 내리쳤다. 픽! 둔탁한 소리가 났다.

"악!"

그가 비명을 질렀다. 나는 튕겨 오르듯 일어나 달리기 시작했다. 어둠에 잠긴 골목 끄트머리로 빛이 빠르게 다가오고 있었다. 나는 비명을 지르며 곧장 빛의 도로로 뛰어들었다.

끼이이익!

파란색 소형차가 급브레이크를 밟았다.

"너 뭐야?"

그와 비슷한 아니, 똑같이 생겨 보이는 남자가 차창을 열고 소리쳤다. 나는 그대로 다시 달렸다. 운동화가 벗겨졌지만 그대로 달렸다. 그렇게 맨발로 아스팔트를 따라 죽을힘을 다해 달렸다. 저만치 하얀 불빛이 새어 나오는 건물이 보였다. 깜깜한 거리에서 유일하게 불을 밝힌 곳이었다.

"아아아악!"

나는 마지막 비명을 지르며 그곳으로 뛰어들었다.

"뭐여?"

파란 제복 차림의 대머리 아저씨가 눈을 끔벅거렸다. 까만 콩처럼 까맣고 단단해 보이는 아저씨도 같은 차림을 하고 나를 바라보았다. 파출소였다.

나는 바닥에 털썩 주저앉았다. 내 앞에 경찰이 두 사람이나 있는데도 몸이 떨렸다. 경찰들이 놀란 눈으로 묻고 또 물어도 아무것도 대답할 수 없었다. 그 자식, 베이지색 바바리코트를 입고 조용필 노래를 흥얼거리던 뱀처럼 싸늘한 목소리가 아직도 내 몸을 친친 감고 있는 것 같았다. 나는 아프도록 주먹을 움켜쥐고 겨우 입을 열었다.

"그놈…… 잡아 주……세요. 어서……."

나는 그 말을 마치고 손으로 얼굴을 쓸어내렸다. 그러자 사투리가 심한 경찰이 질겁을 하며 말했다.

"오메! 이 피 좀 보게! 이게 다 뭔 일이여?"

"이봐. 학생. 무슨 일이야? 무슨 일을 당한 거야?"

까만 콩 경찰의 말투가 심각해졌다.

"그……놈…… 그놈…… 바로 저기…… 밖에…… 골목에…… 고속버스에서……."

조금씩 혀가 풀렸다. 나는 마음을 가라앉히려고 안간힘을 쓰며 내가 겪은 그 끔찍한 일을 설명했다.

"그놈…… 잡아…… 주세요…… 당장…… 저기 밖에 있어요. 지금도 돌아다니고 있어요. 날 잡으러 올지도 몰라요."

"학생. 정신 차리더라고. 여기는 파출소여. 어허, 우리 학생이 엄청 놀랐고만. 어째, 병원에 가야 쓰겄어?"

사투리 경찰의 말투는 구수하고 따뜻했지만, 지나치게 여유로웠다.

"병원은 나중에 갈 거예요. 난 괜찮아요. 그러니까 어서 그놈 잡아 오세요. 지금 당장요!"

"범인 잡는 게 그렇게 간단한 일인 줄 알아? 경찰이 알아서 할 텐데 뭘 안다고 그래? 증거도 없어, 증인도 없어, 대체 뭘로 당장 잡아 오라고 큰소리야? 그놈 이름이라도 알아? 주민번호라도 알아?"

까만 콩 경찰이 깐깐하게 굴었다.

"우리 경찰 업무라는 게 고로케 간단한 것이 아니여. 시상에 잡놈들은 널리고 널렸는디, 증거라는 게 없당게. 어찌 그놈을 잡는다냐? 고속버스를 타고 왔당께, 고속 터미널 CCTV 확인하고. 우리 경찰이 요새 겁나 과학수사하고 있당게. 그런디 쪼까 시간이 걸린다 이 말이지. 그놈이 변태라고 이름표를 달고 대니는 것도 아니겠고. 학생. 내 말 알겠어?"

"그리고 뭘 잘했다고 그렇게 큰소리야? 여학생이 겁도 없이 야밤에 혼자 고속버스를 타고. 그러니 그런 꼴을 당하는 거지. 얌전히 부모님 말씀 잘 듣고 집에 있으면 험한 일 당할 이유가 없잖아."

까만 콩 경찰이 말했다.

나는 벌떡 일어나 소리를 지르기 시작했다.

"내가 뭘 잘못했다는 거예요? 내 발로 가고 싶은 데 가지도 못해요? 변태가 그러고 돌아다니는데 경찰은 뭐 했어요? 내가 그런 꼴을 당하는 동안 아저씨들은 따뜻한 난로 앞에 앉아 있었잖아요? 왜 나한테 그래요? 내가 뭘 잘못했는데! 왜 다들 나한테 이러는 거냐고요오!"

아마도 그런 말을 했을 것이다. 나는 적어도 그렇게 말했다고 생각했다. 하지만 경찰들의 귀에는 그 모든 말들이 뜻 모를 비명처럼 들렸을지도 모르겠다. 나는 발을 동동 구르며 악을 쓰다가 그만 바닥에 주저앉아 발버둥을 치면서 고함을 질러 댄 것이었으니까. 울며불며, 있는 힘껏 소리치며.

억울했다. 세상 모두에게 화가 나서 미칠 것 같았다. 그놈은 연쇄살인마인지도 모른다. 난 죽을 고비를 넘겼다. 대체 내가 뭘 잘못했단 말인가. 아빠 엄마에게 말없이 전주에 온 것이 성폭행을 당하거나 죽을 만큼 죄인가.

"오메, 오메, 학생 숨넘어가는구마이. 진정혀. 진정허랑게. 자, 여기 물, 물. 응, 쭉 들이켜. 쭉― 그려, 잘혔네. 그려, 그려."

사투리가 주는 물을 마시고 나자 조금 정신이 돌아왔다.

"변씨예요. 그 변태 새끼."

내가 말했다.

"허허허. 농담하는 거 봉게 우리 학생이 폴세 정신 채렸구만. 강단 있당게."

"그게 아니라 정말 변씨라고요. 프레지던트 다니엘 변."

"장난해, 지금?"

까만 콩 경찰이 다시 화를 냈다.

"장난 아니에요. 그건 영어 이름이지만 성은 맞아요. 변."

268

그리고 나는 변 모 씨의 휴대전화번호를 댔다. 명함에서 얼핏 본 것이지만 분명했다. 010, 그리고 〈거리에서〉와 〈그녀가 처음 울던 날〉 두 개의 곡 번호가 나란하게 이어진 전화번호였다. 내가 헷갈렸을 리가 없다.

"학생. 이런 걸 두고 공무집행방해죄라고 하는 거야. 알겠어? 그게 얼마나 중죄인지 모르는 거야?"

"장난도 아니고요, 엉터리도 아니에요. 번호 조회해서 변씨인지 아닌지 확인해 봐요. 내 말 맞으면 어쩔 건데요? 내가 휴대전화번호까지 댔는데 경찰이 가만히 있었던 거면 어쩔 건데요? 지금 그놈이 밖에서 날 기다리고 있는지, 다른 애를 끌고 가고 있는지 모르는데, 가만히 있을 건가요? 그러기만 해 봐요. 내가 가만히 있나? 인터넷에 올리고 청와대라도 찾아갈 거예요. 내가 지금 장난치는 거 같아요?"

"오메. 우리 학생 눈에 독기 좀 보게. 어이, 박 순경. 일단 조회헙시다. 손해 볼 건 없응게."

사투리 경찰이 내 눈치를 슬슬 살피며 말했다. 나는 그제야 솔기가 닳아 버린 까만 소파에 털썩 앉았다.

까만 콩 경찰이 마지못한 얼굴로 컴퓨터 앞에 앉았다. 사투리 경찰이 시큰둥한 얼굴로 팔짱을 끼고 모니터를 지켜보았다. 그러다 곧 두 경찰의 눈이 휘둥그레졌다. 까만 콩 경찰이 서둘러 어딘가에 전화를 걸었다. 큰 경찰서에 연락하는 것 같았다.

까만 콩과 사투리의 무전기가 분주해졌다.

"아따. 학생 기억력이 비상하고마. 워츠케 명함에서 얼핏 보고 번호를 다 외웠댜?"

사투리 경찰이 감탄했다.

까만 콩 경찰은 놀란 기색을 감추고 여전히 내게 딱딱거렸다.

"집 전화번호가 몇 번이야?"

"그건 왜요?"

"왜는? 집에 연락하려고 그러지."

"됐어요."

"누구 마음대로 돼? 이런 일이 있었는데 미성년자 혼자 돌려보낼 줄 알았어? 조서도 꾸며야 하고, 신병 인도도 해야 하고. 아버지 오시라 그래."

그럴 수는 없었다. 이런 꼴로 아빠에게 연락하고 싶지는 않았다. 차라리 영영 감옥에 갇히고 말지. 하지만 까만 콩 경찰의 기세로 보아 어떻게든 아빠 번호를 알아내고 말 것 같았다. 사실, 감옥에 갇히고 싶지는 않았다. 단 하룻밤이라도.

지금, 나를 구해 줄 수 있는 사람이 또 한 사람 떠올랐다. 부모님은 아니지만 그만큼의 설득력을 갖고 있는 사람. 그렇게 왜 혼자 심야 버스를 탔느냐고 속을 긁지 않을 것 같은 사람. 나 자신도 이해할 수 없지만 그 순간 한상진 선생이 떠올랐다.

나는 휴대전화 전원을 켜고 전화를 걸었다.

"나금영?"

한상진 선생은 자다 깬 목소리로 전화를 받았다. 파출소 벽 시계를 보니 아직 네 시도 되지 않았다. 고작 한 시간 사이에 나는 지옥을 넘나들었던 것이다.

콩나물국밥이라는 말만으로도 소름이 돋았다. 죽을 때까지 콩나물은 쳐다보기도 싫었다. 하지만 응급실에서 손바닥을 꿰매자마자 한상진 선생은 기어이 나를 콩나물국밥집으로 데려 갔다. 콩나물 트라우마라니, 얼마나 우스꽝스러운 일이냐면서. 어울리지 않게 유머라니. 하긴, 변태 놈이 붙잡혔다고 생각하니 콩나물에 대한 공포가 좀 사라지기도 했다. 놈의 이름은 변영 삼. 근처 병원에서 깨진 병에 맞아 찢어진 이마를 꿰매고 있다 가 휴대전화 위치 추적으로 잡혔단다. 멀쩡하게 중소기업을 운 영하고 있고 전과도 없단다.

늦게까지 깨어 있다 졸지에 따라온 태진이는 콩나물국밥에 군침을 흘리기에 바빴다. 얄미운 자식. 그래도 반가운 건 어쩔 수 없었다. 마루와 현지가 없어 아쉬웠지만, 태진이 얼굴을 보 니 지옥에서 살아 돌아왔다는 실감이 났다. 한상진 선생은 잔 소리 한마디 하지 않고 그저 괜찮냐고만 물었다.

싫다고 버텼던 게 민망할 만큼 맛있게 콩나물국밥을 먹었다. 매콤하고 시원한 국물에 가슴이 뻥 뚫렸다. 셋이서 국밥 한 그

롯씩 뚝딱 해치우고서 한상진 선생은 나를 터미널로 데려갔다.

"싫어요. 저 전주에 있다가 같이 돌아갈래요."

"안 되는 거 너도 알잖아. 가. 엄마 아빠가 얼마나 놀라셨겠니? 당장 내려오시겠다는 걸 내가 말렸다. 무슨 일이 있는지 모르겠지만, 가라. 가서 해결해. 그리고 너도 지금 집에 가고 싶잖아. 집에 가서, 네 방에서 한잠 자고 싶은 거 아니야?"

카리스마를 잃어버리고 신기를 얻었나, 한상진 선생은 내 속을 훤히 들여다봤다.

"태진아. 너 지금 금영이랑 같이 올라가라. 금영이 혼자 가기가 좀 그런 모양이다."

"그런 거 아니에요."

말은 그렇게 했지만 나도 모르게 태진이 눈치를 살폈다. 혼자 고속버스를 타기는 싫었다.

"아싸! 좋아요, 샘! 안 그래도 죽을 맛이었어요. 지난번 일박 이일은 어떻게 버텼는데 이번에 또 이박삼일은 휴— 저 아무래도 떡이랑 안 맞나 봐요. 너무 힘들어요."

"그래. 넌 일식이 맞을 거야. 꼼꼼하고 눈썰미도 있고. 아무튼 오늘은 금영이를 집까지 무사히 데려다 주는 게 네 임무다, 알았지?"

태진이는 의기양양한 얼굴로 나를 앞서 태우고 고속버스에 올랐다. 한상진 선생은 우리가 자리에 앉을 때까지 창밖에서 지켜보았다. 그러더니 고속버스가 출발하기 전에 손 한번 흔드는 법도 없이 가 버렸다. 성격하고는.

"자, 이제 나만 믿어라, 응? 간밤에 잠을 설쳤을 테니 한잠 푹자고, 알았지?"

태진이는 어울리지 않게 으스댔다. 어이가 없어 코웃음을 쳤지만, 마음이 놓이는 건 사실이었다. 주먹질을 잘하거나 위협적인 인상을 가진 것도 아니지만, 내 친구니까. 내 친구 최강태진이니까.

그러나 결정적인 사실을 잊고 있었다. 멀미약을 준비하지 못했던 것이다. 전주에서 서울에 도착할 때까지, 태진이는 토하고 또 토했다. 휴게소에서는 화장실로 달려갔고, 중간에는 비닐봉지에 토했다. 콩나물국밥을 토하면 어떤 냄새가 나는지, 겪어 보지 않은 사람은 절대로 상상할 수 없을 것이다. 반창고형 멀미약은 진정으로 인류의 위대한 발명품이다.

"미안해…… 금영아…… 아…… 나…… 죽을 것 같아……."

서울에 도착했을 때 태진이는 거의 사망 직전이었다. 약국에 가 보았지만 이럴 땐 약을 먹어 봤자 더 토하게 되니까 안정을 취하는 게 최선이란다.

나는 태진이를 부축해서 지하철에 탔다. 집까지 데려다 주어야 했다. 기진맥진한 채 나에게 기대어 앉아서도 태진이는 헛구역질로 나를 긴장시켰다. 천신만고 끝에 목적지에 도착해서 내

리려고 일어서는데, 옆에 앉았던 아저씨가 혀를 끌끌 차며 말
했다.

"세상 말세라더니. 벌건 대낮에 애들이 술에 취해서 해롱거리
고……."

그나마 다행히도 태진이네 집은 전철역 바로 근처고, 놀랍게
도 태진이 혼자 오피스텔에서 살았다.

"바로 옆에…… 841호가…… 우리 엄마 집이야."

태진이가 침대에 쓰러지며 설명했다. 태진이 엄마 아빠는 이
혼했고, 엄마는 평화운동가라고 했다. 태진이가 고등학교에 입
학하면서부터 엄마랑 이렇게 나란히 붙은 오피스텔 840호와
841호에서 각자 산단다. 평일 아침밥은 엄마가 해 주지만 그
밖에는 각자 해결. 주말에는 엄마가 저녁도 해 주지만 설거지
는 태진이 담당이란다. 식재료비와 공과금은 엄마가 대 주고 용
돈은 각자 해결. 태진이 엄마는 언젠가 842호에 연하의 애인을
들여놓는 게 꿈이라고 했다. 그저 멍하게 들을 수밖에 없는 이
야기였다.

태진이는 입만 살아서 그런 이야기를 잘도 떠들어 댔다. 그러
다 조용해져서 보니 잠이 들어 버렸다. 그냥 혼자 두고 가기에
는 안쓰러운 얼굴이었다. 태진이 엄마가 돌아올 때까지라도 옆
에 있어 줘야 할 것 같았다. 나 때문에 그 고생을 한 셈이기도
하니까.

침대에 등을 대고 앉자 나도 몸이 노곤해졌다. 처음 들어왔을 때는 냉기가 돌았는데 꽤 따뜻해졌다.

맞은편에 있는 냉장고 위의 와인이 자꾸 눈에 들어왔다. 친구들이 놀러 와서 빼앗아 마실까 봐 태진이 엄마가 여기다 감춰 둔 거란다. 모처럼 선물 받은 비싼 와인이라면서. 나는 조용히 일어나 와인병을 집어 들었다. 묵직하다. 단단하게 박혀 있는 코르크 마개를 열고 코를 갖다 대자 향긋한 냄새가 어지럽게 피어올랐다. 중학교 때 수학여행에서 맥주를 마신 적이 있는데, 영 쓰기만 하고 별로였다. 그러나 와인은 맥주와는 무척 다른 것 같았다. 향기며 요염한 병 모양이며 또 그 이름부터가.

나는 와인을 머그잔에 따랐다. 콸콸콸콸. 와인 따르는 소리는 그 어떤 물소리와도 다른 리듬을 갖고 있었다. 하지만 막상 한 모금 마시니 역시 술이었다. 인상을 찌푸리고 내려놓으려다가 아까운 생각이 들었다. 비싼 와인이라고 하지 않았는가.

아니 보다 솔직히 말하자면, 이 방에서 와인을 발견하는 순간부터 나는 이미 끌리고 있었다. 와인이 어떤 맛인지도 모르고, 여태 한 번도 관심을 가져 본 적도 없으면서.

지난밤을 겪으면서, 아니 요 몇 달 동안 나는 그 어떤 시기를 지나와 버린 것 같았다. 어른이 되었다고 말할 수 없을지도 모르지만 적어도 더 이상 어리지 않았다. 그 이전의 시간들, 여덟시 이후의 세계를 몰랐던 그 시간들은 이제 내게 완벽한 과거가 되었다. 예전의 나로부터 훌쩍 멀리 떠나와 버린 것만 같았다. 그 시간으로 돌아가고 싶은 것은 아니지만, 어쩐지 외로워졌다. 결코 돌아갈 수 없는 시간이 있다는 사실이 나를 외롭게 했다. 산다는 것은 어쩌면, 뒤미처 무언가를 깨닫고 그로 인해 조금씩 더 외로워지는 것인지도 모르겠다.

변태와 노래방 도우미. 고작 그따위의 배웅을 받으며 떠나오다니. 문득 억울하고 분했다. 그보다는 더 멋진 기억을 내 어느 시절의 마침표로 혹은 시작으로 기억하고 싶었다.

나는 와인에 생수를 좀 탔다. 검붉은 빛이 흐릿한 노을빛처럼 묽어질 때까지. 그리고 다시 한 모금 들이켜니 맛이 괜찮았다. 와인과 생수 그리고 와인을 따른 머그잔을 들고 침대 옆에 가서 앉았다. 태진이는 세상모르고 잠들어 있었다. 태진이의 고른 숨소리를 들으면서 나는 와인을 마셨다. 조금 마시려고 했는데 한 잔, 두 잔, 세 잔 그리고…….

"야, 너…… 술 마셨어? 아이 씨, 우리 엄마 난리 날 텐데! 야, 이거 반도 넘게 있었는데, 이걸 너 혼자 다 마신 거야?"

태진이가 놀라서 일어났다. 멀미 후유증이고 뭐고 다 잊어버린 얼굴이었다. 와인병은 바닥을 드러낼 준비를 하고 있었다.

"너, 술꾼이었냐?"

태진이가 물었다. 그런가? 와인을 반병이나 마셨는데, 그저 기분이 좋을 뿐 아무렇지도 않다. 아니, 실은 눈앞이 조금 어질

거리고 가슴이 두근거린다. 누군가에게 기대어 버리고 싶기도 하다. 몸으로든, 마음으로든. 그러나 나는 그저 빙긋이 웃기만 했다.

태진이는 고개를 절레절레 흔들고 화장실로 들어갔다. 이도 닦고 세수도 하는지 물소리가 시원하게 들려왔다. 나는 침대로 올라가 벽에 등을 기대고 마지막 잔을 천천히 마셨다. 아까보다 물도 좀 덜 탔다. 태진이가 돌아와 내 옆에 앉았다.

"나, 우리 엄마한테 진짜 죽었다. 우리 엄마, 자기 돈 빼앗아 간 사람은 용서해도 술 빼앗아 간 사람은 용서 안 하거든. 야, 금영아. 차라리 너 우리 엄마 올 때까지 있다가 나 대신 좀 죽어 줄래?"

태진이가 울상을 하고 나를 돌아보았다.

나는 괜스레 또 빙긋이 웃고는 머그잔으로 눈길을 내렸다. 그러고는 살그머니 다가오는 봄처럼, 조심스레 손을 움직여 태진이의 손을 잡았다. 태진이는 보기보다 손이 컸다. 마디가 굵고 손가락이 길다.

"왜, 왜 이래?"

태진이가 당황한 목소리로 물었다. 내가 고개를 들어 태진이를 보았다. 이런 게 술에 취한 건가, 태진이의 놀란 그 얼굴이 귀여워서 견딜 수가 없다. 와인 그리고 첫 키스. 멋지게 어른이 되고 싶었다. 지우고 싶은 기억이 아니라 달콤한 촉감으로. 나는 벽에서 몸을 일으켰고 태진이의 입술에 내 입술을 포개었다. 태진이의 입술에서는 치약맛이 났다. 정말로 취한 걸까. 치약맛이 이토록 달콤한지 몰랐다. 태진이의 입술에서는 어린 날의 막대사탕과는 다른 종류의 달콤한 맛이 났다.

그렇게 무슨 일인가가 일어났다. 처음에는 놀라서 벽에 등을 딱 붙이고 있던 태진이가 어느 순간 나를 안았고, 우리는 비좁은 싱글 침대에 나란히 누웠다. 태진이가 나를 만질 때마다 온몸으로 간지러움이 퍼져 나갔다. 그러다 아마도 내가 먼저 까슬거리는 스웨터를 벗었을 것이다. 그리고 태진이가 바지 벨트를 풀었다. 나는 모직 셔츠 안으로 손바닥을 집어넣어 태진이를 안았다. 따스하고 보드라운 등에 땀이 배어 있었다. 나는 태진이를 안은 손에 힘을 주었다.

그런데 태진이가 갑자기 벌떡 일어나 앉았다.

"안 돼! 우리 엄마가 콘돔 없이 여자랑 자면 죽인댔어."

뭐? 코, 코, 콘돔?

나는 와락 얼굴이 붉어졌다. 콘돔이라니, 태진이가 내 얼굴을 똑바로 쳐다보고 그런 단어를 입에 담다니! 그깟 단어 하나가 문제가 아니었다. 비로소 지금의 모든 상황이, 반쯤 벗다시피 한 차림새와 민망한 자세와⋯⋯.

"비켜!"

내가 태진이를 확 떠밀었다. 태진이는 침대에서 굴러떨어졌다. 쾅당! 그리고 벨이 울렸다.

"가스 점검 왔는데요."

아주머니의 친절한 목소리가 철문을 뚫고 흘러들어 왔다.

나는 앞뒤를 살피지도 못하고 스웨터를 껴입었다. 태진이는 허둥지둥 바지에 다리를 끼우다가 넘어져서 침대 모서리에 이마를 찧었다. 그렇게 넘어진 채로 정신없이 바지를 입었다.

"가스 점검 왔어요."

아주머니가 이번에는 문까지 두드렸다.

우리는 남의 집에 몰래 들어온 것처럼 숨도 쉬지 못하고 서 있었다. 곧 발소리가 멀어졌고 옆집 벨소리가 들려왔다.

"휴."

내가 먼저 숨을 토했다. 태진이도 긴 한숨을 내쉬며 무심코 고개를 돌렸다. 우리는 그만 눈이 마주쳤다. 태진이 이마에 피가 조금 맺혀 있었다.

아, 4785번. 지금 이 순간 "UFO"라도 나타나 줬으면. 부디 지금 당장 "머리 위로 날아와" 나를 어딘가로 데려가 줬으면. 태진이와 단둘이 마주 서 있는 이곳이 아니라면 안드로메다로 납치되어도 좋다. 정말이다.

"갈게."

나는 도망치듯 오피스텔을 빠져나왔다. 아니, 정말로 도망쳤다. 엘리베이터를 기다리지 못하고 비상계단을 쾅쾅 울리며 현관 밖으로 뛰쳐나왔다.

눈이 내리고 있었다. 첫눈이다. 그러고 보니 내일이면 십이월이다.

잊고 싶은 기억이거나 간직하고 싶은 추억이거나, 나의 열일곱이 저물어 가고 있었다.

10 강동원

강동원은 통화를 끝내고
휴대전화를 검은 코트 주머니에 넣었다.
그리고 다시 스파게티 가게로 들어가려다가 문득 고개를 돌렸다.
그리고 나에게 씩 웃어 보였다.
정말이다. 착각이 아니다. 강동원이 나를 보고 웃었다.

굳이 삼청동까지 가야 한다고 우긴 건 마루였다. '떡부엌살림 박물관'에도 떡 카페는 있었는데, 기어이 삼청동에 있는 그 떡 카페를 가야겠다는 것이었다.

우리도 굳이 반대할 이유는 없었다. 여유 있게 놀려고 부러 노는 토요일로 날짜를 잡은 것이었다. '떡부엌살림 박물관' 방문은 교장의 희망사항이었지만, 정작 우리 속셈은 딴 데 있었다.

한상진 선생의 송별회였고, 나의 실연과 왕숙 언니의 취업을 축하하는 날이기도 했다. 안강녀 선생님의 제자가 운영한다는 떡 카페가 궁금하기도 했다.

겨울이라고는 해도 햇살이 쨍쨍하고 바람도 없었다. 지구온

난화가 걱정이라고들 하지만 걷기에는 참 고마운 날이었다. 큰 길을 따라 한참 걸을 때는 이게 무슨 미친 짓인가 싶었는데, 경복궁 담벼락과 나란한 길로 들어서자 잘 온 것 같았다. 갈림길에서 오른쪽으로 들어서자 그림책에서 튀어나온 것 같은 카페들이 즐비했다.

"아, 파리도 이만큼 멋질까요? 거긴 카페가 그렇게 좋다던데."

태진이가 부러운 얼굴로 말했다.

"응. 파리의 카페는 멋있지. 하지만 떡은 안 팔아."

한상진 선생이 그렇게 말하고 빙긋 웃었다. 뭐라고 꼬집어서 말하기는 어렵지만 웃음이 자연스러워졌달까.

한상진 선생은 파리로 유학을 간다. 그쪽 일정 때문에 학년을 마치지 못하고 크리스마스이브에 비행기를 타야 한단다. 크리스마스이브에 파리행 유학이라. 이건 거의 순정만화다. 르 코르동 블루. 파리에 있는 유명한 요리 학교에서 이태리 요리를 배울 거란다.

"그리고 마르세유에서 이태리 요리 식당을 차려야지. 해산물 스파게티 전문점. 온갖 떡을 애피타이저로 내놓고."

"마르세유가 어딘데요?"

현지가 물었다.

"프랑스 남부의 해안 도시. 우리로 치면 부산쯤 되려나? 아니, 통영? 대학교 때 석 달 동안 유럽을 돌았는데 마르세유가 진짜 좋았다. 거기서 차마 떠나지 못하는 바람에 이태리를 통째로 놓쳤지만 후회 없어. 거기서 내 인생 최고의 친구를 만나기도 했고."

한상진 선생은 씩 웃고는 조금 걸음을 빨리해서 앞서 갔다.

며칠 전 요리 잡지를 보는데 떡 케이터링 업체 '위드 떡'에 대한 기사가 나왔다. 대표가 바뀌었다고 했다. 김현수 선생이 파리로 유학을 떠나기 때문이란다. 초콜릿이나 케이크 혹은 빵과 떡을 결합시켜 세계인의 입맛에 맞는 새로운 음식을 창조하고 싶다고 했다. 유럽 남부의 해안가에서 작은 빵집을 하면서 살고 싶다고도 했고.

어른이 되면 꼭 마르세유에 가야겠다. 떡을 애피타이저로 내놓는 이태리 요리를 먹고, 작은 빵집에서 퓨전 빵과 커피를 사서 부두를 거닐어야지. 틀림없이 멋진 여행이 될 것이다.

"금영아. 우리 나중에 꼭 마르세유로 놀러 가자."

태진이가 내 어깨에 팔을 척 걸쳤다. 나도 기분 좋게 어깨동무를 했다. 일 년 사이에 태진이도 조금 컸다. 무려 4센티미터나. 태진이는 "이제 유전자의 한계를 돌파하는 일만 남았다. 이제 겨우 열여덟 살이 되려는 참인데, 설마 여기서 멈추겠냐? 내가 뭐 저주를 받은 것도 아니고."라고 흥분했다. 나는 "너희 아버지는 몇 살까지 키가 크셨는데?"라고 물었고, 태진이는 코를 쑥 빠트리고 대답했다. 열일곱 살이라고.

태진이 이마의 상처는 별것 아니었다. 그래도 며칠 동안 부어서 다녔고 생채기도 꽤 여러 날 갔다. 이마의 상처가 없어질 때까지 나는 태진이와 눈도 마주치지 못했다. 태진이도 마찬가지였다. 마루와 현지는 "니들 싸웠니?"라고 자꾸 물었다. 차라리 싸운 게 낫지. 그랬다면 화해라도 하면 그만이 아닌가. 내가 태진이 이야기를 피하자 지윤이와 연재는 "너 혹시 160이랑 연애하냐?"라고 물었다. 차라리 연애라도 하는 게 낫지. 그랬다면 화끈하게 사랑하면 될 것이 아닌가. 이도 저도 아닌 우리는 정말이지 서로 얼굴을 마주하는 것 자체가 곤혹스러웠다. 남녀 관계에서 후진이란 전진보다 백 배는 어려웠다. 살짝 선을 넘었을 뿐인데, 돌아오기가 너무 어려웠다. 하지만 어려워도, 그냥 뭉개고 있을 수는 없었다. 나는 태진이가 그리웠다. 마루와 현지만큼 편하고 따뜻한 내 친구 최강태진.

그렇게 어색하게 보름 정도가 흘렀을 때, 내가 태진이에게 먼저 말을 걸었다.

"나…… 남자랑 단둘이 있을 때 와인은 마시면 안 될 것 같아."

"어, 나도. 단둘이 있을 때 와인 마시는 여자, 조심해야 할 것 같아. 그게 우리 엄마 와인이라면 더더욱."

"너, 엄마한테 맞았냐?"

태진이는 나를 슬쩍 흘겨보고 대답했다.

"맞았지, 그럼."

"미안하다."

"뭐, 네 잘못이라기보다…… 그때는……"

나는 무엇이 미안한 건지 말하지 않았다. 태진이도 애매한 말로 얼버무렸다. 와인에 대한 이야기일 수도, 더 낯 뜨거운 어떤 이야기일 수도 있었다.

그때부터 우리는 조금씩 편안해졌다. 다행히 이제 태진이와 이렇게 어깨동무를 할 수 있게 되었고, 언젠가 가장 만만한 친구 사이로 마르세유에 갈 수도 있게 되었다.

그 일을 생각하면 여전히 얼굴이 달아오르지만, 사실 조금 웃음이 나기도 한다. 그 치약맛 나는 키스를 후회하지는 않는다. 내게는 힘겨웠던 그 고비의 정점에서 나는 그 키스로 충분히 위로받았다. 그 상대가 '하필이면' 태진이었다는 생각이 들기도 하고, '다행히' 태진이었다는 생각이 들기도 하고.

"하긴 너, 이제 버림받았으니 마르세유에 함께 갈 남자도 없겠다."

태진이가 놀리듯 말했다.

"어, 나 버림받았어. 완전히. 제대로!"

나는 해방의 기쁨을 만끽하며 두 팔을 번쩍 들었다.

완 오빠는 서울대에 수시로 합격했다. 법대는 아니지만. 합격자 발표가 나던 날, 완 오빠는 내게 문자를 보냈다. 그곳에서 만나자고, 우리가 처음 사랑을 느꼈던 그곳에서.

나는 그곳을 알 도리가 없었고 갈 마음도 없었다. 그날 밤 완오빠는 오카리나 연주곡을 첨부해서 이메일을 보내왔다.

그래. 난 정말 괜찮은데…… 지금 그대로의 너를 사랑하는데…… 이제 너에게 떳떳한 남자가 될 자신이 생겼는데…… 네가 나를 부담스러워한다면, 그럼 내가 떠나 줄게. 서울대…… 그까짓 게 뭐라고 우리 사이를 멀어지게 하는 건지 모르겠다. 너를 위해 이깟 서울대 합격쯤 포기할까 하는 생각도 들었다. 하지만 그건 너를 더 힘들게 하는 일이겠지. 넌 그런 애니까.

나는 너를 너무 사랑했고, 그래서 이렇게 떠난다. 내가 아픈 만큼 너도 아프겠지.

미안하다, 사랑한다.

"그거 노래 제목 아니니?"라고 연재가 물었고 지윤이는 "아니야, 드라마 제목이야."라고 말했다. 68590번. 그리고 드라마. 나는 "둘 다."라고 알려 주었지만 둘은 그날 내내 그 문제로 다투었다. 뭐가 되었든 끝났다.

"들어가자."

종현 오빠가 말했다. 하얀 벽돌로 지은 건물, 간판도 백설기처럼 하얗고 네모나다. '떡은'. 상호가 팥처럼 붉은 글씨로 적혀 있다.

파스텔 톤의 나무 재질로 꾸민 실내는 아늑하고 세련되었다. 그리 넓지는 않아서 열 명이나 되는 우리 일행이 들어오자 거의 꽉 찼다. 소매 없는 까만 원피스에 하얀 토끼털 조끼를 겹쳐 입은 젊은 여자가 다가왔다.

"주문하시겠어요?"

그녀는 안강녀 선생님의 제자에게서 떡을 배우면서 카페 매니저 일을 겸하고 있다고 했다.

"나의 로망이야."

왕숙 언니가 황홀한 얼굴로 말했다.

"언니, 나랑 동업할래요?"

마루가 물었다.

"내가 미쳤니?"

"내가 뭐 어때서요?"

마루가 화를 냈다.

"금영아. 현지야. 너희들 같으면 마루랑 동업하겠니?"

왕숙 언니가 물었다.

"아니요."

우리가 함께 대답했다.

"나도."

태진이가 말했다.

마루는 잔뜩 부은 얼굴을 하고 메뉴판만 쏘아보았다.

마루는 아마도 떡 명인이 될 것이다. 겨울방학 때도 내내 전주에 내려가 있을 거라고 했다. 학교도 그만 다녔으면 좋겠는데, 우리가 슬퍼할까 봐 봐주는 거란다. 마루가 정말로 학교를 그만둔다면 몹시 슬플 것이다.

현지는 진학반에 가기로 마음을 굳혔다. 겨울방학 연수를 끝으로 동아리는 그만두겠단다. 요즘 몹시 편안해 보인다. 오정우가 사라질 예정이기 때문인지도 모르겠다. 오정우는 정말로 JM엔터테인먼트 연습생으로 들어갔고, 교장이 열광적으로 지지하며 오정우를 실용음악과로 옮겨 주기로 했다. 그것 때문에 실용음악과에서는 말들이 많은 모양이다. 선배들이 가만두지 않겠다고 벼르고 있다고도 하고. 어쨌거나 우리로서는 고마운 일이다. 나중에 혹시 정말 텔레비전에서 보게 될까 봐 걱정이지만. 하긴, 서로 마주치지 않게 되어서 안도하고 있는 건 현지가 아니라 정우 쪽일 테지만.

태진이는 일본어능력시험 4급에 합격했다. 그 소식을 듣고 우리가 일본어 한마디 해 보라고 했더니 이렇게 말했다. 빠가야로!

"전통차는 다들, 싫지?"

한상진 선생이 물었다.

"당연하죠!"

다들 열을 올렸다.

"오늘 샘이 사시는 거잖아요. 그럼 어디 보자, 제일 비싼 메뉴
가……."

마루는 금세 기분이 풀어져서 입맛을 다셨다.

늦니?

엄마에게 문자가 왔다. 늦는다고, 한상진 선생님과 같이 있
으니 걱정 말라고 답장했다. 엄마 아빠를 피하려고 일부러 늦
게 들어가는 짓은 하지 않는다. 눈치를 보느라 일찍 가지도 않
는다.

태진이 오피스텔에서 나와 집으로 돌아갔을 때, 엄마는 응급
실에서 링거를 맞고 있었다. 아빠는 나를 안고 좀 울었다. 그게
전부였다.

아빠는 여전히 '한마음 노래방' 사장이고, 난 이제 우리 노래
방에 가지 않는다. 엄마도 노래방 일을 관뒀다. 정수기 관리하
는 일을 시작하겠단다. 지난주에 조 기자의 아내인 경미 이모
가 놀러 왔었다. 곧 미국으로 간다며 인사차 들렀단다. 경미 이
모는 엄마의 새로운 직업에 대해 좀 놀라면서 "잘했다. 난 너처
럼 용감하지 못한데."라고 말했다. 정수기 관리가 위험한 직업
도 아닌데 무슨 용기가 필요한 건지.

아빠는 엄마처럼 점심때 나가서 열 시쯤 퇴근한다. 그 뒷시간

은 노준 오빠의 몫이다. 아빠도, 엄마도 나에게 노래방에 대해 말하지 않는다. 나도 묻지 않는다.

하지만 이 한 가지는 분명하다. 아직 재판을 기다리며 구치소에 갇혀 있는 그 변태에게 끌려가 성폭행당하거나 죽지 않을 수 있었던 것은, 아빠 엄마 덕분이라는 사실이다. 왜냐고 물으면 뭐라 대답해야 할지 모르겠지만, 내가 그때 죽을힘을 다해 그의 사타구니를 걷어찰 수 있었던 것은, 십칠 년 동안 내가 받았던 그 사랑 때문이었다. 그렇다고 모든 걸 용서하는 건 아니지만, 용서할 수 없다고 해서 모든 걸 부정하고 싶진 않다.

오빠는 수시에서 떨어졌다. 그것 때문에 아빠는 요즘 좀 기분이 좋다. 오빠가 정시에서도 떨어지면 아빠의 꿈이 기사회생할지도 모르니까. 전두환 전 대통령에게 벼락이 떨어졌다는 소식이 들려오지 않는 한, 아빠는 그 꿈을 포기하지 않을 것이다. 아니 어쩌면 아빠의 그 꿈은 이제 전두환 전 대통령과도, 할아버지와도, 오빠와도 무관한 것인지도 모른다.

오빠는 정시에 붙으려고 죽을힘을 다하는 모양이다. 내 입장을 말하라면, 오빠의 합격을 기원한다. 냉정하게 말해서, 아빠의 낡은 꿈보다는 오빠의 꿈이 먼저다. 꿈 따위 없는 인간 같아 딱하긴 하지만.

"노래방 가고 싶다."

내가 중얼거렸다.

"그럼 내가 오늘 노래방까지 쏠까?"

한상진 선생이 말했다. 멋쟁이.

'떡실신'인 우리조차 실신할 만큼 신기한 떡을 잔뜩 먹었다. 홍시케이크, 에스프레소떡, 떡 샌드위치, 초코절편, 치즈설기. 뭐, 먹다 보니 그래도 백설기가 제일이라는 생각이 들었다. 유자셔벗은 정말 일품이었지만.

떡으로 배를 채우고 다시 거리로 나섰다. 그리고 노래방을 찾아 인사동으로 내려가며 길가의 예쁜 카페들을 구경하고 있었다.

그런데, 강동원이 나타났다.

하얀 페인트를 칠한 나무 건물 앞에 서 있는 강동원은, 아, 정말이지 현실의 사람은 아니었다. 그는 한 폭의 그림 같았고, 하나의 조각상 같았다. 아니 하나의 기적 같았다. 지난달 개봉한 영화 〈초능력자〉는 사실 강동원의 이기적인 외모를 찬양하는 제목인지도 모르겠다.

"강동원이다."

현지가 넋 빠진 얼굴로 중얼거렸다. 우리 모두 넋을 잃고 멈춰 섰다. 사방에서 휴대전화로 사진을 찍어 댔다.

나는 그저 가만히 서서 나의 강동원을 바라보았다.

나의 강동원이 내 눈앞에서 휴대전화로 통화를 하고 있었다. 아, 그는 정말로 살아 숨 쉬고 말하고 움직이는 사람이었던 것이다. 그러고 보니 강동원이 서 있는 곳은 스파게티 식당이었다. 유명한 식당인지 텔레비전에 여러 차례 소개되었다는 현수막도 붙어 있었다. 강동원은 통화를 끝내고 휴대전화를 검은 코트 주머니에 넣었다. 그리고 다시 스파게티 가게로 들어가려다가 문득 고개를 돌렸다. 그리고 나에게 씩 웃어 보였다.

정말이다. 착각이 아니다. 강동원이 나를 보고 웃었다.

운동선수처럼 생긴 남자가 강동원에게 다가왔다. 두 사람은 잠시 이야기를 나누더니 어깨를 나란히 하고 식당 뒤편으로 가버렸다. '주차장' 표지판이 가리키는 방향이었다.

나의 강동원이 그렇게 신기루처럼 나타났다 사라졌다. 아마도 다시는 만나지 못할 것이다.

언젠가 시간이 많이 흐른 뒤 나는 이렇게 회상할 것이다. 한때, 나에게 세상의 남자는 단 두 부류였다고. 강동원과 강동원이 아닌 남자들. 그리고 이제 나에게 세상의 모든 사람은 단 두 부류라고. 나와 내가 아닌 사람들. 나의 남자들 역시 내가 아닌 사람들일 뿐이라고.

나는 겨울방학 때 조리사 필기시험을 볼 생각이다. 공짜 노래방을 이용할 생각은 없지만, 노래방 청소는 나도 오빠와 함께 거들 작정이다. 노래방 기계가 없어도 노래할 수 있었으면 좋겠다는 희망이 생겨서, 새해부터는 기타를 배우려고 한다. 종현 오빠가 기타 동아리를 만들자고 하니, 같이 해 볼까 한다.

지금 내가 확신할 수 있는 건 그게 전부다. 그것이면 충분하다. 지금의 내가 믿고 있는 무언가를 향해 자신 있게 움직이는 시간들. 그럴 수 있다면, 앞으로 다가올 그 모든 시간들도 내 것이 될 것이다.

9256번. 오늘의 첫 곡이다. 누구에게도 양보할 수 없는 나의 노래.

〈혼자가 아닌 나〉는 모두와 함께 부를 것이다. 나의 친구들, 나의 선배들, 그리고 먼 자유를 찾아 날아오를 나의 선생님과 함께.

그리고 언젠가 결코 돌아갈 수 없는 이 시간을 돌아보며 조금쯤 외로워질 나와 함께.

작가의 말

과학 시간에 일차성징과 이차성징에 대해 배운 기억이 난다.

일차성징은 태어나는 순간 이미 드러난 성별에 따른 신체적 특징이다. 이차성징은 사춘기를 지나면서 성별에 따라 달리 찾아오는 신체적 변화를 말한다. 여자의 경우 에스트로겐이라 불리는 여성호르몬 분비가 왕성해지면서 심리적 육체적으로 많은 변화를 겪게 된다.

여기까지 배우고서 나는 스무 살이 되었다.

그 이후로 스무 해를 넘게 살아오면서 과학 시간에 알려 주지 않은 삼차성징을 겪었다.

사회적인 의미에서 나는 '남자'가 아닌 '여자'라는 사실. 달리 말하자면 세상의 절반은 나의 동료들이요, 그 나머지 절반은 나와 다른 입장을 가진 사람들이라는 사실.

나는 남자가 아니라 여자의 눈으로 세상을 보기 시작했다. 그러자 세상이 몹시도 달라 보였다. 나는 그것을 삼차성징이라고 부른다. 그 시기가 늦게야 찾아왔다는 사실이 몹시 안타깝다.

진작 알았다면 나의 남자들에게 좀 더 근사하게 이기적일 수 있었는데, 쩝!

세상의 모든 딸들이 그녀의 남자들에게 보다 이기적이기를 바란다. 안타깝게도 우리는 제대로 이기적이지 않으면 저도 모르게 당하는 입장에 놓여 있다. 이기적으로, 보다 이기적으로, 뜨겁게 사랑하고 당당하게 나아가기 바란다.

세상의 모든 딸들에게 무한한 응원을, 세상의 모든 아들들에게 이기적인 사랑을, 제3의 성을 가진 사람들에게 무지갯빛 우정을 보낸다.

더불어 노래 자문을 해 주신 아마추어 가요평론가 최나미 님 그리고 전라도 사투리 자문을 해 주신 무안의 딸 박효미 님과 군산 처녀 김솔미 님, 노래방 책자를 덥석 빌려 주시고 추가 시간 무한 제공으로 기운 듬뿍 나게 주신 합정동 아트 노래방 사장님께 특별한 감사를 전한다.

2011년 봄, 81271번 곡을목청껏부르고싶은날

이현

오, 나의 남자들!

ⓒ 이현 2011

1판 1쇄 2011년 5월 20일 | 1판 7쇄 2024년 6월 14일
지은이 이현
책임편집 원선화 | 편집 홍지희 김성진 이복희 | 디자인 이지선
마케팅 정민호 서지화 한민아 이민경 안남영 왕지경 정경주 김수인 김혜원 김하연 김예진
브랜딩 함유지 함근아 고보미 박민재 김희숙 박다솔 조다현 정승민 배진성
저작권 박지영 형소진 최은진 서연주 오서영
제작 강신은 김동욱 이순호 | 제작처 (주)상지사P&B
펴낸곳 (주)문학동네 | 펴낸이 김소영
출판등록 1993년 10월 22일 제2003-000045호
주소 10881 경기도 파주시 회동길 210
전자우편 kids@munhak.com | 홈페이지 www.munhak.com
카페 cafe.naver.com/mhdn | 페이스북 facebook.com/kidsmunhak
트위터 @kidsmunhak | 북클럽 bookclubmunhak.com
대표전화 (031)955-8888 | 팩스 (031)955-8855
문의전화 (031)955-3576(마케팅) (02)3144-3238(편집)

ISBN 978-89-546-1472-6   03810

* 이 책에 삽입된 가사는 한국음악저작권협회(KOMCA)의 승인을 받았습니다.